JULES
VERNE
BEST
COLLEC
TION

쥘 베른 베스트 컬렉션

*

해저 2만리 1

김석희 옮김

Vingt mille lieues sous les mers

열림원

바다는 움직임과 사랑 그 자체예요.
바다는 살아 있는 무한입니다.

|차례| 1권

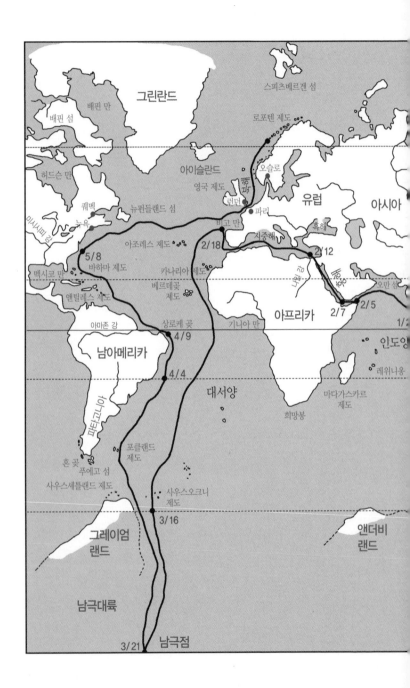

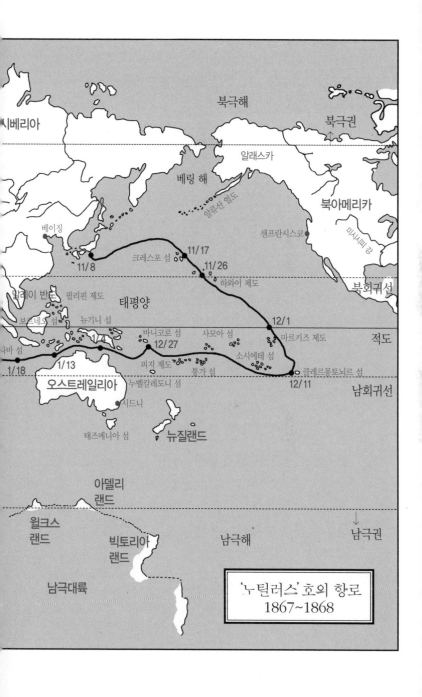

1

떠다니는 암초

1866년은 이상야릇한 사건으로 주목을 받은 해다. 그 사건은 설명되지도 않았고 설명할 수도 없는 현상이어서, 아직도 누구나 기억하고 있을 것이다. 희한한 소문이 항구의 주민들을 선동하고 내륙의 일반 대중까지 흥분시키는 바람에, 바다와 관계된 사람들은 특히 불안에 휩싸였다. 유럽과 아메리카의 무역상·선주·선장·선원들, 각국의 해군 장교들, 그리고 결국에는 두 대륙의 여러 나라 정부들까지도 모두 이 문제를 심각하게 여기게 되었다.

사실은 벌써 오래 전부터 많은 배들이 바다에서 '거대한 물체'를 만나고 있었다. 그것은 물렛가락처럼 길쭉하게 생겼는데, 때로는 인광을 발했고 고래보다 훨씬 크고 빨랐다.

이 물체의 출현과 관련하여 각종 항해일지에 기록된 사실들은, 문제의 물체 또는 생물의 생김새, 놀랄 만큼 빠른 속도와 이동 능력, 특수한 생명력 등에 대해 거의 일치된 견해를 나타냈다.

그것이 고래라면, 그 크기는 이제까지 과학이 분류한 어떤 고래보다도 훨씬 컸다. 퀴비에도, 라세페드도, 뒤메릴도, 카트르파주[1]도, 직접 보지 않았다면—다시 말해서 그들 자신의 과학적인 눈으로 직접 목격하지 않았다면—그런 괴물의 존재를 결코 인정하지 않았을 것이다.

여러 경우에 행해진 관찰 결과를 평균하면—그 물체의 길이를 60미터로 과소 평가하거나, 길이 5킬로미터에 너비 1.5킬로미터라고 과대 평가한 것은 빼고—이 놀랄 만한 괴물은 이제까지 어류학자가 인정한 최대의 동물보다 훨씬 크다고 단언할 수 있을 것이다. 물론 그 괴물이 정말로 존재한다면.

하지만 그 괴물은 실제로 존재했고, 그것은 부인할 수 없는 엄연한 사실이었다. 환상적인 것을 추구하는 인간 심리의 경향을 고려하면, 이 초자연적인 괴물의 출현에 전세계가 들끓은 것도 쉽게 이해할 수 있다. 이제는 그것을 인간의 상상력이 지어낸 가공의 존재로 물리쳐버릴 수는 없게 되었다.

1866년 7월 20일, 캘커타-버마 해운회사 소속의 '가버너 히긴슨' 호가 오스트레일리아 동쪽 8킬로미터 해상에서 움직이고 있는 이 물체를 만났기 때문이다. 이 물체를 처음 보았을 때 베이커 선장은 알려지지 않은 암초를 만난 줄 알았다. 그래서 그 정확한 위치를 측정할 준비를 하고 있을 때, 그 불가해한 물체에서 두 개의 물기둥이 휘파람 소리를 내면서 공중으로 50미터나 솟구쳐 올랐다. 따라서 그것이 간헐천을 내뿜는 암초가 아니라면, '가버너 히긴슨' 호는 공기와 증기가 섞인 물기둥을 뿜어내는 미지의 수생 포유류를 만난 것이 분명했다.

같은 해 7월 23일, 서인도-태평양 해운회사 소속의 '크리스토발 콜롱' 호도 태평양에서 그와 비슷한 현상을 관찰했다. 그렇다면 이 신비한 고래는 놀랄 만큼 빠른 속도로 이동할 수 있다는 얘기가 된다. '가버너 히긴슨' 호와 '크리스토발 콜롱' 호는 700해리(海里)[2] 이상 떨어진 해도상의 두 지점에서 사흘 간격으로 그 괴물을 목격했기 때문이다.

보름 뒤에 다시 2000해리 떨어진 해상에서 그 괴물이 목격되었다. 미국과 유럽 사이의 대서양을 반대 방향으로 항해하고 있던 프랑스의 정기여객선 '엘베티아' 호와 영국의 정기우편선 '섀넌' 호가 서경 60도 35분 · 북위 42도 15분 지점에서 괴물을 보았다고 서로 통신을 주고받은 것이다. 동시에 이루어진 관찰 결과, 이 포유류의 길이는 적어도 100미터가 넘는 것으로 추정되었다. '섀넌' 호와 '엘베티아' 호는 둘 다 선체 길이가 100미터인데, 그 괴물에 비하면 훨씬 작아 보였기 때문이다. 알류샨 열도[3] 근해에 자주 출몰하는 가장 큰 고래인 '쿨람마크' 와 '움굴리크' 도 아무리 크게 자라봤자 56미터를 넘지 못했다.

연이어 날아드는 이러한 보고들, 대서양 횡단 정기여객선 '페레이레' 호에서도 괴물을 보았다는 새로운 목격담, 이즈만 해운 소속의 '에트나' 호와 괴물의 접촉, 프랑스의 순양함 '노르망디' 호 장교들이 작성한 비망록, '로드 클라이드' 호에서 피츠제임스 제독의 참모들이 작성한 보고서—이 모든 것들이 여론을 들끓게 했다. 이 사건은 태평스러운 기질의 나라에서는 유쾌한 농담거리가 되었지만, 영국이나 미국이나 독일처럼 진지하고 실제적인 나라에서는 심각한 관심거리가 되었다.

대도시라면 어디에서나 이 괴물이 화제가 되었다. 카페에서는 괴물을 노래했고, 신문에서는 괴물을 조롱했으며, 극장에서는 괴물을 무대에 올렸다. 삼류 신문들은 이 사건을 온갖 허무맹랑한 풍설을 퍼뜨릴 수 있는 기회로 삼았다. 신문에는 북극지방의 가공할 흰 고래 '모비 딕'[4]에서부터 500톤급 선박을 다리로 휘감아 깊은 바다 속으로 끌고 갈 수 있는 크라켄[5]에 이르기까지 상상 속의 거대한 생물들이 죄다 등장하여 지면을 장식했고, 덕분에 신문들은 날개돋친 듯이 팔려나갔다. 이런 괴물의 존재를 인정한 고대의 보고서들, 아리스토텔레스[6]와 플리니우스[7]의 견해, 바다 괴물에 관한 폰토피단 주교[8]의 노르웨이 이야기, 파울 에게데[9]의 견문록도 신문에 실렸다. 끝으로 해링턴 선장의 보고서도 실렸는데, 그가 1857년에 '카스틸리안' 호 선상에서 거대한 바다뱀을 보았다고 주장했을 때만 해도 그 말을 의심할 수 있는 사람은 아무도 없었다.

이어서 학계와 과학 잡지에서는 괴물의 존재를 믿는 사람과 믿지 않는 사람들 사이에 끝없는 논쟁이 벌어졌다. '괴물 문제'는 사람들의 마음에 불을 질렀다. 과학을 편든 기자들은 재치 편에 선 기자들과 맞서서 이 기념할 만한 전쟁에 막대한 잉크를 쏟아부었다. 개중에는 실제로 피를 흘린 사람도 있었다. 바다뱀 논쟁이 모욕적인 인신 공격으로 발전했기 때문이다.

여섯 달 동안 일진일퇴의 공방전이 계속되었다. 브라질의 지리학연구소, 베를린의 국립과학원, 영국의 학술협회, 워싱턴의 스미스소니언 연구소에서 내놓은 묵직한 논문들, 〈인디언 아키펠라고〉와 무아뇨 신부의 〈코스모스〉, 페터만의 〈미타일룽겐〉[10] 같은 잡지에 실린 논설들, 프랑스를 비롯한 여러 나라의 유력 신문에 실린 과학 기사들—이 모든 반격에 대해, 나머지의 소수파 언론은 흔들리지 않는 재치로 응수했다. 이들 재치 편에 선 필자들은, 괴물을 퇴치해야 한다고 주장하는 쪽에서 린네[11]의 말을 금과옥조인 양 인용하자, 이를 비틀어 "자연은 바보를 낳지 않는다"[12]고 주장하고, 따라서 크라켄이나 바다뱀이나 모비 딕이나 그밖에 정신나간 뱃사람들이 지어낸 괴물의 존재를 인정하여 자연이 거짓말을 했다고 비난하지 말라고 충고했다. 마지막 결정타는 많은 사람들에게 공포의 대상이 되고 있는 유력한 풍자 신문에 그 신문사의 가장 고명한 기자가 쓴 기사였다. 그는 히폴리토스[13]처럼 괴물에 박차를 찔러넣어 치명타를 가했고, 처참한 꼴이 된 괴물을 끌어내어 세상 사람들의 웃음거리로 만들었다. 재치가 과학보다 세다는 것을 입증한 셈이다.

1867년의 처음 두 달 동안, 괴물 문제는 완전히 죽어서 땅 속에 파묻힌 것 같았다. 되살아날 가망이 전혀 없는 듯이 보였을 때 새로운 정보가 세상에 널리 알려졌다. 게다가 이번에는 단순히 과학적 문제를 푸는 것이 아니라 심각한 실제적 위험을 해결해야 했다. 문제는 전혀 다른 양상을 띠고 있었다. 괴물은 작은 섬이나 바위나 암초가 되었다. 하지만 그것은 정체도 알 수 없고 붙잡을 수도 없는, 떠다니는 암초였다.

1867년 3월 5일 밤, 몬트리올 대양해운 소속의 '모라비안' 호가 서경 72도 15분·북위 27도 30분 지점에서 어느 해도에도 실려 있지 않은 암초에 우현을 부딪혔다. '모라비안' 호는 바람과 400마력짜리 증기기관의 힘으로 13노트의 속도를 내고 있었다. 선체가 튼튼하지 않았다면 충돌로 구멍이 뚫려, 캐나다에서 승선한 237명의 승객과 함께 침몰하고 말았을 것이다.

사고는 아침 5시께, 동이 막 트고 있을 무렵에 일어났다. 당직 선원들은 고물로 달려가 바다를 유심히 살펴보았지만, 500미터

전방에서 무언가가 해수면을 힘껏 내리치기라도 한 것처럼 물이 세차게 소용돌이치는 것밖에는 보이지 않았다. 선원들은 그 위치를 정확히 기록했고, '모라비안' 호는 별다른 손상을 입지 않은 채 항해를 계속했다. 배는 해저 바위에 부딪혔을까? 아니면 난파선 잔해에 부딪혔을까? 그것은 확인할 수 없었지만, 드라이 독에서 선체를 점검해보니 용골(龍骨)[14]의 일부가 파손되어 있었다.

이 사고 자체는 아주 심각했지만, 몇 주일 뒤에 비슷한 상황에서 비슷한 사고가 일어나지 않았다면 다른 수많은 사고들과 마찬가지로 잊혀졌을 것이다. 더구나 이번에는 충돌한 배의 국적과 그 선박 회사의 평판 때문에 세상 사람들은 엄청난 충격을 받았다.

영국의 유명한 선주 큐나드[15]의 이름은 모르는 사람이 없을 것이다. 선견지명이 있는 이 사업가는 1840년에 적재량이 1162톤이나 되는 400마력짜리 외륜 목선 세 척을 이용하여 리버풀과 캐나다의 핼리팩스를 왕복하는 우편수송 사업을 시작했다. 8년 뒤에 회사는 적재량 1820톤에 650마력짜리 선박 네 척을 추가로 투입했고, 다시 2년 뒤에는 적재량과 마력이 훨씬 큰 선박 두 척을 더 보유하게 되었다. 1853년에 우편수송 독점권을 갱신한 큐나드 해운은 '아라비아' 호 · '페르시아' 호 · '차이나' 호 · '스코샤' 호 · '자바' 호 · '러시아' 호를 차례로 선단에 추가했다. 이 기선들은 모두 그때까지 대양을 항해한 선박들 중에서는 '그레이트 이스턴' 호 다음으로 큰 선체와 빠른 속력을 가지고 있었다. 1867년 당시 큐나드 해운은 외륜선 여덟 척과 스크루선 네 척을 합하여 모두 열두 척의 배를 소유하고 있었다.

내가 이렇게 자세히 설명하는 까닭은, 현명하고 대담한 경영으로 전세계에 알려진 이 해운회사의 중요성을 모든 사람들에게 확실히 알려주기 위해서다. 어떤 해운회사도 이만큼 수완 좋게 운영되지 않았고, 어떤 사업도 이만한 성공을 거두지 못했다. 지난 26년 동안 큐나드 해운 소속의 선박들은 대서양을 무려 2천 차례나 횡단했지만, 항해를 취소하거나 목적지에 연착한 적이 단 한 번도 없었고, 우편물이나 사람이나 선박을 잃은 적도 없었다. 프랑스의 강력한 도전을 받으면서도, 큐나드 해운이 여전히 다른 해운회사들보다 많은 승객들의 선택을 받고 있는 것—최근 몇 년 동안의 공식 자료를 보면 알 수 있다—은 그 때문이다. 따라서 큐나드 해운의 제1급 기선이 사고를 당했을 때 대소동이 일어난 것도 놀라운 일은 아니었다.

1867년 4월 13일, 바다는 잔잔하고 바람도 적당했다. '스코샤' 호는 서경 15도 12분·북위 45도 37분 위치에 있었다. 배는 1000마력에 13.43노트의 속력을 내고 있었다. 외륜은 규칙적으로 수면을 때리고 있었다. 흘수는 6.7미터, 배수량은 6624입방미터였다.

오후 4시 17분, 승객들이 갑판에서 간식을 먹고 있을 때, '스코샤' 호 좌현의 외륜 뒤쪽에 사실상 거의 감지할 수 없을 정도의 충격이 느껴졌다.

'스코샤' 호가 무언가에 부딪힌 것이 아니라, 무언가가 배에 부딪힌 것이다. 그것은 뭉툭한 둔기가 아니라, 무언가를 자르거나 구멍내는 예리하고 뾰족한 도구였다. 하지만 충격이 그리 대수롭지 않게 여겨졌기 때문에, 선창에서 일하는 사람들이 갑판으로 뛰어 올라오면서 소리를 지르지 않았다면 아무도 걱정하지 않았을 것이다.

"배가 가라앉고 있다! 가라앉고 있다!"

승객들은 겁에 질렸다. 하지만 앤더슨 선장이 재빨리 승객들을 안심시켰다. 사실 위험은 절박하지 않았다. '스코샤' 호에는 수밀실(水密室)[16]이 일곱 개나 설치되어 있어서, 어느 한 곳이 침수되더라도 배 전체에 물이 찰 염려는 전혀 없었다.

앤더슨 선장은 당장 선창으로 내려갔다. 다섯 번째 수밀실로 물이 쏟아져 들어오고 있었다. 물이 차는 속도로 보아 상당히 큰 구멍이 난 것 같았다. 이 수밀실에 보일러가 없었던 것이 그나마 천만다행이었다. 여기에 보일러가 있었다면 불이 당장 꺼져버렸을 것이다.

앤더슨 선장은 당장 정선(停船)을 명했고, 한 선원이 손상 정도를 확인하기 위해 물 속으로 들어갔다. 잠시 후 선체 밑바닥에 지름 2미터 가량의 구멍이 뚫린 것이 확인되었다. 이렇게 큰 구멍을 막을 수는 없었다. '스코샤' 호는 외륜을 반쯤 물에 담근 채 항해를 계속할 수밖에 없었다. 배는 클리어 곶[17]에서 500킬로미터 가량 떨어져 있었고, 예정보다 사흘 늦게 입항하여 리버풀 사람들을 몹시 걱정시켰다.

독에 들어와 있는 '스코샤' 호를 기술자들이 점검했다. 배를 살펴본 기술자들은 자기 눈을 믿을 수가 없었다. 흘수선보다 2.5미터 아래에 이등변삼각형 모양의 구멍이 뻥 뚫려 있었던 것이다. 잘린 선은 깨끗했다. 펀치로 구멍을 뚫었다 해도 이보다 더 정확하게 잘라내지는 못했을 것이다. 따라서 선체에 구멍을 뚫은 그 도구는 놀랄 만한 강도를 갖고 있는 것이 분명했다. 게다가 4센티미터 두께의 철판에 이런 식으로 구멍을 뚫으려면 엄청난 추진력이 필요하다. 그렇게 구멍을 뚫은 뒤에는 다시 반대 방향으

기술자들이 '스코샤' 호를 점검했다

로 강한 역추진력을 받아 배에서 떨어져나갔을 텐데, 어떻게 그런 식으로 움직일 수 있는지 정말 불가사의했다.

이것이 가장 최근에 일어난 사건이었고, 그 결과 여론이 또다시 들끓기 시작했다. 그 순간부터 원인을 알 수 없는 해난 사고는 모두 괴물 탓으로 여겨졌다. 이 환상의 괴물은 불행히도 꽤 자주 일어나고 있는 조난 사고의 책임을 몽땅 뒤집어쓰게 되었다. 해마다 선박협회에 보고되는 3000척의 조난선 가운데 승무원 전원과 함께 소식이 끊긴 기선이나 범선이 무려 200척이나 되었기 때문이다.

그 배들이 사라진 것은 이제―옳든 그르든― '괴물' 탓으로 돌려지고 있었다. 게다가 두 대륙을 오가는 해상 교통이 점점 위험해지고 있었기 때문에, 그 가공할 고래를 무슨 수를 써서라도 바다에서 없애버리라는 요구가 날로 높아지고 있었다.

2

찬반 논쟁

이런 일들이 벌어지고 있을 무렵, 나는 미국 네브래스카 주 북서부의 황무지를 탐험하고 돌아오는 길이었다. 프랑스 정부가 나를 파리 자연사 박물관의 교수 자격으로 이 탐험에 참가시켰다. 네브래스카에서 여섯 달을 보낸 뒤, 나는 귀중한 표본들을 가지고 4월 말 뉴욕에 도착했다. 6월 초에 뉴욕에서 배를 타고 프랑스로 귀국할 예정이었다. 뉴욕에서 기다리는 동안 네브래스카에서 채집한 광물·식물·동물 표본들을 분류하면서 시간을 보낼 작정이었는데, '스코샤' 호 사건이 일어난 것이다.

나는 화제가 되고 있는 이 문제를 잘 알고 있었다. 어떻게 모를 수 있겠는가? 나는 유럽과 미국에서 발행되는 신문들을 읽고 또 읽었지만 해답은 전혀 나오지 않았다. 이 수수께끼는 내 호기심을 자극했다. 하지만 거기에 대해 뭔가 확실한 의견을 정리하지 못한 채 극단에서 극단으로 오락가락했을 뿐이나. '뭔가'가 있는 것은 의심할 여지가 없었다. 성 토마[18]처럼 의심 많은 사람들은

'스코샤 호의 옆구리에 난 상처를 만져보라.

내가 뉴욕에 도착했을 때는 괴물 문제가 한창 뜨거운 논쟁거리가 되어 있었다. 자격도 없는 몇몇 사람들은 괴물이 떠다니는 섬이거나 좀처럼 포착하기 어려운 암초라는 가설을 내놓았지만, 이 가설은 이제 완전히 허물어졌다. 암초의 뱃속에 엔진이 들어 있지 않다면, 어떻게 그처럼 놀라운 속도로 돌아다닐 수 있단 말인가?

떠다니는 선체, 즉 난파선의 거대한 잔해라는 의견도 배제되었다. 이유는 역시 그 물체가 움직이는 속도였다.

이렇게 되면 남은 가능성은 두 가지였고, 그래서 사람들은 완전히 다른 견해를 각각 지지하는 두 파로 갈라졌다. 한쪽은 엄청난 힘을 가진 괴물이라는 설을 지지했고, 또 한쪽은 엄청나게 빠른 속도로 움직이는 '잠수함'이라고 주장했다.

이 두 번째 가설은 나름대로 근거가 있다고 인정받을 수도 있었지만, 구세계와 신세계에서 행해진 조사를 통해 배제되었다. 그런 기계장치를 개인이 제작한다는 것은 생각도 못할 일이었다. 개인이 그런 잠수함을 언제 어디서 만들 수 있겠는가? 그리고 어떻게 그 사실을 비밀로 유지할 수 있겠는가?

그런 파괴 무기를 소유할 수 있는 것은 적어도 국가뿐이고, 인류가 전쟁 무기의 성능을 개선하려고 애쓰는 이 불행한 시대에는 어느 나라가 다른 나라들 몰래 이런 무서운 장비를 시험하는 것이 전혀 불가능하다고 생각할 수는 없었다. 샤스포 총[19] 다음에는 어뢰가 개발되었고, 어뢰 다음에는 수중 장갑함이 개발되었고, 그 다음에는…… 반동이 일어난다. 적어도 나는 그렇게 되기를 바라고 있다.

하지만 각국 정부들이 선언한 것을 보면, 전쟁 무기라는 가설도 배제할 수밖에 없었다. 대륙간 교통이 위험해지고 있어서 이일은 공공의 이익과 관련된 문제가 되었고, 따라서 각국 정부의 정직성은 의심할 수 없었다. 어쨌든 어느 나라 정부가 그런 잠수함을 건조했다면, 어떻게 대중의 눈을 피할 수 있겠는가? 그런 상황에서 비밀을 유지하는 것은 개인에게는 보통 어려운 문제가 아니고, 모든 행위가 적대적인 열강들의 감시를 받고 있는 국가의 경우에는 아예 불가능하다.

그래서 영국 · 프랑스 · 러시아 · 프로이센 · 스페인 · 이탈리아 · 미국, 심지어는 터키에서까지 조사가 이루어진 뒤, '모니터'호[20) 같은 잠수함이 사건에 관련되었다는 가설은 완전히 배제되었다.

그리하여 대중 언론이 괴물설에 끊임없이 조롱을 퍼부었는데도 괴물설이 또다시 표면으로 떠올랐고, 사람들의 상상력은 이쪽으로 계속 발전하여, 결국에는 기상천외한 물고기 중에서도 가장 터무니없는 환상적인 물고기를 만들어내기에 이르렀다.

내가 뉴욕에 도착했을 때 몇몇 사람이 이 사건에 대한 내 의견을 물었다. 나는 프랑스에서 《심해의 신비》라는 두 권짜리 책을 출판한 바 있었다. 특히 학계에서 호평을 받은 이 책 덕분에 나는 박물학에서 비교적 잘 알려지지 않은 영역인 그 방면의 전문가로 여겨지게 되었다. 그래서 사람들이 내 견해를 알고 싶어한 것이다. 나는 해양 전문가가 아니라고 말하면서 소극적인 자세를 취했다. 하지만 곧 막다른 골목에 몰렸기 때문에 내 생각을 표명할 수밖에 없었다. 〈뉴욕 헤럴드〉지는 '파리 자연사 박물관 교수인 피에르 아로낙스 박사'에게 어떤 식으로든 의견을 밝히라고 공개 요구까지 했다.

나는 이 요청을 받아들였다. 더 이상 침묵을 지킬 수 없었기 때문에 어쩔 수 없이 입을 연 것이다. 나는 정치적으로나 과학적으로나 모든 각도에서 문제를 분석했다. 4월 30일자 신문에 발표한 글을 여기에 요약하겠다.

여러 가설을 하나하나 검토해본 결과, 다른 모든 가설이 배제되었기 때문에 강력한 힘을 가진 해양동물의 존재를 인정하지 않을 수 없다.

대양의 심해는 우리에게 전혀 알려지지 않은 영역이다. 측심연(測深鉛)[21]은 아직까지 심해의 밑바닥에 닿지 못했다. 그 깊은 바다에서는 무슨 일이 일어나고 있을까? 수심 2만~2만 5000미터에는 어떤 생물이 살고 있을까? 아니, 그런 곳에 생물이 살 수는 있는 것일까? 만약 살고 있다면 그런 동물은 어떤 구조를 갖고 있을까? 우리는 짐작조차 할 수 없다.

하지만 나에게 제기된 문제의 해답은 양자택일의 형태를 취할 수 있다.

우리는 지구에 살고 있는 온갖 다양한 생물을 모두 알고 있거나, 아니면 모두 알지는 못하거나 둘 중 하나다.

우리가 모든 생물을 알지는 못한다면, 그리하여 자연계에 아직도 우리가 모르는 어류가 숨어 있다면, 본질적으로 '심해성' 구조를 가진 미지의 물고기나 고래가 존재할 가능성을 배제할 수 없다. 측심연이 닿지 않는 심해에 사는 그런 생물이 문득 변덕이 나거나 우발적으로 이따금 해수면 가까이 올라올 가능성도 있다.

반대로 우리가 모든 생물을 알고 있다면, 이미 목록에 실려 있는 해양생물들 중에서 문제의 동물을 찾아야 한다. 이 경우 나는 거대한 일각고래의 존재를 인정하고 싶다.

'바다의 유니콘'이라고 불리는 평범한 일각고래는 18미터까지 자라는 경우가 많다. 이 고래의 크기를 다섯 배 내지 열 배로 키우고, 그 크기에 걸맞는 강한 힘을 부여하고, 보통 일각고래의 뿔보다 훨씬 크고 강력한 무기를 달아주면, 우리가 찾는 동물이 될 것이다. 그 동물은 '섀넌' 호 선원들이 확인한 크기와 '스코샤' 호에 구멍을 내는 데 필요한 도구와 선체를 부수는 데 필요한 힘을 가지고 있을 것이다.

일각고래는 일종의 상아칼로 무장하고 있다. 일부 박물학자들은 그것을 미늘창이라고 부르는데, 이것은 강철만큼 단단한 이빨이다. 일각고래의 이빨이 고래의 몸에 박힌 채 발견된 경우도 있었다. 일각고래가 보통 고래를 공격하면 반드시 성공한다. 드릴로 술통에 구멍을 뚫듯 선체를 꿰뚫은 일각고래의 이빨을 간신히 제거한 경우도 있었다. 파리 대학 의학부 박물관에는 길이 2.25미터에 지름이 48센티미터나 되는 일각고래의 이빨이 소장되어 있다.

이제 그보다 열 배나 큰 무기를 가진, 열 배나 힘센 동물을 상상해보라. 그리고 그 동물이 시속 20노트의 속력으로 달려와 배에 부딪친다면 충분히 참사를 일으킬 수 있을 것이다.

따라서 나는 추가 정보를 얻을 수 있을 때까지는 거대한 일각고래를 문제의 괴물로 상정하고 싶다. 그 일각고래는 미늘창이 아니라 장갑 순양함처럼 충각 장비로 무장하고 있고, 군함과 같은 무게와 기동력도 갖추고 있을 것이다.

설명할 수 없는 현상은 이로써 설명될 것이다. 물론 사람들이 무엇을 보고 느끼고 경험했든, 실제로는 아무것도 존재하지 않았을 가능성은 항상 남아 있다!

막판에 이런 말을 덧붙인 것은 내 소심함 때문이었다. 하지만 나는 학자로서 권위를 지키고 싶었고, 미국인들에게 웃음거리가 될 위험을 피하고 싶었다. 미국인들은 웃을 때는 거리낌없이 웃어대기 때문이다. 그래서 빠져나갈 구멍을 남겨두기는 했지만, 사실 속으로는 나도 '괴물'의 존재를 인정하고 있었다.

내 글은 뜨거운 논쟁과 물의를 불러일으켰다. 많은 사람들이 내 의견을 지지했지만, 어쨌든 내가 제시한 해답은 상상력이 활동할 수 있는 여지를 남겨놓았다. 인간의 정신은 초자연적인 존재를 상상하기를 좋아한다. 바다는 초자연적인 존재가 활동하기에 가장 좋은 무대다. 그런 거대한 짐승을 낳고 키울 수 있는 환경은 바다뿐이기 때문이다. 그들에 비하면 육상동물은 코끼리나 코뿔소조차도 난쟁이처럼 왜소해 보인다. 바다는 이제까지 알려진 포유류 가운데 가장 큰 동물인 고래가 사는 곳이고, 어쩌면 놀랄 만큼 큰 연체동물과 보기만 해도 무시무시한 갑각류와 길이가 100미터나 되는 바닷가재와 무게가 200톤이나 나가는 게들이 살고 있을지도 모른다! 그렇지 않다고 어떻게 단정할 수 있겠는가? 옛날 지질시대의 육상동물은 포유류도, 영장류도, 파충류도, 조류도 모두 거대한 몸집을 갖고 있었다. 조물주는 원래 거대한 거푸집으로 거대한 동물을 만들었지만, 시간이 갈수록 몸집이 서서히 줄어들었다. 끊임없이 변화하고 있는 지구의 중심부와는 달리 변화가 거의 없는 바다, 그 미지의 심해에는 태초의 거대한 동물이 아직 남아 있을 수도 있지 않은가? 1년 전이나 100년 전이나 1000년 전이나 한결같은 형태를 유지하고 있는 그 거대한 종의 마지막 변종을 바다가 가슴속 깊이 감추고 있지 말란 법이 어디 있는가?

하지만 나는 더 이상 이런 망상에 대해 이러쿵저러쿵 말할 자격이 없다. 시간이 갈수록 나에게 무서운 현실로 변해버린 이런 망상은 이제 그만두자! 되풀이 말하거니와, 그때 이미 사람들은 이 사건의 본질에 대해 각자 나름의 생각을 굳혔고, 대중은 전설의 바다뱀과는 아무런 공통점도 없는 거대한 괴물의 존재를 의심 없이 받아들였다.

그러나 일부에서는 그것을 단순히 해결해야 할 과학적 문제로 생각한 반면, 좀더 적극적인 성향의 사람들은 대서양 횡단의 안전을 확보하기 위해 이 가공할 괴물을 바다에서 완전히 없애야 한다고 생각했다. 특히 미국과 영국에는 여기에 동의하는 사람이 많았다. 상공업 관계 신문들은 주로 이런 관점에서 문제를 다루었다. 이 점에서는 〈선박무역신문〉, 〈상선정보〉, 〈해운식민신문〉 같은 신문들도 보험료를 올리겠다고 위협하는 해상보험회사의 사보들과 의견이 일치했다.

여론이 정해지자 미국이 먼저 발벗고 나섰다. 뉴욕에서는 일각고래를 사냥하기 위한 원정 준비가 진행되었다. 쾌속 순양함인 '에이브러햄 링컨' 호가 언제라도 출항할 채비를 갖추었다. 패러것 함장은 어떤 무기든 마음대로 가져갈 수 있는 권한을 부여받고, '에이브러햄 링컨' 호의 무장을 적극적으로 서둘렀다.

하지만 매사가 늘 그렇듯이, 일단 괴물을 사냥하기로 결성하고 나자 공교롭게도 괴물이 더 이상 나타나지 않게 되었다. 달포

순양함 '에이브러햄 링컨' 호

동안 괴물은 전혀 소식이 없었다. 어떤 배도 괴물을 만나지 못했다. 일각고래는 자기를 없애려는 음모가 진행되고 있음을 알아차린 것 같았다. 그 계획은 너무 많이 논의되었고, 대서양을 횡단하는 해저 케이블을 통해서도 논의되었다! 익살꾼들은 이 영리한 녀석이 전보를 도중에 가로채어 그것을 자기한테 유리하게 이용하고 있다고 주장했다.

순양함은 원정에 대비하여 무장을 갖추었고 무시무시한 사냥 도구까지 갖추었지만, 그 배를 어디로 보내야 할지 아는 사람이 아무도 없었다. 날로 초조감이 높아지고 있었다. 그런데 6월 3일, 괴물이 출현했다는 소식이 전해졌다. 샌프란시스코와 상하이를 잇는 태평양 항로를 항해하던 한 기선이 열흘 전에 북태평양에서 또다시 그 괴물을 보았다는 것이다.

이 소식은 엄청난 흥분을 불러일으켰다. 패러것 함장은 24시간 안에 출항하라는 명령을 받았다. 식량이 배에 실렸다. 선창에는 석탄이 넘쳐흘렀다. 승무원은 한 사람도 빠짐없이 소집 명령에 응했다. 이제는 보일러에 불을 지피고 닻을 올리기만 하면 되었다! 반나절의 지체도 용납되지 않았다! 어쨌든 패러것 함장은 한시라도 빨리 출항하고 싶어서 몸이 달았다.

'에이브러햄 링컨' 호가 브루클린 부두를 떠나기 세 시간 전에 나는 이런 편지를 받았다.

뉴욕 5번가 호텔[22]
파리 자연사 박물관 교수
아로낙스 박사 귀하

귀하께서 '에이브러햄 링컨' 호의 원정에 참가하기를 원하신다면, 미국 정부는 기꺼이 귀하를 프랑스 대표로 원정대에 맞아들이고자 합니다. 패러컷 함장은 귀하를 위해 선실을 준비해놓고 있습니다.

해군장관
J. B. 호브슨 [23]

3

주인님 좋으실 대로

J. B. 호브슨의 편지가 도착하기 3초 전까지만 해도 나는 서북 항로를 탐색하거나 유니콘을 사냥할 생각은 꿈에도 하지 않았다. 그런데 해군장관의 편지를 읽은 지 3초 뒤에는 세상을 떠들썩하게 하는 그 괴물을 추적하여 세상에서 없애버리는 것이야말로 나의 진정한 사명이며 내 생애의 유일한 목적임을 깨달았다.

나는 고된 여행에서 돌아온 지 얼마 안 되었기 때문에, 지친 몸은 휴식을 갈망하고 있었다. 내가 바라는 것은 내 조국을 다시 보고, 내 친구들과 식물원에 있는 내 작은 숙소와 귀중한 컬렉션을 다시 보는 것뿐이었다. 하지만 이제는 아무것도 나를 막을 수 없었다. 나는 피곤도, 친구들도, 채집품도 다 잊어버렸다. 그리고 미국 정부의 제의를 두 번 생각할 필요도 없이 받아들였다.

'어쨌든……' 하고 나는 생각했다. '모든 길은 유럽으로 통하니까, 유니콘은 틀림없이 나를 프랑스 해안 쪽으로 데려가줄 거야. 그 상냥한 동물은 나에 대한 각별한 호의로 유럽 근해에서 붙

잡혀주겠지. 녀석의 이빨을 50센티미터만이라도 자연사 박물관으로 가져갈 수 있으면 좋겠군.'

하지만 그런 행운이 올 때까지는 북태평양에서 유니콘을 찾아다녀야 한다. 그것은 프랑스와 정반대 방향으로 나아가야 한다는 뜻이었다.

"콩세유!"[24] 나는 짜증스럽게 소리쳤다.

콩세유는 내가 다닌 모든 여행에 동행한 내 하인이었다. 플랑드르[25] 출신의 그 정직하고 성실한 젊은이를 나는 무척 좋아했고, 그도 내 호의에 보답해주었다. 냉정하고 침착한 성격을 타고난 그는 질서정연함을 신조로 삼고, 무슨 일이든 열심히 진지하게 하는 성미였다. 웬만한 일에는 놀라지도 않고, 손재주가 뛰어나서 어떤 일을 시켜도 만족스럽게 해냈고, 이름과는 어울리지 않게 남이 먼저 청하지 않으면 절대로 제 의견을 내세우지 않았다.

식물원이라는 좁은 공간에서 학자들과 가깝게 지내는 동안, 콩세유는 나름대로 전문지식을 갖게 되었다. 그는 특히 박물학 분류의 전문가로, 문(門)·강(綱)·목(目)·과(科)·속(屬)·종(種)을 곡예사처럼 능숙하게 넘나들었다. 하지만 그의 과학적 지식은 거기서 끝났다. 그는 분류에 관한 이론에는 정통했지만, 그 실제에 대해서는 거의 알지 못했다. 그는 보통 고래와 향유고래도 구별하지 못했을 것이다. 하지만 정말 훌륭하고 충직한 젊은이였다!

지난 10년 동안 콩세유는 내가 과학 연구를 위해 가는 곳이면 어디든 따라다녔다. 여행이 아무리 멀고 피곤해도 불평 한 마디 하지 않았다. 중국이나 콩고처럼 먼 나라로 여행을 떠날 때도 두

말없이 가방을 꾸렸다. 그는 어디든 여행했고, 그것을 당연하게 생각했다. 게다가 몸이 건강해서 어떤 병에도 코웃음쳤다. 그는 힘센 근육을 갖고 있었고, 두려움을 몰랐다. 그에게는 두려움을 느끼는 신경이 아예 없는 것 같았다.

콩세유는 서른 살이었고, 주인과의 연령비는 15 대 20이었다. 다시 말해서 내 나이는 마흔 살이었다.

콩세유에게는 한 가지 결점이 있었다. 완고한 형식주의자여서, 나에게 반드시 삼인칭으로 말하는 것이다. 정말 곤혹스럽고 짜증이 날 정도였다.

"콩세유!" 나는 열에 들뜬 사람처럼 떠날 준비를 하면서 다시 한번 콩세유를 불렀다.

나는 물론 이 충직한 젊은이를 믿고 있었다. 여느 때 같으면 내 여행에 따라갈 마음이 있는지 어떤지 물어보지도 않았을 것이다. 하지만 이번 여행은 한없이 계속될 수도 있는 원정이었고, 순양함조차도 간단히 침몰시킬 수 있는 동물을 추적하는 위험한 모험이었다. 세계에서 가장 냉정한 사람도 한번 생각해볼 필요가 있는 문제였다. 콩세유는 뭐라고 할까?

"콩세유." 나는 세 번째로 하인을 불렀다.

이윽고 콩세유가 나타났다.

"주인님이 부르셨습니까?"

"그래. 떠날 준비를 해주게. 두 시간 뒤에 떠날 거야."

"주인님이 좋으실 대로." 콩세유는 침착하게 대답했다.

"잠시도 낭비할 시간이 없어. 여행용품과 코트, 셔츠, 양말을 아낌없이 그리고 되도록 많이 트렁크에 꼭꼭 채워넣게. 빨리!"

"주인님의 채집품은요?"

"그건 나중에 처리하지."

"뭐라고요! 아르케오테리움, 히라코테리움, 오레오돈, 카이로포타미[26] 그리고 주인님의 다른 뼈들도 모두 놓고 가신단 말씀이세요?"

"호텔에 맡길 거야."

"주인님의 살아 있는 바비루사(인도산 멧돼지)는요?"

"우리가 없는 동안 누군가가 돌봐주겠지. 어쨌든 동물은 모두 프랑스로 보내라고 지시할 거야."

"그럼 우리는 파리로 돌아가는 게 아니군요?"

"물론…… 돌아가기는 돌아가지……." 나는 얼버무렸다. "하지만 먼길로 돌아서 갈 거야."

"주인님은 어떤 우회로를 원하십니까?"

"아니 뭐, 별 차이는 없어. 프랑스로 곧장 돌아가지 않는다는 것뿐이지. '에이브러햄 링컨' 호를 타고 갈 거야."

"주인님이 좋으실 대로." 콩세유는 침착하게 대답했다.

"그 괴물…… 저 유명한 일각고래 때문이야. 우리는 그놈을 바다에서 없애버릴 거야! 그래도 명색이 《심해의 신비》를 쓴 저자인데, 패러것 함장과 동행하기를 거절할 수는 없잖아. 영광스러운 사명이지만…… 위험하기도 해. 결과가 어떻게 될지는 아무도 몰라. 그런 괴물들은 변덕이 심할 수 있으니까 말야. 하지만 그래도 갈 거야! 패러것 함장은 배짱과 용기를 가진 사람이거든!"

"주인님이 가시는 곳이라면 어디든 저도 가겠습니다."

"다시 한번 생각해봐. 자네한테는 아무것도 숨기고 싶지 않아. 이번에는 돌아올 수 없는 여행이 될지도 몰라!"

"주인님이 좋으실 대로"

"주인님이 좋으실 대로."

15분 뒤에 트렁크가 준비되었다. 콩세유는 순식간에 짐을 꾸린 것이다. 그래도 빼놓은 것은 하나도 없을 것이다. 이 젊은이는 조류나 포유류를 분류하듯 솜씨 좋게 셔츠와 코트를 분류했기 때문이다.

호텔의 승강기는 우리를 2층 라운지에 내려놓았다. 나는 1층으로 이어진 층층대를 몇 계단 내려갔다. 그리고 언제나 많은 사람들에게 포위되어 있는 카운터에서 계산을 끝내고, 박제 동물과 말린 식물 꾸러미는 파리로 보내라고 지시했다. 바비루사를 위해서는 은행에 계좌를 개설하여 충분한 사료비가 지급되도록 조치한 다음, 콩세유를 데리고 마차에 뛰어올랐다.

한 번 타는 운임이 20프랑인 이 사륜마차는 브로드웨이를 따라 유니언 광장까지 간 다음, 4번가를 따라 바우어리 거리와의 교차점까지 가서 캐서린 거리로 구부러져 34번 부두 앞에 멈춰 섰다. 거기서 도강선 '캐트린' 호가 사람과 말과 마차를 브루클린으로 실어 날랐다. 브루클린은 이스트 강 왼쪽 연안에 있는 뉴욕의 변두리였다. 몇 분 뒤에 우리는 '에이브러햄 링컨' 호가 쌍둥이 굴뚝으로 검은 연기를 토해내고 있는 부두에 서 있었다.

우리의 트렁크들은 당장 순양함 갑판으로 운반되었다. 나는 서둘러 배에 올라타고 패러것 함장을 찾았다. 한 수병이 나를 선미 갑판으로 데려갔다. 호감이 가는 용모의 장교가 다가와 나에게 손을 내밀었다.

"피에르 아로낙스 박사님이시죠?"

"그렇습니다. 패러것 함장님이신가요?"

"그렇습니다. 잘 오셨습니다, 아로낙스 박사님. 선실은 준비되어 있습니다."

나는 인사를 하고, 출항 준비를 하고 있는 함장을 남겨둔 채 수병의 안내를 받아 나에게 배당된 선실로 갔다.

'에이브러햄 링컨' 호는 이 새로운 임무에는 안성맞춤인 배였고, 장비도 완전히 갖추고 있었다. 이 쾌속 순양함은 증기 압력을 7기압까지 올릴 수 있는 과열장치를 갖추고 있었다. 증기 압력이 7기압인 상태에서는 일반적으로 18.3노트까지 속력을 낼 수 있었다. 상당히 빠른 속력이지만, 그 거대한 고래와 경쟁하기에는 아직도 부족했다.

순양함의 숙박설비도 항해 능력 못지않게 뛰어났다. 내 선실은 고물에 있었고, 장교실과 이어져 있었다. 나는 완전히 만족했다.

"여기서는 편안히 지낼 수 있겠군." 나는 콩세유에게 말했다.

"물레고둥 껍데기 속에 들어간 집게처럼 편안하겠는데요."

나는 트렁크를 적당히 챙겨넣는 일을 콩세유에게 맡기고, 닻올리는 장면을 구경하러 갑판으로 돌아갔다.

때마침 패러것 함장이 '에이브러햄 링컨' 호를 브루클린 부두에 묶어두고 있는 마지막 밧줄을 풀라고 지시하고 있었다. 내가 15분만 늦게 도착했어도 이 순양함은 떠나버렸을 것이고, 나는 그 놀랍고 초자연적이고 불가사의한 원정에 참여할 기회를 놓쳐버렸을 것이다. 사실 그 원정에 대해서는 아무리 소상하게 이야기해도 끝까지 믿으려 하지 않는 사람도 있을 것이다.

패러것 함장은 하루, 아니 한 시간도 낭비하고 싶어하지 않았다. 괴물이 목격된 것으로 전해진 바다로 한시라도 빨리 달려가고 싶어서 안달이 나 있었다. 함장은 기관사를 물렀다.

"준비됐나?"

"예, 함장님."

"출항!" 패러컷 함장이 외쳤다.

이 명령이 압축 공기를 통해 기관실로 전달되자마자 기관실 선원들은 시동을 걸었다. 수증기가 반쯤 열린 밸브를 통해 쉿쉿 소리를 내며 쏟아져 나왔다. 기다란 수평 피스톤이 신음소리를 내며 구동축의 크랭크를 밀었다. 스크루의 날이 점점 빨리 물을 때리자, '에이브러햄 링컨' 호는 구경꾼을 가득 실은 수많은 나룻 배와 전마선(傳馬船) 사이를 뚫고 당당하게 나아갔다.

브루클린 부두와 뉴욕의 이스트 강변 일대는 구경꾼으로 가득 메워져 있었다. 50만 명의 가슴속에서 만세삼창이 터져 나왔다. '에이브러햄 링컨' 호가 허드슨 강에 이르러 길쭉한 반도 끝을 돌 때까지 수천 장의 손수건이 빽빽이 들어찬 군중들 머리 위에서 계속 나부꼈다.

이어서 순양함은 허드슨 강의 오른쪽 연안을 따라 별장이 늘어 서 있는 뉴저지 해안을 지나고, 요새들 사이를 지나갔다. 요새들 은 저마다 가장 큰 대포를 쏘아 우리의 출항을 환송해주었다. 그 때마다 '에이브러햄 링컨' 호는 미국 국기를 세 번 내렸다 올리면 서 답례를 보냈다. 깃대 꼭대기에서는 미국 국기에 새겨진 37개 의 별[27]이 아름답게 빛났다. 이어서 배는 샌디훅[28] 주변 수로를 표시하기 위해 띄워둔 부표를 피하기 위해 속도를 늦추고, 샌디 훅의 좁은 모래톱 언저리를 따라 나아갔다. 여기서도 수천 명의 구경꾼이 박수갈채로 순양함의 장도를 축복해주었다.

호위하는 보트와 보급선들은 계속 순양함을 따라오다가, 뉴욕 항으로 들어가는 물길을 표시하는 두 개의 신호등을 켠 등대선 을 만난 뒤에야 겨우 순양함을 떠났다.

보트의 보급선들이 순양함을 계속 따라왔다

시계가 3시를 알리고 있었다. 수로 안내인이 보트로 내려가, 바람이 불어가는 쪽에서 그를 기다리고 있는 작은 범선에 올라탔다. 보일러의 화력이 강해졌다. 스크루는 더욱 빠른 기세로 물을 때렸고, 순양함은 롱아일랜드의 얕은 해안을 따라 나아갔다. 8시에 순양함은 북서쪽에 보이는 파이어 섬의 불빛을 뒤로 하고 대서양의 검은 물결 위를 전속력으로 달리고 있었다.

4

네드 랜드

패러짓 함장은 그가 지휘하는 순양함에 걸맞게 훌륭한 해군 장교였다. 함장과 배는 일심동체였다. 그는 배의 영혼 자체였다. 그는 문제의 고래에 대해 털끝만한 의심도 품지 않았으며, 그 고래가 과연 존재하느냐 아니냐를 놓고 부하들이 토론하는 것도 용납하지 않았다. 그는 선량한 여자들이 리바이어던[29]의 존재를 믿듯이, 이성이 아니라 신앙으로 그 고래의 존재를 믿고 있었다. 괴물은 분명히 존재했고, 그는 그 괴물을 바다에서 없애버리겠다고 맹세했다. 그는 자신의 섬을 황폐하게 만드는 뱀과 싸우기 위해 용맹하게 나아가는, 로도스 기사단[30]의 기사 디외도네 드 고조 같았다. 패러짓 함장이 일각고래를 죽이든가 아니면 일각고래가 패러짓 함장을 죽이든가, 둘 중 하나였다. 타협은 결코 있을 수 없었다.

장교들도 함장과 같은 의견이었다. 그들이 드넓은 바다를 바라보면서 일각고래와 만날 가능성을 계산하고 토론하고 논쟁하는 것을 들을 수 있었다. 자진해서 망루 꼭대기로 올라가 망을 보는 사람까지 있었다. 여느 때 같으면 그런 일은 끔찍하게 힘들고 싫은 일로 생각했을 것이다. 해가 날마다 하늘에 반원을 그리는 동안, 배의 삭구(索具)[31]는 안달이 나서 한곳에 가만히 앉아 있을 수도 없고 갑판이 너무 뜨거운 탓에 걸어다닐 수도 없는 사람들로 가득 찼다. 하지만 '에이브러햄 링컨' 호는 고래가 출현한 태평양 해역에 아직 발도 들여놓지 못한 상태였다.

승무원들은 일각고래를 만나 작살을 박고 갑판 위로 끌어올려 난도질하고 싶은 열망에 온통 사로잡혀 있었다. 그들은 바다를 유심히 살폈다. 패러것 함장은 급사든 갑판원이든 항해사든 장교든 누구든 간에 고래를 처음 발견하는 사람에게는 2천 달러의 상금을 주겠다고 말했다. 그러니 '에이브러햄 링컨' 호에 타고 있는 승무원들 가운데 얼마나 많은 사람이 눈을 부릅뜨고 고래를 찾았을지는 여러분의 상상에 맡기겠다.

나도 다른 사람들 못지않게 고래 찾기에 열중하여, 날마다 나에게 할당된 정찰 시간을 절대로 남에게 빼앗기려 하지 않았다. 순양함은 '아르고스'[32]라고 불려도 좋을 만한 이유를 100가지는 지니고 있었을 것이다. 예외는 콩세유뿐이었다. 그는 우리가 열중해 있는 문제에 도통 무관심했고, 그래서 배를 휩쓸고 있는 열광에 약간의 '찬물' 마저 뿌리고 있었다.

앞에서도 말했듯이, 패러것 함장은 세심한 주의를 기울여 거대한 고래를 잡는 데 필요한 장비를 모두 갖추고 있었다. 어떤 포경선도 그렇게 완전한 장비를 갖출 수는 없었을 것이다. 손으로 던질 수 있는 작살에서부터 갈고리 달린 화살을 발사하는 나팔총과 터지는 총탄을 발사하는 산탄총에 이르기까지, 세상에 알려져 있는 무기란 무기는 죄다 갖추고 있었다. 앞갑판에는 포신이 굵고 구경이 좁은 최신형 후장식(後裝式) 대포가 장착되어 있었다. 이것은 1867년도 세계박람회[33] 때 전시될 예정인 대포와 같은 모델이었다. 이 귀중한 미국제 무기는 4킬로그램짜리 원뿔형 포탄을 평균 16킬로미터 거리까지 쉽게 쏘아보낼 수 있었다.

따라서 '에이브러햄 링컨' 호에는 온갖 파괴 무기가 갖추어져 있었다. 하지만 이보다 훨씬 훌륭한 무기가 있었으니, 그것은 바로 작살잡이의 명수 네드 랜드였다.

캐나다 출신인 네드는 믿을 수 없을 만큼 손재주가 뛰어나, 이 위험한 직업에서 그를 따라갈 사람은 아무도 없었다. 그의 기술과 침착성, 용기와 교활함은 놀랄 정도였고, 그의 작살을 피할 수 있는 것은 여간내기가 아닌 참고래나 보기 드물게 약삭빠른 향유고래뿐이었다.

네드는 마흔 살쯤 되어 보였다. 180센티미터가 넘는 키와 건장한 체격에 음울하고 과묵한 성격이었다. 하지만 때로는 공격적으로 시비를 걸기도 했고, 남에게 반박이라도 당하면 몹시 화를 냈다. 그는 외모 때문에, 특히 얼굴 표정을 강조해주는 강렬한 눈빛 때문에 사람들의 이목을 끌었다.

패러것 함장이 그를 고용한 것은 참 잘한 일이었다고 나는 믿는다. 믿을 만한 네드의 눈과 팔은 나머지 승무원들을 모두 합친 것만큼의 가치가 있었다. 그는 언제든지 발사할 태세를 갖춘 대포와 성능 좋은 망원경을 겸비한 사람에 비유할 수 있었다.

그 캐나다인은 원래 프랑스인이어서, 아무리 과묵한 사람이라 해도 나에게 얼마간의 호의를 보여준 것은 나도 인정할 수밖에 없다. 내 국적이 그의 마음을 끌어당긴 것은 분명하다. 그는 캐나

네드 랜드는 마흔 살쯤 되어 보였다

다의 일부 지방에서 아직도 쓰이고 있는 라블레[34] 시대의 말을 써볼 수 있는 기회를 얻었고, 나에게는 고색창연한 옛 프랑스어를 들어볼 수 있는 기회였다. 이 작살잡이의 가족은 퀘벡 출신이었고, 그 도시가 아직 프랑스 영토였을 때 이미 억세고 대담한 어부 가문이 되어 있었다.

네드는 차츰 잡담에 익숙해졌다. 나는 그가 북극해에서 겪은 모험담을 듣기를 좋아했다. 그가 겪은 무용담이나 고래와의 싸움을 이야기할 때의 표현법은 타고난 시인처럼 자연스러운 시적 감흥을 보여주었다. 그의 이야기는 서사시의 형태를 지니고 있었다. 나는 캐나다판 호메로스[35]가 낭송하는 북극지방의《일리아스》를 듣고 있는 듯한 기분이 들었다.

나는 지금 이 억세고 대담한 친구를 내가 알고 있는 그대로 묘사하고 있다. 나중에 우리는 둘도 없는 친구가 되었다. 우리를 묶어준 그 확고한 우정은 그 무서운 경험을 함께 나누면서 시작되고 단단하게 다져졌다. 아아, 용감한 네드! 그대를 좀더 오래 기억할 수 있도록 백 년만 더 살고 싶구나!

그런데 그 바다 괴물에 대해 네드는 어떤 의견을 가지고 있었을까? '에이브러햄 링컨' 호에서 바다 괴물이 일각고래라고 믿지 않는 사람은 오직 네드뿐이었다. 내가 그를 이 화제에 끌어들이려고 하면 그는 화제를 돌리기까지 했다.

뉴욕을 떠난 지 3주 뒤인 6월 25일의 아름다운 저녁, 순양함은 파타고니아[36] 해안의 블랑코 곶에서 50킬로미터쯤 떨어진 지점을 지나고 있었다. 우리는 이미 남회귀선을 통과했고, 마젤란 해협[37]은 남쪽으로 1000킬로미터밖에 떨어져 있지 않았다. 일주일도 지나기 전에 '에이브러햄 링컨' 호는 태평양을 항해하고 있을 터였다.

네드와 나는 선미 갑판에 앉아 신비로운 파도를 바라보면서 이런저런 이야기를 나누고 있었다. 심해는 아직도 인간의 눈길이 닿지 않은 채 신비에 싸여 있다. 나는 교묘히 에둘러서 거대한 일각고래 이야기로 대화를 이끌어, 이 원정이 성공할 가능성이 어느 정도나 되는가를 검토했다. 그러다가 네드가 한 마디도 하지 않고 내 이야기를 듣기만 하는 것을 알아차리고, 좀더 직접적으로 네드를 다그쳐보았다.

"그런데 자네는 무엇 때문에 우리가 쫓고 있는 그 고래의 존재를 그렇게 의심하는 건가? 무슨 특별한 이유라도 있나?"

작살잡이는 대답하는 대신 나를 한참 바라보다가 버릇처럼 이마를 탁 때리고는 생각을 정리하듯 눈을 감고 마침내 입을 열었다.

"아마 있을 겁니다. 아로낙스 박사님."

"하지만 전문 고래잡이에다 거대한 해양동물을 잘 알고 있는 자네 같은 사내는 바다 괴물이 거대한 고래라는 설을 쉽게 받아들일 수 있을 텐데. 이런 상황에서 의심을 품는 게 가장 어울리지 않는 사람은 바로 자네야!"

"박사님이 잘못 생각하신 게 바로 그 점입니다. 보통 사람들은 거대한 혜성이 하늘을 가로지른다거나 땅 속에 선사시대의 괴물이 살고 있다는 말을 믿고 싶어하죠. 하지만 천문학자나 지질학자는 그런 환상적인 주장을 받아들이지 않습니다. 그건 고래잡이도 마찬가지예요. 저는 고래를 수백 마리나 추적해서 수많은 녀석에게 작살을 꽂았고 수십 마리나 죽였지만, 고래가 아무리 힘이 세고 아무리 좋은 무기를 갖고 있어도 꼬리나 이빨로 기선의 철판 선체를 꿰뚫을 수는 없었을 겁니다."

"하지만 고래 이빨이 배에 구멍을 뚫은 사건은 실제로 여러 번 일어났지 않은가."

"그건 아마 목선이었겠죠. 구멍 뚫린 배를 직접 본 적은 없지만, 반대되는 증거가 나올 때까지는 참고래나 향유고래나 바다의 유니콘인 일각고래가 그런 짓을 해낼 수 있다고는 믿을 수 없습니다."

"하지만 내 말 좀 들어보게……."

"아니에요, 박사님. 다른 얘기는 뭐든지 해도 좋지만, 그 얘기만은 그만둡시다. 아마 거대한 오징어나……."

"그건 고래보다 훨씬 있을 수 없는 일이야. 오징어는 연체동물에 불과해. 연체동물이라는 말 자체가 암시하듯, 오징어의 살은 부드러워. 오징어의 길이가 100미터라 해도 척추동물은 아닐 테고, 그러니까 '스코샤' 호나 '에이브러햄 링컨' 호 같은 배는 절대로 해칠 수 없어. 따라서 크라켄이나 그런 괴물의 묘기는 모두 꾸며낸 얘기로 생각할 수밖에 없어."

"그렇다면 박사님……." 네드는 놀리는 듯한 투로 말했다. "박사님은 박물학자로서 거대한 고래가 존재한다는 견해를 고수하시는 겁니까?"

"그래. 사실이 지니는 필연성을 근거로 자신있게 내 생각을 되풀이하건대, 나는 참고래나 향유고래나 돌고래처럼 척추동물에 속하고 엄청난 돌파력을 가진, 그리고 뿔 모양의 이빨을 갖춘 거대하고 힘센 포유류가 존재한다고 믿고 있네."

"흐음." 자살잠이는 설득당하기 싫다는 투로 고개를 서었다.

"생각해봐. 그런 동물이 실제로 존재하고, 수 킬로미터 깊이의 심해에 살고 있다면, 엄청나게 힘센 몸뚱이를 가져야 할 거야."

"그런데 무엇 때문에 그렇게 힘센 몸뚱이가 필요하죠?"

"그렇게 깊은 바다에 살면서 수압을 견디려면 엄청나게 강한 힘이 필요할 테니까."

"그래요?" 네드는 나를 바라보며 눈을 깜박거렸다.

"그래. 그건 몇 가지 통계 자료로 쉽게 증명할 수 있어."

"아, 통계라! 통계 같은 건 얼마든지 조작할 수 있지요!"

"사업에서는 그럴 수 있지만, 수학에서는 그렇게 안 돼. 들어 보게. 기압이 10미터 높이 물기둥의 수압과 같다고 하세. 현실에서는 1기압과 맞먹는 물기둥의 높이가 더 낮을 거야. 바다는 소금물인데, 소금물은 민물보다 밀도가 높으니까 말일세. 그런데 자네가 물 속에 들어가면 자네 몸은 10미터 내려갈 때마다 1기압에 해당하는 압력을 받게 돼. 다시 말해서 체표면적 1평방센티미터마다 1킬로그램의 압력을 받게 되지. 수심 100미터에서는 이 수압이 10기압, 수심 1000미터에서는 100기압, 수심 1만 미터에서는 1000기압이 돼. 다시 말해서 자네가 10킬로미터 깊이까지 내려갈 수 있다면, 자네 몸은 1평방센티미터마다 1000킬로그램의 압력을 받게 되는 거야. 자네 몸의 체표면적이 몇 평방센티미터나 되는지 아나?"

"글쎄요."

"약 1만 7000평방센티미터라네."

"그렇게 많나요?"

"그런데 기압은 사실 1평방센티미터당 1킬로그램보다 조금 많으니까, 체표면적이 1만 7000평방센티미터인 자네 몸은 지금 이 순간 1만 7568킬로그램의 압력을 견디고 있는 걸세."

"나는 그런 압력을 전혀 느끼지 못하는데 말입니까?"

"자네가 느끼지 못해도 압력을 받고 있는 건 사실이야. 그런데도 자네 몸이 짜부라지지 않는 건 단지 자네 몸 속에 들어가 있는 공기가 똑같은 힘을 갖고 있기 때문이지. 내부의 압력과 외부의 압력이 완전한 균형 상태를 이루고 있는 거야. 양쪽의 압력이 서로 상쇄돼서, 자네는 아무런 불편도 느끼지 않고 그 압력을 견딜 수 있는 걸세. 하지만 물 속에서는 문제가 달라."

"아, 이제 알겠습니다." 네드가 갑자기 흥미를 보이면서 대꾸했다. "물 속에서는 물이 나를 완전히 둘러싸고 있고 내 몸 속으로는 들어오지 않으니까 그런 거군요."

"맞았어. 그러니까 수심 10미터까지 내려가면 자네는 1만 7568킬로그램의 압력을 고스란히 받게 돼. 100미터 깊이에서는 그 압력의 10배인 17만 5680킬로그램, 1000미터 깊이에서는 그 압력의 100배인 175만 6800킬로그램, 1만 미터 깊이에서는 적어도 그 압력의 1000배인 1억 756만 8000킬로그램의 압력을 받게 되지. 다시 말해서 자네는 수압 프레스에 깔린 것처럼 납작해질 거야."

"정말 놀랍군요!"

"그러니까 몸의 길이가 수백 미터나 되고 그에 걸맞은 몸통 둘레를 가진 척추동물이 그렇게 깊은 심해에 살고 있다면, 체표면적은 수백만 평방센티미터나 될 테고, 그 몸을 짓누르는 수압은 수십억 킬로그램이나 될 걸세. 그런 수압을 견디려면 골격이 얼마나 튼튼하고 몸의 저항력이 얼마나 강할지 상상해보게."

"그런 수압을 견디려면 몸이 징집 군함처럼 20센티미터 두께의 철판으로 되어 있어야 할 겁니다."

"그래. 그런 동물이 특급열차 같은 속도로 움직이면서 선체에 부딪치면 배가 어떤 피해를 입게 될지 상상해보게."

"아…… 예…… 아마도."

네드는 이런 수치에 마음이 흔들리면서도 여전히 승복할 마음은 나지 않는 듯이 말했다.

"어떤가? 이젠 납득이 가나?"

"한 가지는 납득했습니다. 그런 동물이 바다 밑바닥에 살고 있다면, 박사님이 말씀하시는 정도로 힘이 셀 게 분명하다는 거죠."

"하지만 그런 동물이 존재하지 않는다면, '스코샤' 호에 일어난 사건을 과연 어떻게 설명할 수 있겠나?"

"아마……."

"그래, 어서 말해보게."

"그 사건은 사실이 아니기 때문일 겁니다." 네드는 자기도 모르게 아라고[38]의 유명한 반론을 흉내내어 대답했다.

하지만 이 대답은 작살잡이의 완고함을 증명해주었을 뿐이다. 나는 그를 더 이상 다그치지 않았다. '스코샤' 호에 일어난 사건은 부인할 수 없는 사실이었다. 구멍은 메우지 않으면 안 될 정도로 크게 뚫려 있었다. 구멍의 존재를 그보다 더 결정적으로 증명할 수는 없을 것이다. 구멍은 저절로 뚫리지도 않았고, 물 속에 잠겨 있는 바위나 무기로 뚫리지도 않았다. 그렇다면 어떤 동물의 뿔이나 이빨이 구멍을 뚫었다고 생각할 수밖에 없다.

내 견해에 따르면, 그리고 앞에서 열거한 이유 때문에 이 동물은 척추동물문, 포유강, 물고기와 비슷한 형태의 고래목에 속할 수밖에 없다. 고래목 중에서 어떤 과—참고래과, 향유고래과, 돌고래과—와 어떤 속과 어떤 종으로 분류해야 하는지는 나중에 결정하면 된다. 이것을 결정하려면 먼저 미지의 그 괴물을 해부해야 할 것이다. 해부하려면 우선 잡아야 하고, 잡으려면 작살을 쏘아야 하는데, 그것이 네드 랜드의 임무였다. 작살을 쏘려면 먼저 고래를 보아야 하는데, 그것이 이 배의 임무였다. 그리고 고래를 보려면 우선 고래를 만나야 하는데, 이것은 운에 달려 있었다.

5

모험을 찾아서

'에이브러햄 링컨' 호의 항해는 한동안 별다른 사건 없이 평온하게 계속되었다. 하지만 네드 랜드의 놀라운 솜씨를 입증하고 또 그가 얼마나 믿을 만한 사람인지를 보여주는 사건이 일어났다.

6월 30일, 순양함은 포클랜드 제도[39] 앞바다에서 미국 포경선 단과 교신했다. 포경선들은 일각고래를 한 마리도 보지 못했다고 말했다. 하지만 '먼로' 호 선장은 네드 랜드가 '에이브러햄 링컨' 호에 타고 있다는 것을 알고는, 자기가 발견한 고래 한 마리를 잡는 것을 도와달라고 부탁했다. 패러것 함장은 네드의 솜씨를 보고 싶어서, 네드가 '먼로' 호에 타는 것을 허락했다. 그리고 재수 좋게도 네드는 겨우 몇 분 동안 고래를 추적한 뒤, 한 마리가 아니라 두 마리를 한꺼번에 잡았다. 네드가 던진 작살이 한 마리의 심장을 꿰뚫고 또 다른 고래에 맞았던 것이다.

괴물이 네드 랜드와 맞붙게 되면, 나는 괴물이 이기는 쪽에 돈을 걸지는 않을 것이다.

순양함은 엄청나게 빠른 속도로 남북 아메리카 대륙의 남동 해안을 따라 내려왔다. 7월 3일, 우리는 버진 곶 근처에서 마젤란 해협을 보았다. 하지만 패러컷 함장은 그 구불구불한 해협으로 들어가고 싶지 않아서, 마젤란 해협을 통과하는 대신 혼 곶을 우회하는 쪽으로 방향을 돌렸다.

승무원들은 모두 함장의 결정을 지지했다. 그렇게 좁은 해협에서 일각고래를 만날 리도 없거니와, "괴물은 덩치가 너무 커서 좁은 해협을 통과할 수 없다"고 수병들은 단언했다.

7월 6일 오후 3시경, '에이브러햄 링컨' 호는 남쪽으로 25킬로미터 거리에 있는 외딴 섬을 돌았다. 남아메리카 대륙 남단에 있는 그 섬은 섬이라기보다는 암초였다. 네덜란드 선원들은 고향 마을의 이름을 따서 그 섬을 혼 곶이라고 불렀다. 우리 배는 이제 북서쪽으로 방향을 돌렸다. 이튿날 순양함의 스크루는 마침내 태평양의 물결을 때리고 있었다.

"빈틈없이 살펴!" 수병들은 서로에게 계속 외치고 있었다.

그리고 그들은 실로 놀랄 만큼 빈틈없이 바다를 살폈다. 눈이나 망원경을 단 1분도 쉬지 않았다. 2천 달러의 상금을 받을 생각에 눈도, 망원경도 약간 어지러워진 것은 사실이다. 그들은 밤낮으로 쉬지 않고 바다를 살폈다. 밤눈이 밝은 사람은 승산이 50퍼센트나 높아졌고, 그래서 상금을 탈 가능성도 상당히 높았다.

돈의 유혹은 별로 느끼지 못했지만, 나도 누구 못지않게 열심히 망을 보았다. 식사도 몇 분 만에 후딱 해치우고, 잠자는 시간도 아껴가면서, 햇볕이 쨍쨍 내리쬐거나 거친 바람이 몰아쳐도 아랑곳하지 않고 갑판을 거의 떠나지 않았다. 때로는 앞갑판 난간에 기대어 앞을 살피기도 했지만, 때로는 뒷갑판 난간 너머로

나도 누구 못지않게 열심히 망을 보았다

몸을 내밀고 바다를 시야 끝까지 하얗게 만드는 그 솜털 같은 항적(航跡)을 탐욕스러운 눈으로 응시하곤 했다. 고래가 변덕스럽게 수면 위로 검은 등을 들어올리면, 나도 장교나 병사들과 똑같은 감정에 사로잡힐 때가 많았다. 그럴 때면 순양함 갑판은 순식간에 사람들로 메워졌다. 갑판 승강구가 홱 올라오고, 장교와 병사들이 물밀듯 쏟아져 나왔다. 다들 숨을 헐떡이고 불안하게 눈알을 굴리면서, 파도를 헤치고 나아가는 고래를 바라보곤 했다. 나도 눈알이 닳아 빠져서 장님이 될 위험을 무릅쓰고 뚫어지게 고래를 바라보았다. 그러면 언제나 냉정한 콩세유는 침착하게 같은 말을 되풀이하곤 했다.

"눈을 너무 크게 뜨지 않으면 좀더 잘 보실 수 있을 텐데요."

하지만 흥분은 언제나 오래가지 못했다. '에이브러햄 링컨' 호는 문제의 동물 쪽으로 방향을 바꾸었지만, 단순한 참고래나 평범한 향유고래에 불과한 그 동물은 곧 빗발치는 저주를 받으며 유유히 사라지곤 했다.

한동안 날씨가 아주 좋았다. 항해는 최상의 조건에서 이루어지고 있었다. 이맘때는 원래 폭풍의 계절이었다. 남반구의 7월은 유럽의 1월에 해당하기 때문이다. 하지만 바다는 계속 잔잔해서 멀리까지 볼 수 있었다.

네드는 여전히 의심을 버리지 않았다. 자기가 망을 볼 때를 빼고는 바다를 살피지 않는 척했다. 적어도 눈에 보이는 고래가 한 마리도 없을 때는 바다에 관심을 두지 않았다. 그의 뛰어난 시력은 우리한테 큰 도움이 되었을 테지만, 완고한 캐나다인은 열두 시간 가운데 여덟 시간을 선실에 틀어박혀 책을 읽거나 잠을 자면서 보냈다. 나는 그의 무관심을 수백 번이나 비난했다.

그러면 네드는 이렇게 대답하곤 했다.

"저곳엔 아무것도 없어요, 박사님. 설령 있다 해도, 우리가 그 걸 발견할 가능성이 얼마나 되겠습니까? 우리는 무턱대고 헤매고 있잖아요? 사람들은 태평양의 망망대해에서 그 짐승을 보았습니다. 아니, 보았다고 말하고 있습니다. 그건 저도 인정합니다. 하지만 그후 벌써 달포가 지났어요. 박사님이 말하는 일각고래의 기질로 보건대, 녀석은 같은 해역에서 빈둥거리기를 좋아하지 않는 데다 엄청난 속도로 움직일 수 있습니다. 박사님도 잘 알고 계시겠지만, 자연은 어떤 일도 거꾸로 하지 않습니다. 따라서 천성적으로 느린 동물한테 그렇게 빠른 속력을 부여하지는 않았을 겁니다. 빨리 움직일 필요가 있으니까 빨리 움직이는 능력을 타고났겠죠. 따라서 그 짐승이 정말로 존재한다면, 지금쯤은 수백 킬로미터 떨어진 곳으로 가버렸을 겁니다!"

나는 대꾸할 말이 없었다. 확실히 우리는 어둠 속을 더듬고 있었다. 하지만 다른 방법이 있을까? 우리가 성공할 가능성은 희박했다. 하지만 아무도 희망을 버리지 않았고, 일각고래의 존재나 녀석이 또다시 출현할 가능성을 의심하는 수병은 한 사람도 없었다.

우리는 7월 20일에 서경 105도에서 남회귀선을 통과했고, 7월 27일에는 서경 110도에서 적도를 통과했다. 순양함은 현재 위치를 측정한 뒤 좀더 서쪽으로 방향을 돌려, 태평양 한복판으로 들어가고 있었다. 패러것 함장은 괴물이 좀더 깊은 바다에 자주 나타날 가능성이 크다고 생각했다. 이것은 아주 현명한 판단이었다. 괴물은 대륙이나 섬에서 멀리 떨어져 있을 것이다. 괴물은 대륙이나 섬에 접근하기를 꺼리는 것 같았다. 갑판 장교의 말마따나 "육지 근처에는 물이 충분치 않기 때문"일 것이다. 순양함은 투아모투 제도와 마르키즈 제도와 하와이 제도를 지나고, 서경 132도에서 북회귀선을 통과한 다음, 동중국해를 향해 계속 나아갔다.

우리는 마침내 괴물이 마지막으로 장난을 친 현장에 도착했다. 사실 우리는 오직 이곳에 오는 것만을 목적으로 삼고 있었다. 심장이 두근거렸다. 이렇게 심장이 빠르게 고동치면 치료할 수 없는 동맥류가 생기지나 않을까 겁이 날 정도였다. 잘 설명할 수는 없지만, 배에 타고 있는 모든 이들의 신경이 지나치게 흥분해 있었다. 아무도 먹지 않고, 아무도 자지 않았다. 하루에도 스무 번씩 망루에 올라앉은 수병의 착각이나 실수가 참을 수 없는 고통을 불러일으켰고, 하루에 스무 번씩 되풀이된 이 흥분과 낭패 때문에 우리는 온종일 과민 상태에 빠져 있었다. 과민증이 너무 심해져서 조만간 반동이 일어날 것 같았다.

그리고 결국 반동이 일어났다. 석 달 동안, 하루하루가 백 년처럼 길게 느껴지는 석 달 동안, '에이브러햄 링컨' 호는 북태평양을 구석구석 누비고 다녔다. 고래가 나타나면 서둘러 쫓아가고, 갑자기 회전하고, 지그재그로 나아가다가 갑자기 멈춰서고, 후퇴하다가 다시 전진하고—이 모든 움직임이 빠른 속도로 연속해서 일어났기 때문에, 엔진을 완전히 망가뜨리려고 일부러 그러는 것처럼 여겨질 정도였다. 우리는 일본 동해안과 미국 서해안 사이의 해역을 한치도 남기지 않고 샅샅이 뒤졌다. 하지만 아무것도 없었다. 난바다가 끝없이 펼쳐져 있을 뿐이었다. 거대한 일각고래나 물 속에 잠긴 작은 섬, 난파선의 잔해, 떠다니는 암초는 흔적도 없었고, 조금이라도 초자연적인 것은 하나도 찾아볼 수 없었다.

그때 반동이 일어났다. 우선 실망감이 찾아와 사람들 마음속으로 스며들어, 불신의 심사가 비집고 들어갈 길을 열어주었다. 그러자 수치심과 분노가 3 대 7로 뒤섞인 새로운 분위기가 생겨났다. 모두 바보가 된 기분을 느꼈고, 신기루에 감쪽같이 속았다는 생각에 더욱 화가 치밀었다. 1년 동안 쌓인 산더미 같은 주장이 한꺼번에 와르르 무너져 내렸고, 사람들의 머릿속에는 그저 먹고 자는 데 시간을 쏟아부어 그동안 바보처럼 낭비한 시간을 벌충하자는 생각뿐이었다.

인간의 마음은 실로 변덕스러운 것이어서, 우리는 이쪽 극단에서 저쪽 극단으로 순식간에 옮아갔다. 이번 항해를 가장 열심히 지지했던 사람이 가장 과격한 비판자가 되었다. 그렇게 일어난 반동은, 마치 불길처럼, 보일러 화부들이 일하는 선창에서 장교들의 갑판 당직실로 올라갔다. 패러것 함장이 보기 드물게 완고하고 끈덕진 사람이 아니었다면, 순양함은 다시 남쪽으로 뱃머리를 돌렸을 것이다.

사실 이 헛된 수색을 더 이상 계속할 수는 없었다. '에이브러햄 링컨' 호는 그동안 최선을 다했으니까 자신을 나무랄 이유는 전혀 없었다. 미국 해군에서 그들보다 더 강한 인내와 열의를 보여준 장병들은 아무도 없었고, 실패한 것은 누구의 탓도 아니었다. 이제 남은 길은 집으로 돌아가는 것뿐이었다.

이런 건의가 함장에게 전달되었다. 그러나 함장은 여전히 흔들리지 않았다. 수병들은 불만을 감추지 않았고, 근무 상태는 엉망이 되었다. 실제로 선상 반란이 일어났다는 뜻은 아니지만, 패러것 함장은 한동안 참고 있다가 콜럼버스가 그랬듯이 사흘만 기다려달라고 요구했다. 사흘이 지나도 괴물이 나타나지 않으면 조타수는 배의 방향을 돌리라는 명령을 받을 것이고, '에이브러햄 링컨' 호는 대서양으로 가게 될 터였다.

이 약속이 이루어진 것은 11월 2일이었다. 처음 나타난 효과는, 의기소침했던 승무원들이 용기를 되찾은 것이었다. 그들은 다시 기운을 내어 열심히 바다를 살폈다. 추억이 담겨 있는 태평양을 마지막으로 한 번 더 보고 싶어했다. 다들 열심히 망원경을 들여다보았다. 이것이 일각고래에 대한 마지막 도전이었다. 일각고래도 이제는 정체를 드러내라는 이 강력한 도발에 응하지 않을 수 없었다.

이틀이 지났다. '에이브러햄 링컨' 호는 여전히 느린 속도로 나아가고 있었다. 승무원들은 고래가 우연히 근처를 지나가면 녀석의 주의를 끌거나 냉담한 그놈을 흥분시키기 위해 온갖 수단을 다 써보았다. 엄청난 양의 베이컨을 고물에 매달아 물 속을 끌고 다녀보기도 했지만, 상어들만 기쁘게 해주었을 뿐이다. 순양함이 정지해 있는 동안 보트들이 사방으로 흩어져 주변 바다를 이잡듯이 뒤지기도 했다. 하지만 바다 속의 신비는 전혀 밝혀내지 못한 채 11월 4일 저녁이 왔다.

이튿날 정오가 되면 유예 기간이 끝날 것이다. 패러컷 함장은 현재 위치를 측정한 뒤, 약속한 대로 남동쪽으로 방향을 돌려 북태평양을 떠나라고 명령해야 할 것이다.

순양함은 동경 136도 42분·북위 31도 15분 해상에 있었다. 일본 땅은 바람이 불어가는 쪽으로 300킬로미터 정도밖에 떨어져 있지 않았다. 어둠이 내리덮이고 있었다. 방금 8시를 알리는 종이 울렸다. 두꺼운 구름이 초승달을 가렸다. 바다는 고물 밑에

보트들이 순양함 주변 바다를 이잡듯이 뒤졌다

서 조용히 오르내리고 있었다.

나는 앞갑판에서 우현 난간 너머로 몸을 내밀고 있었다. 콩세유는 내 옆에서 앞을 응시하고 있었다. 돛대 끝과 뱃전을 잇는 밧줄 위에 올라앉은 승무원들은 날이 점점 어두워질수록 어둠 속에 묻혀가는 수평선을 살피고 있었다. 야간용 망원경을 갖춘 장교들은 점점 짙어지는 어둠 속을 들여다보고 있었다. 어두컴컴한 바다가 이따금 구름장 사이로 비치는 달빛을 받아 반짝거렸다. 그러나 잠시 후에는 모든 빛이 다시 어둠 속으로 사라지곤 했다.

나는 콩세유를 지켜보면서, 그 성실한 젊은이가 주변 분위기에 조금이나마 영향을 받고 있는 것을 알아차렸다. 아니, 적어도 내 눈에는 그렇게 보였다. 난생 처음으로 콩세유의 신경이 호기심에 떨리고 있는 것 같았다.

"콩세유, 지금이 2천 달러를 손에 넣을 수 있는 마지막 기회야."

"저는 그 돈을 기대한 적이 없어요. 미국 정부가 10만 달러를 약속했다 해도, 그 돈을 탈 사람은 아무도 없을 겁니다."

"자네 말이 맞아. 우리가 생각 없이 뛰어든 이 일은 결국 미친 짓이었어. 우리가 얼마나 많은 시간을 낭비했는지 생각해봐! 괜히 쓸데없는 걱정만 하면서! 이 일에 뛰어들지 않았다면 벌써 여섯 달 전에 프랑스로 돌아갈 수 있었을 텐데."

"주인님의 작은 아파트로, 주인님의 박물관으로 돌아갈 수 있었겠지요. 저는 주인님의 화석을 다 분류했을 것이고, 바비루사는 식물원 우리 속에 자리를 잡고 호기심 많은 파리 사람들의 마음을 사로잡고 있을 겁니다."

"맞아. 사람들이 모두 우리를 비웃을 거야."

"맞습니다." 콩세유가 조용히 말했다. "사람들은 모두 주인님을 비웃을 겁니다. 그리고 이런 말씀을 드려도 괜찮을지……?"

"괜찮아. 말해보게."

"주인님은 비웃음을 받아 마땅합니다."

"정말이야!"

"주인님만큼 명망 있는 학자라면 절대로 남의 비웃음을……."

하지만 콩세유는 이 아첨을 끝맺지 못했다. 주위의 적막을 뚫고 커다란 목소리가 울려 퍼졌기 때문이다. 네드 랜드의 목소리였다.

"나타났다! 바람 불어오는 쪽 뱃전에!"

6

전속력으로 전진!

이 외침소리를 듣고 모든 승무원이 작살잡이 쪽으로 달려갔다. 함장, 장교들, 하사관들, 수병들, 급사들, 심지어는 기관사들도 기관실을 비우고, 화부들까지도 보일러를 내팽개친 채 달려왔다. "정선!" 명령이 떨어졌고, 이제 순양함은 관성에 따라 물 위를 미끄러지고 있었다.

칠흑같이 어두웠다. 네드의 눈이 아무리 좋다 해도 이 어둠 속에서 도대체 무엇을 보았는지, 그리고 어떻게 볼 수 있었는지 궁금했다. 내 심장은 금방이라도 터질 것처럼 쿵쿵 뛰고 있었다.

하지만 네드의 눈은 틀림이 없었다. 곧이어 우리는 모두 네드가 가리키고 있는 물체를 포착했다.

'에이브러햄 링컨' 호에서 우현 쪽으로 300미터쯤 떨어진 수면이 밑에서 빛을 발하고 있는 것처럼 보였다. 착각일 리가 없었다. 그것은 결코 평범한 인광이 아니었기 때문이다. 괴물은 몇 길 물 속에서 강렬한 빛을 내뿜고 있었다. 여러 선장의 보고서에 묘사

괴물은 몇 길 물 속에서 강렬한 빛을 내뿜고 있었다

된 것과 똑같았다. 이 환상적인 빛은 엄청나게 강력한 발광체에서 나오고 있는 것이 분명했다. 빛을 받아 환하게 빛나는 수면은 거대하고 길쭉한 타원형을 이루었고, 그 중심에는 참을 수 없을 만큼 강렬한 빛이 응축되어 활활 타오르는 것 같았지만, 중심에서 멀어질수록 빛은 차츰 희미해졌다.

"야광충의 군집일 뿐이야!" 장교 하나가 소리쳤다.

"천만에." 나는 자신 있게 대답했다. "평범한 돌맛조개나 살파(원색동물의 일종)는 저렇게 강력한 빛을 내지 않아요. 저 빛은 본질적으로 전기적 성질을 띠고 있습니다……. 저길 보세요! 움직이고 있습니다. 앞으로, 뒤로…… 우리 쪽으로 곧장 다가오고 있어요!"

배에서 외침소리가 일어났다.

"조용!" 패러것 함장이 소리쳤다. "키를 바람머리로! 후진!"

수병들은 키 쪽으로 달려갔다. 기관사들은 기관실로 달려갔다. 엔진은 당장 후진 위치로 들어갔고, '에이브러햄 링컨' 호는 좌현 쪽으로 반원을 그리며 후퇴했다.

"키를 중앙으로! 전진!"

이 명령이 실행되자 순양함은 타원형 발광체의 중심에서 빠른 속도로 멀어져갔다.

아니, 내가 잘못 말했다. 순양함은 멀어지려고 '시도' 했지만, 그 초자연적인 괴물이 우리보다 두 배나 빠른 속도로 다가왔다.

우리는 숨도 쉬지 못했다. 두려움보다는 놀라움 때문에 오금이 굳어버린 듯 아무 소리도 내지 못했다. 괴물은 아주 쉽게 우리를 따라잡았다. 괴물은 14노트로 달리고 있는 순양함을 한 바퀴 빙 돌아, 빛나는 먼지 같은 광선 속에 우리를 가두어버렸다. 그러고는 특급열차의 기관차가 소용돌이치는 연기를 남기듯 인광 꼬리를 뒤에 길게 남기면서 3~4킬로미터쯤 멀어져갔다. 그러다가 갑자기 어두운 수평선 끝에서 속력을 내어 놀라운 속도로 '에이브러햄 링컨' 호를 향해 돌진해오더니, 겨우 5~6미터 떨어진 곳에 갑자기 멈춰서 빛을 꺼버렸다. 빛이 서서히 사라지는 게 아니라 빛의 원천이 순식간에 고갈된 것처럼 갑자기 사라져버렸으니까, 괴물이 물 속으로 가라앉았기 때문에 빛이 사라진 것은 아니었다. 이어서 괴물은 반대쪽에 다시 나타났다. 그것은 괴물이 배를 빙 돌아갔거나 배 밑으로 지나갔다는 뜻이다. 괴물은 금방이라도 배에 충돌할 것 같았다. 충돌은 우리에게 치명적이 될 수도 있었다.

나는 순양함의 움직임에 어리둥절했다. 배는 계속 달아나기만 할 뿐 괴물을 공격할 생각은 하지 않았다. 괴물을 사냥하러 온 배가 오히려 괴물한테 쫓기고 있었다. 그래서 나는 패러것 함장한테 그 점을 지적했다. 좀처럼 내색하지 않는 그의 냉정한 얼굴이 형언할 수 없는 놀라움을 드러내고 있었다.

내 말을 듣고 함장은 이렇게 대답했다.

"내가 상대하고 있는 녀석이 얼마나 무서운 놈인지 짐작도 가지 않습니다. 이 어둠 속에서 쓸데없이 내 배를 위험에 빠뜨리고 싶지는 않아요. 어쨌든 정체도 알 수 없는 물체를 어떻게 공격할 수 있겠습니까. 방어하기도 어렵습니다. 날이 밝을 때까지 기다립시다. 아침에는 형세가 역전될 겁니다."

"그럼 함장님은 저 동물의 정체에 대해서 벌써 확신을 갖고 계시군요?"

"저건 분명 거대한 일각고래입니다. 하지만 전기고래이기도 합니다."

"가까이 가면 전기뱀장어나 전기가오리만큼 위험할까요?"

"아마 그럴 겁니다. 녀석이 전기 충격을 줄 수 있는 능력이 있다면, 조물주가 창조한 동물 가운데 가장 무서운 놈일 겁니다. 내가 조심할 수밖에 없는 이유는 바로 그거예요."

그날 밤에는 모든 승무원이 전투 위치를 지켰다. 아무도 잠자리에 들 생각을 하지 않았다. 괴물보다 빨리 움직일 수 없는 '에이브러햄 링컨' 호는 차츰 속력을 늦추었다. 일각고래도 순양함처럼 파도에 몸을 내맡긴 채 흔들리고 있었다. 고래는 전투 현장에 남아 있기로 작정한 것 같았다.

그런데 자정 무렵 고래가 사라졌다. 아니, 거대한 반딧불이처럼 '꺼져버렸다.' 괴물은 떠나버렸을까? 이것은 기대할 일이 아니라 두려워해야 할 일이었다. 하지만 12시 53분에 귀가 먹먹해질 만큼 요란하게 쉿쉿거리는 소리가 들려왔다. 세찬 물줄기가 불규칙하게 뿜어나오는 소리 같았다.

패러것 함장과 네드와 나는 고물에 있었다. 우리는 캄캄한 어둠 속을 꼼꼼히 살폈다.

"네드 랜드." 함장이 말했다. "자네는 고래가 물 뿜는 소리를 자주 들었겠지?"

"예. 하지만 발견하기만 하면 2천 달러를 벌 수 있는 고래 소리는 들은 적이 없습니다."

"자네는 상금을 받을 자격이 있어. 그런데 이 소리는 고래들이 분기공으로 물을 뿜을 때 내는 소리와 똑같나?"

"똑같긴 하지만 이 소리가 훨씬 큽니다. 그건 확실합니다. 이건 뒤에 있는 고래가 내는 소리예요. 허락해주신다면, 동이 트자마자 녀석과 한두 마디 대화를 나눠보겠습니다."

"녀석이 자네 말을 들을 준비가 되어 있는지 모르겠군." 나는 회의적인 투로 말했다.

"내가 작살 네 개 거리까지 접근하면 녀석도 내 말을 들을 수밖에 없을 겁니다." 작살잡이가 대답했다.

"하지만 자네가 그렇게 가까이 접근하려면 보트가 필요하겠지?" 함장이 물었다.

"물론입니다."

"그러려면 내 부하들의 목숨을 걸어야겠지?"

"그리고 제 목숨도 걸어야죠." 네드 랜드는 간단히 대답했다.

오전 2시경, 빛이 다시 나타났다. '에이브러햄 링컨' 호에서 8킬로미터나 떨어져 있었지만 빛은 여전히 밝았다. 거리가 멀고 바람 소리와 파도 소리가 시끄러운데도 괴물의 꼬리가 물을 내리치는 소리는 똑똑히 들을 수 있었고, 괴물의 거친 숨소리까지 들려왔다. 거대한 일각고래가 숨을 쉬기 위해 수면으로 올라오면, 녀석의 허파 속으로 빨려드는 공기는 2000마력짜리 엔진의 거대한 피스톤 속으로 빨려드는 수증기 같았다.

'흐음.' 나는 속으로 생각했다. '1개 기병대와 맞먹는 마력을 가진 고래라면 정말 대단한 녀석이겠군!'

다들 동이 틀 때까지 계속 전투 준비를 했다. 포경용구가 난간을 따라 즐비하게 배치되었다. 부함장은 작살을 1.5킬로미터 거리까지 쏘아보낼 수 있는 나팔총과 아무리 힘센 동물에게도 치명적인 총탄을 발사할 수 있는 기다란 산탄총을 장전하라고 명령했다. 네드 랜드는 작살을 날카롭게 갈았을 뿐이다. 평범한 작살도 그의 손에 들어가면 무서운 무기가 되었다.

6시에 동이 트기 시작했다. 첫 햇살이 비치자마자 일각고래의 빛은 사라졌다. 7시에는 해가 완전히 떠올랐지만, 아무리 성능 좋은 망원경도 꿰뚫어볼 수 없을 만큼 짙은 안개가 끼어 가시거리가 크게 줄어들었다. 그래서 다들 실망하고 안달을 했다.

나는 뒷돛대로 올라갔다. 장교 몇 명이 벌써 돛대 꼭대기에 앉아 있었다.

8시에 안개가 수면 위를 무겁게 흐르기 시작하더니 짙은 소용돌이가 되어 흩어졌다. 안개가 걷히면서 수평선이 차츰 모습을 드러냈다.

갑자기 네드의 목소리가 어젯밤처럼 울려 퍼졌다.

"좌현 뒤쪽!"

모두 네드가 가리키는 쪽을 돌아보았다.

순양함에서 2킬로미터쯤 떨어진 곳에 기다랗고 검은 형체가 수면 위로 1미터쯤 올라와 있었다. 꼬리가 격렬하게 물을 내리쳐 세찬 소용돌이를 만들어내고 있었다. 어떤 동물의 꼬리도 그처럼 힘차게 물을 내리치지는 못했을 것이다. 녀석이 긴 커브를 그리며 움직이자, 눈부시게 하얀 항적이 녀석의 진로를 알려주었다.

순양함은 고래에게 다가갔다. 나는 녀석을 마음껏 자세히 관찰할 수 있었다. '섀넌' 호와 '엘베티아' 호의 보고는 고래의 크기를 다소 과장했다. 내가 보기에는 몸길이가 기껏해야 80미터밖에 안 되었기 때문이다. 몸통 둘레는 짐작하기 어려웠지만, 몸매는 보기 좋게 균형이 잡혀 있는 것처럼 보였다.

그 놀라운 동물을 관찰하고 있을 때, 증기가 섞인 두 개의 물줄기가 분기공에서 뿜어나와 40미터 높이까지 솟구쳤다. 그것으로 녀석의 호흡법은 확인되었다. 나는 녀석이 척추동물문, 포유강, 단자궁아강, 어형군, 고래목이라고 확실하게 결론지었다. 하지만 어느 과에 속하는지는 결정을 내릴 수가 없었다. 고래목은 참고래과와 향유고래과와 돌고래과로 이루어져 있고, 일각고래는 돌고래과로 분류된다. 이 세 개의 과는 다시 여러 개의 속으로 나뉘고, 속은 다시 종으로 나뉘고, 종은 다시 변종으로 나뉜다. 아직 녀석의 변종이나 종이나 속이나 과는 알 수 없었지만, 하늘과 패러것 함장이 도와준다면 분류 작업을 끝낼 수 있다고 확신했다.

승무원들은 명령이 떨어지기만을 초조하게 기다리고 있었다. 함장은 그 동물을 유심히 관찰하다가 기관장을 불렀다. 기관장은 쏜살같이 뛰어 올라왔다.

"증기 압력은 충분한가?"

"예, 함장님."

"좋아. 화력을 올려! 전속력으로 전진!"

승무원들은 만세삼창으로 이 명령을 환영했다. 드디어 싸울 때가 온 것이다. 곧이어 순양함의 굴뚝 두 개가 검은 연기를 뭉게뭉게 토해내고, 갑판이 부르르 진동했다.

'에이브러햄 링컨' 호는 강력한 스크루에 밀려 고래 쪽으로 다가갔다. 고래는 순양함이 가까이 오도록 내버려두었다가, 웬만큼 가까워지자 슬며시 이동하여 같은 거리를 유지했다. 하지만 굳이 물 속으로 잠수하지는 않았다.

이런 추적이 45분 동안 계속되었지만, 순양함은 고래와의 거리를 단 1미터도 좁히지 못했다. 이런 식으로 계속 추적해봤자 녀석을 따라잡을 수 없다는 것이 분명해졌다.

패러것 함장은 화가 나서 무성한 턱수염을 잡아 비틀고 있었다.

"랜드!"

캐나다인이 다가왔다.

"아직도 보트를 내려야 한다고 생각하나?"

"아닙니다, 함장님. 놈은 자기가 원하지 않으면 우리가 따라잡게 내버려두지 않을 테니까요."

"그럼 어떻게 해야 좋지?"

"최대 압력을 유지하세요. 허락만 하신다면 제가 뱃머리 사장(斜檣) 밑에서 대기하고 있다가, 사정거리 안으로 접근하면 작살을 쏘겠습니다."

"좋아!" 함장이 말하고는 기관장에게 지시했다. "속력을 더 높이게!"

네드 랜드가 위치를 잡았다. 보일러에는 석탄이 가득 넣어졌고, 스크루는 분당 43회전의 속력으로 돌아가고, 밸브를 통과하는 수증기가 으르렁거렸다. 속도 측정기로 재보니 순양함의 속도는 18.5노트였다. 하지만 그 빌어먹을 고래도 역시 18.5노트의 속도로 움직이고 있었다.

한 시간 동안 순양함은 이 속도를 유지했지만, 고래와의 간격은 1미터도 좁혀지지 않았다. 미국 해군에서 가장 빠른 군함으로서는 치욕적인 일이었다. 깊은 분노가 승무원들을 사로잡았다. 그들은 괴물에게 욕설을 퍼부었지만, 괴물은 대꾸조차 해주지 않았다. 패러것 함장은 이제 수염을 비트는 것이 아니라 잘근잘근 씹고 있었다.

기관장이 다시 불려왔다.

"이게 최대 압력인가?"

"그렇습니다!"

"압력이 얼마나 되지?"

"6.5기압입니다."

"10기압으로 올려!"

이것은 그야말로 미국식 명령이었다. 미시시피 강에서 벌어지는 경주에서 경쟁자들을 따돌리기 위해 한껏 속력을 올린 배도 이보다 더 빨리 달릴 수는 없었을 것이다.

"콩세유." 나는 가까이 서 있는 하인에게 말했다. "이러다가 배가 폭발해버릴 수도 있다는 걸 알고 있나?"

"주인님 말씀은 모두 옳습니다."

하지만 솔직히 말하면 나는 되든 안 되든 한번 시도해보는 것이 기뻤다.

증기압력계의 눈금이 올라갔다. 보일러에는 석탄이 넘쳐흘렀고, 송풍기는 불길 위로 공기를 급류처럼 내뿜었다. 배의 속도가 더 빨라졌다. 돛대 아랫부분을 받치고 있는 받침대가 뒤흔들렸다. 굴뚝은 소용돌이치는 연기를 모두 내보내기에는 너무 좁아 보였다.

배의 속도를 다시 측정했다.

"항해사, 속도가 얼마야?" 함장이 물었다.

"19.3노트입니다."

"화력을 더 올려!"

기관장은 명령에 따랐다. 증기압력계가 10기압을 가리켰다. 하지만 일각고래도 똑같이 '화력을 올려' 전혀 힘들이지 않고 19.3노트의 속도로 움직이고 있었다.

얼마나 놀라운 추격전인가! 내 모든 존재를 뒤흔든 그때의 감정은 무어라 형언할 수가 없다. 네드는 작살을 들고 자기 위치에서 대기하고 있었다. 고래는 몇 번이나 우리의 접근을 허용했다.

"거리가 좁혀지고 있습니다! 따라붙고 있어요!" 캐나다인이 외쳤다.

하지만 네드가 작살을 던질 준비를 하면, 고래는 엄청난 속도로 달아나곤 했다. 내가 보기에 그 속도는 30노트를 밑돌지 않았다. 순양함이 최대 속력을 내도 고래는 그 주위를 빙빙 돌면서 우리를 놀려댔다. 모든 사람의 가슴에서 분노의 함성이 터져나왔다.

아침 8시 무렵에 잡힌 간격은 정오가 되어도 전혀 좁혀지지 않았다. 패러것 함장은 좀더 직접적인 수단을 쓰기로 결정했다.

"그러니까 저놈은 '에이브러햄 링컨' 호보다 더 빨리 달릴 수 있단 말이지. 좋아. 그럼 포탄보다 더 빨리 달릴 수 있는지 알아보자. 갑판장, 앞쪽 대포에 포수를 배치해!"

이물의 대포가 당장 장전되어 고래를 조준했다. 그리고 포탄을 발사했지만, 포탄은 1킬로미터도 떨어져 있지 않은 고래 위를 아슬아슬하게 스쳐 지나갔다.

"좀더 조준을 잘하는 자가 없나!" 함장이 소리쳤다. "저 빌어먹을 놈한테 포탄을 박아넣는 사람에게는 5백 달러를 주겠다!"

반백의 턱수염을 기른 늙수그레한 포수—아직도 그의 모습이 눈에 선하다—가 앞으로 나섰다. 결연한 태도에 차분한 눈매를 가진 사람이었다. 그는 대포를 고래 쪽으로 돌리고 세심히 조준했다. 성원을 보내는 승무원들의 함성 속에서 요란한 포성이 울렸다.

포탄은 표적에 이르러 명중했지만, 가도기 악긴 빗나가는 바람에 고래의 옆구리를 스치고는 3킬로미터 깊이의 물 속으로 가

나이든 포수가 대포를 고래 쪽으로 겨냥했다

라앉았다.

"제기랄!" 늙은 포수는 성난 듯이 소리쳤다. "저 빌어먹을 놈은 온몸이 15센티미터 두께의 철판으로 덮여 있어!"

"빌어먹을!" 패러것 함장이 소리쳤다.

다시 추적이 시작되었다. 함장은 내 쪽으로 몸을 기울였다.

"이 배가 폭발할 때까지 저놈을 추적할 겁니다!"

"아, 당연히 그래야죠!"

아무리 대단한 놈이라도 고래는 증기기관보다 더 피로를 느끼기 쉬울 테고, 따라서 조만간 지칠 것이다. 그것이 우리의 유일한 희망이었다. 하지만 그런 행운은 일어나지 않았다. 몇 시간이 지나도 여전히 고래는 피로를 느끼는 낌새조차 보이지 않았다.

하지만 '에이브러햄 링컨' 호가 지칠 줄 모르고 결연하게 싸웠다는 말은 덧붙여두어야겠다. 그 불운한 11월 5일 순양함이 달린 거리는 적어도 500킬로미터는 되었을 것이다. 하지만 결국 밤이 찾아와, 파도치는 바다를 어둠으로 감싸버렸다.

나는 원정이 끝났다고, 이제는 두번 다시 그 환상의 괴물을 보지 못할 거라고 생각했다. 하지만 내 예상은 빗나갔다.

밤 10시 50분, 바람이 불어오는 쪽으로 5킬로미터쯤 떨어진 해상에 다시 전광이 나타났다. 그 빛은 어젯밤만큼 선명하고 밝았다.

일각고래는 꼼짝도 하지 않고 있는 것 같았다. 아마 낮에 몸을 너무 혹사해서 피로를 느꼈을 것이다. 그래서 넘실대는 파도에 몸을 내맡긴 채 잠을 자고 있는 것일까? 패러것 함장은 이 기회를 붙잡기로 결심했다.

함장이 몇 가지 명령을 내렸다. 순양함은 적의 잠을 깨우지 않도록 천천히 그리고 조심스럽게 접근했다. 바다 한복판에서 깊이 잠든 고래를 만나는 일은 드물지 않고, 그런 고래를 공격해서 성공하는 경우도 있었다. 네드 랜드는 잠자고 있는 고래를 작살로 잡은 적이 많았다. 이제 네드는 뱃머리에 자리를 잡았다.

순양함은 고래 쪽으로 다가가 그리 멀지 않은 곳에서 엔진을 끄고, 달려오던 여세로 조용히 전진했다. 우리는 감히 숨도 쉬지 못했다. 깊은 정적이 갑판을 뒤덮었다. 우리는 이제 빛의 중심에서 30미터밖에 떨어져 있지 않았다. 가까이 갈수록 눈부신 빛 때문에 앞이 보이지 않았다.

앞갑판 난간 너머로 몸을 내밀고 있던 나는 네드가 내 아래쪽에 있는 것을 보았다. 네드는 버팀밧줄을 한 손으로 움켜잡고, 다른 손에는 무시무시한 작살을 꼬나쥐고 있었다. 움직이지 않는 괴물과 우리 사이의 거리는 6미터도 채 되지 않았다.

갑자기 네드의 팔이 힘차게 움직이더니, 작살이 앞으로 날아갔다. 작살이 표적에 꽂히는 순간 둔탁한 소리가 울려 퍼졌다. 작살이 단단한 물체에 닿은 듯한 소리였다.

전광이 갑자기 꺼졌다. 두 개의 거대한 물기둥이 순양함 갑판을 덮치더니, 앞뒤로 홍수처럼 흐르면서 승무원들을 쓰러뜨리고 돛대의 밧줄을 끊어버렸다.

엄청난 충격이었다. 나는 난간을 붙잡을 새도 없이 난간 너머 바다로 내동댕이쳐졌다.

7

알려지지 않은 종류의 고래

이 뜻밖의 추락에 나는 깜짝 놀랐지만, 그래도 감각 기능은 잃지 않았다.

처음에 나는 약 6미터 깊이까지 가라앉았다. 나는 수영의 명수인 바이런이나 에드거 앨런 포[40]만큼 수영을 잘한다고 주장하지는 않겠지만, 그래도 수영에 어느 정도 능숙했기 때문에 이렇게 물 속에 처박혀도 공포심은 일어나지 않았다. 두 번 힘차게 물을 걷어차자, 나는 다시 수면으로 올라왔다.

내 첫 번째 관심사는 순양함의 위치를 확인하는 일이었다. 승무원들은 내가 사라진 것을 알아차렸을까? '에이브러햄 링컨' 호는 방향을 바꾸었을까? 패러것 함장은 나를 위해 보트를 띄웠을까? 구조될 가망은 있을까?

바다는 칠흑같이 어두웠다. 검은 물체가 동쪽으로 사라지는 게 보였다. 거리가 멀어서 배의 위치를 나타내는 불빛이 희미해 보였다. 그것은 '에이브러햄 링컨' 호였다. 나는 버림받은 기분을 느꼈다.

"사람 살려! 사람 살려!"

나는 순양함 쪽을 향해 필사적으로 헤엄을 치면서 소리쳤다.

옷이 방해가 되었다. 물에 젖은 옷이 달라붙어 몸을 제대로 움직일 수 없었다. 나는 가라앉고 있었다. 질식할 것 같았다.

"사람 살려!"

이것이 내가 마지막으로 외친 소리였다. 입 안이 물로 가득 찼다. 나는 깊은 바다 속으로 가라앉으면서 필사적으로 팔다리를 허우적거렸다.

그때 갑자기 억센 손이 내 옷을 움켜잡았다. 나는 내 몸이 수면으로 끌려 올라가는 것을 느꼈다. 그리고 목소리를 들었다.

"주인님이 내 어깨에 기대주신다면, 좀더 쉽게 헤엄칠 수 있을 텐데요."

나는 충직한 콩세유의 팔을 움켜잡았다.

"아, 자넨가? 콩세유!"

"예. 주인님의 분부를 기다리고 있습니다."

"고래와 충돌했을 때 자네도 나와 같이 바다로 떨어진 모양이군?"

"아뇨. 저는 주인님을 모시는 하인 아닙니까. 그래서 주인님을 따라온 겁니다."

이 훌륭한 젊은이는 자기가 한 일을 아무렇지도 않게 여기는 것 같았다.

"그럼 순양함은?"

"순양함은……" 콩세유는 뒤를 돌아보며 대답했다. "그 배는 믿지 않는 게 좋을 것 같습니다."

"무슨 소리야?"

"제가 배에서 뛰어내릴 때, 조타수가 '스크루와 키가 부서졌다'고 외치는 소리를 들었거든요."

"부서져?"

"예. 괴물의 이빨에 당했어요. '에이브러햄 링컨' 호가 입은 피해는 그것뿐인 것 같았습니다. 하지만 불행히도 그 배는 더 이상 조타할 수 없습니다."

"그럼 우리는 끝장이야!"

"아마 그렇겠지요." 콩세유는 침착하게 대답했다. "하지만 아직 몇 시간은 여유가 있습니다. 몇 시간이면 아주 많은 일을 해낼수도 있지요."

콩세유의 냉정하고 침착한 태도가 나에게 새로운 힘을 주었다. 나는 좀더 힘차게 헤엄을 쳤다. 하지만 납덩이처럼 달라붙어 있는 옷이 몸놀림을 방해했고, 수면 위에 계속 떠 있기가 무척 어려웠다. 콩세유가 이것을 알아차렸다.

"주인님의 옷을 약간 찢어야 하는데, 괜찮겠죠?"

그러고는 내 옷 속에 칼날을 밀어넣어 위에서 아래까지 단번에 잘랐다. 그리고 헤엄을 치는 나에게 매달려 천천히 내 옷을 벗겼다.

다음에는 내가 콩세유에게 똑같은 일을 해주었다. 우리는 바싹 붙어서 '항해'를 계속했다.

하지만 상황은 여전히 위급했다. '에이브러햄 링컨' 호 사람들은 우리가 실종된 것을 모를 수도 있다. 설령 알아차렸다 해도, 키와 스크루가 파손된 배가 바람을 거슬러 우리에게 놀아올 수는 없을 것이다. 따라서 우리가 기대를 걸 수 있는 것은 보트뿐이다.

이런 정황을 콩세유는 침착하게 설명하고, 그에 따라 계획을 세웠다. 얼마나 놀라운 인물인가! 냉정한 젊은이는 마치 집에 있는 것처럼 태연히 행동하고 있었다.

그리하여 순양함의 보트에 구조되는 것이 우리에게 남은 유일한 기회이고, 따라서 되도록 오랫동안 보트를 기다릴 수 있도록 조치를 취할 필요가 있다는 결론이 내려졌다. 나는 둘 다 기진맥진하지 않도록 힘을 나누어야 한다고 판단했다. 그래서 우리는 이렇게 하기로 했다. 한 사람이 다리를 쭉 뻗은 채 물 위에 드러누우면, 다른 사람이 헤엄을 치면서 그 사람을 밀고 간다. 예인선 역할을 10분씩 번갈아 맡으면 몇 시간은 헤엄칠 수 있을 것이다. 어쩌면 동이 틀 때까지 버틸 수 있을지도 모른다.

가능성은 희박했지만, 희망은 사람의 가슴속에 단단히 뿌리를 내리는 법이다. 게다가 우리는 둘이었다. 나는 아예 모든 희망을 버리고 가장 깊은 절망 속에 빠지려고 애썼지만, 끝내 희망을 버릴 수가 없었다. 있을 성싶지 않은 일이지만, 그것은 사실이다.

순양함과 고래의 충돌은 밤 11시경에 일어났다. 그래서 나는 해가 뜰 때까지 여덟 시간만 헤엄을 치면 된다고 생각했다. 둘이 교대로 헤엄을 친다면 충분히 해낼 수 있는 일이었다. 다행히 바다가 잔잔해서 우리를 별로 지치게 하지 않았다. 나는 이따금 짙은 어둠 속을 응시하며, 그 너머를 꿰뚫어보려고 애썼다. 어둠을 깨뜨리는 것은 우리의 움직임 때문에 생긴 인광뿐이었다. 나는 내 손 위에서 부서지는 빛나는 잔물결을 바라보았다. 희미하게 빛나는 수면은 창백한 빛의 조각들로 뒤덮여 있었다. 우리는 수은이 가득 든 욕조 속에서 헤엄치고 있는 것 같았다.

밤 1시경, 나는 갑자기 심한 피로를 느꼈다. 다리에 쥐가 나서

한 사람이 다리를 쭉 뻗은 채 물 위에 느러누우면……

뻣뻣해졌다. 어쩔 수 없이 콩세유가 나를 떠받쳐야 했다. 우리의 생존은 이제 콩세유의 고군분투에 달려 있었다. 이윽고 콩세유가 가엾게도 헐떡거리기 시작했다. 그는 숨이 차서 가쁜 숨을 몰아쉬고 있었다. 나는 콩세유가 오래 버틸 수 없으리라는 것을 알아차렸다.

"나를 놓아줘! 나를 놓아두고 혼자 가!"

"주인님을 버리고 가라고요? 안 됩니다! 주인님이 물에 빠져 죽으니, 제가 먼저 물에 빠져 죽겠습니다."

바로 그때 달이, 바람에 밀려 동쪽으로 흘러가던 구름장을 뚫고 얼굴을 내밀었다. 수면이 달빛으로 환해졌다. 이 고마운 달빛 덕분에 우리는 다시 기운을 차렸다. 나는 다시 머리를 들어 수평선을 이리저리 둘러보다가 마침내 순양함을 찾아냈다. 8킬로미터쯤 떨어져 있는 배는 간신히 알아볼 수 있는 검은 점으로 보였다. 그런데 보트는 한 척도 보이지 않았다.

나는 소리를 지르려고 했다. 하지만 이렇게 먼 거리에서 소리를 질러봤자 무슨 소용이 있겠는가? 부르튼 입술에서는 아무 소리도 나오지 않았다. 콩세유는 그래도 조금은 말할 수 있었다. 나는 콩세유가 외치는 소리를 들었다.

"사람 살려! 사람 살려!"

우리는 잠시 헤엄을 멈추고 귀를 기울였다. 저 윙윙거리는 소리는 혈압 때문에 충혈된 내 귀의 울림일까? 아니면 콩세유의 외침에 대한 응답일까?

"저 소리, 자네도 들었나?" 내가 속삭였다.

"예, 들었습니다."

그리고는 또 한 번 허공을 향해 필사적인 외침을 내질렀다.

이번에는 틀림없었다. 사람 목소리가 응답했다. 저 소리는 바다 한복판에 내버려진 또 다른 불운한 희생자의 목소리일까? 그 충돌로 바다에 내동댕이쳐진 다른 사람의 목소리일까? 아니면 순양함의 구명보트가 어둠을 뚫고 우리를 부르는 소리일까?

콩세유는 있는 힘을 다하여 고개를 들었다. 마지막 경련을 견디며 헤엄치고 있는 내 어깨를 붙잡고 물 밖으로 반쯤 몸을 내밀었다가, 기진맥진하여 다시 아래로 내려왔다.

"뭘 보았나?"

"예. 하지만 지금은 말하지 않고 힘을 아껴두겠습니다."

콩세유는 무엇을 보았을까? 무슨 영문인지, 괴물이 비로소 내 마음에 되돌아왔다. 하지만 내가 들은 것은 분명 사람의 목소리였다. 요나[41]가 고래 뱃속에서 살았던 시대는 지난 지 오래다!

콩세유는 다시 나를 앞으로 밀고 가면서, 이따금 고개를 들어 앞을 바라보고 소리를 질렀다. 그러면 목소리가 거기에 응답하곤 했다. 목소리는 점점 가까워지고 있었다. 나도 그 목소리를 간신히 들을 수 있었다. 내 체력은 이미 한계에 이르러, 손가락이 더 이상 말을 듣지 않았다. 내 손은 더 이상 나를 물 위에 띄워놓지 못했다. 경련을 일으키며 벌어진 입은 소금물로 가득 차 있었다. 사지가 얼어붙고 있었다. 나는 마지막으로 고개를 들었다가 물 속으로 가라앉았다.

그 순간, 단단한 물체가 부딪쳤다. 나는 거기에 매달렸다. 이어서 누군가가 나를 잡고 다시 수면 위로 끌어올리는 것을 느꼈다. 나는 허탈 상태에 빠져 정신을 잃었다.

누군가가 내 몸을 위아래로 움직이며 문질러준 덕분에 금세 정신이 든 모양이다. 나는 눈을 가늘게 떴다.

"아, 콩세유."

"예, 접니다."

그 순간, 수평선 위로 가라앉는 마지막 달빛 속에서 나는 콩세유의 얼굴이 아닌 또 다른 얼굴을 보았다. 나는 그 얼굴을 당장 알아보았다.

"네드!"

"예, 박사님. 상금을 좇고 있는 네드입니다!"

"그럼 자네도 순양함이 고래와 충돌했을 때 바다로 내던져진 모양이군!"

"예. 하지만 나는 박사님이나 콩세유보다 운이 좋아서, 물에 빠지자마자 떠다니는 섬에 올라탈 수 있었지요."

"섬이라니?"

"좀더 정확히 말하면, 우리가 쫓고 있던 그 거대한 일각고래……."

"무슨 소린지 모르겠군. 자세히 좀 설명해주게."

"하지만 나는 내가 던진 작살이 왜 고래 가죽에 꽂히지 않았는지, 작살이 왜 무뎌졌는지를 금방 알아차렸어요."

"왜지? 왜 그랬지?"

"그건 이 고래가 철판으로 되어 있기 때문입니다."

네드의 마지막 말은 내 마음에 커다란 변화를 일으켰다. 나는 우리가 피난처로 삼은, 물에 반쯤 가라앉은 그 물체 꼭대기로 내 몸을 끌어올렸다. 그리고 그것을 발로 걷어찼다. 확실히 단단했다. 큰 해양 포유류의 몸을 이루고 있는 유연한 물질과는 전혀 달리, 무엇으로도 꿰뚫을 수 없는 단단한 물질이었다.

그러나 이 단단한 물질은 선사시대 동물들이 지니고 있었던 것과 같은 갑각일 수도 있다. 이 동물은 거북이나 악어 같은 양서

(兩棲) 파충류로 분류할 수 있을지도 모른다.

하지만 아니었다! 내가 서 있는 거무튀튀한 표면은 매끄럽고 광택이 났다. 그리고 겹쳐 있는 부분은 전혀 없었다. 두드리면 금속 같은 소리가 났고, 못을 박아 연결한 금속판으로 이루어져 있는 것처럼 보였다.

더 이상은 의심할 여지가 없었다. 전세계 학자들의 골치를 썩이고 남북 반구의 뱃사람들을 당혹스럽게 만들고 괴롭힌 동물, 괴물, 자연 현상은 놀랍게도 인간이 만들어낸 경이로운 물체라는 것을 인정할 수밖에 없었다.

아무리 환상적이고 신화적인 존재를 발견했다 해도 그렇게 놀라지는 않았을 것이다. 조물주라면 어떤 놀라운 생물도 만들어낼 수 있을 테고, 그것은 누구나 쉽게 믿을 수 있다. 하지만 인간의 손이 만든 신비로운 물건을 갑자기 발견하면, 도저히 믿기지 않는 기적적인 물건을 제 눈으로 보게 되면, 그것은 사람의 마음을 혼란에 빠뜨리기에 충분하다.

하지만 의심할 여지는 전혀 없었다. 우리는 잠수함의 등 위에 앉아 있었던 것이다. 그리고 내가 판단할 수 있는 한, 그 잠수함은 거대한 강철 물고기 모양을 하고 있었다. 그것이 네드의 의견이었고, 콩세유와 나도 거기에 동의할 수밖에 없었다.

"하지만 이 장치를 움직이려면 기계가 있어야 하고, 기계를 작동하는 사람도 있어야 하지 않을까?" 내가 말했다.

"물론 그래야겠죠." 캐나다인이 대답했다. "하지만 나는 벌써 세 시간 동안 이 떠다니는 섬 위에 있었는데, 그동안 이 안에 사람이 있는 기미는 전혀 없었어요."

"배가 움직이지는 않던가?"

우리는 잠수함의 등 위에 앉아 있었다

"파도에 흔들리기는 했지만, 움직이지는 않았습니다."

"우리는 이 배가 아주 빠르게 움직일 수 있다는 것을 확실히 알고 있어. 그만한 속도를 내려면 엔진이 필요하고, 엔진을 작동하려면 전문 기술자가 필요해. 그럼 우리는 구조되었다고 생각해도 되겠군."

"글쎄요." 네드는 미심쩍은 목소리로 대답했다.

그 순간, 내 말을 증명이라도 하듯 그 이상한 선체의 고물에서 요란한 소리가 났다. 분명히 스크루를 돌리는 소리였다. 이어서 움직이기 시작했다. 우리는 물 위로 1미터 가까이 나와 있는 꼭대기 부분을 간신히 움켜잡았다. 다행히 속도는 별로 빠르지 않았다.

"물 속으로 들어가지만 않으면 걱정 없는데……" 네드 랜드가 중얼거렸다. "하지만 물 속에 잠수하기로 결정하면 우리 목숨은 서푼어치도 안 될 거예요!"

그렇게 되면 서푼은커녕 한푼어치도 안 될 것이다. 하지만 지금은 기계 속에 틀어박혀 있는 사람들과 의사소통을 하는 것이 중요했다. 나는 표면에 뚫려 있는 출입구, 전문용어를 빌리자면 '해치'를 찾았다. 하지만 철판 이음매를 따라 일정한 간격을 두고 줄지어 단단하게 박혀 있는 못들은 꿈쩍도 하지 않았다.

게다가 달도 이제는 우리를 칠흑 같은 어둠 속에 남겨둔 채 사라져버렸다. 잠수함 안으로 들어가는 길을 찾으려면 동이 트기를 기다릴 수밖에 없었다.

따라서 우리의 안부는 오로지 잠수함을 운전하고 있는 조타수의 변덕에 달려 있었다. 그들이 잠수하기로 결정하면 우리는 끝장이었다. 하지만 잠수하지만 않으면 그들과 접촉할 수 있을 거라고 나는 확신했다. 그들이 자체적으로 공기를 만들지 않는 한, 이따금 수면 위로 올라와 신선한 공기를 재보급할 필요가 있었다. 따라서 잠수함 내부를 바깥 공기와 접촉시키기 위한 구멍이 필요하다.

순양함에 구조될지 모른다는 희망은 완전히 사라졌다. 우리는 서쪽으로 실려가고 있었다. 속도는 짐작컨대 비교적 느린 12노트 정도였다. 스크루는 수학적일 만큼 규칙적으로 물을 때렸지만, 이따금 수면 위로 올라와 인광을 띤 물줄기를 높이 뿜어올렸다.

새벽 4시경, 속도가 갑자기 빨라졌다. 파도가 우리를 마구잡이로 덮쳤기 때문에, 현기증 나는 속도에 대처하기가 어려웠다. 다행히 네드 랜드가 철갑 위쪽에 박혀 있는 커다란 고리를 발견했다. 우리는 그것을 단단히 움켜잡았다.

기나긴 밤이 드디어 끝났다. 나는 기억력이 별로 좋지 않아서, 그동안 내가 받은 느낌을 모두 되살릴 수는 없다. 하지만 한 가지 점은, 비록 사소한 것이지만 머리에 떠오른다. 바람과 파도에 흔들리는 동안, 멀리서 뭐라고 형언하기 어려운 화음이 희미하게 들려오는 듯했다. 그러면 이 잠수함의 정체는 도대체 무엇일까? 이 수상한 배 안에는 어떤 존재가 살고 있을까? 그들은 어떤 방법으로 그렇게 엄청난 속도를 낼 수 있는 것일까?

햇빛이 나타났다. 아침 안개가 우리를 겹겹이 둘러쌌지만, 그것도 이내 산산이 흩어졌다. 선체의 윗부분은 수평면을 이루고 있었다. 그 부분을 주의 깊게 조사하려는 순간, 나는 배가 서서히 가라앉고 있는 것을 알아차렸다.

"이봐! 빌어먹을!" 네드가 선체를 발로 쿵쿵 구르면서 소리를 질렀다. "문 열어! 이 불한당 놈들아!"

하지만 스크루가 힘차게 돌아가고 있는데 소리를 내는 것은 여간 어렵지 않았다. 다행히 잠수가 멈추었다.

갑자기 배 안에서 빗장을 여는 소리가 들리더니, 철판 하나가 위로 올라오고, 한 사내가 나타났다. 그는 묘한 소리를 지르고는 순식간에 사라졌다.

잠시 후 여덟 명의 건장한 사내가 무표정한 얼굴로 소리 없이 나타나 우리를 그 무시무시한 기계 속으로 끌고 내려갔다.

8

움직임 속의 움직임

납치는 난폭하게, 게다가 전광석화처럼 신속하게 이루어졌다. 우리는 주위를 둘러볼 틈도 없었다. 그 떠다니는 감옥에 들어갈 때 네드와 콩세유가 어떤 기분을 느꼈는지는 모르지만, 나는 온몸이 오싹했다고 말할 수밖에 없다. 우리가 상대하고 있는 자들은 누구일까? 독특한 방식으로 바다를 이용하고 있는 새로운 유형의 해적인 것은 분명했다.

해치가 닫히자마자 나는 캄캄한 어둠 속에 갇혔다. 밝은 곳에서 갑자기 들어왔기 때문에 아무것도 볼 수가 없었다. 나는 맨발이 철제 층층대에 닿는 것을 느꼈다. 네드 랜드와 콩세유가 놈들에게 단단히 붙잡힌 채 나를 따라왔다. 층계를 다 내려가자 문이 열렸고, 우리가 들어가자마자 쾅 소리를 내면서 다시 닫혔다.

그곳에 있는 것은 우리뿐이었다. 어디인지는 알 수 없었다. 짐작조차 할 수 없었다. 모든 것이 새까맸다. 아무리 캄캄한 밤에도 희미한 빛이 조금은 어른거리게 마련인데, 이곳은 너무 새까매서 몇 분이 지나도 그런 빛조차 전혀 볼 수 없었다.

네드 랜드는 그런 취급을 당하는 데 격분하여 거침없이 분노를 터뜨렸다.

"나쁜 놈들! 칼레도니아 사람도 이놈들보다는 친절해. 식인종만 아니라는 것뿐이지. 하긴 놈들이 식인종이라 해도 나는 놀라지 않을 거야. 하지만 내가 얌전히 당하진 않을걸."

"진정해, 네드." 콩세유가 조용히 타일렀다. "너무 성급하게 흥분하지 마. 아직 프라이팬 속에 들어간 건 아니니까."

"프라이팬은 아니지만, 우리는 지금 오븐 속에 있어. 어쨌든 오븐 속처럼 캄캄해. 다행히 나한테는 아직 보위 나이프[42]가 있지. 아무리 어두워도 이 칼을 쓸 수 있을 만큼은 보여. 저 악당놈들 가운데 누구라도 나한테 손가락 하나만 대면……."

"화내지 말게, 네드." 내가 말했다. "쓸데없이 난폭하게 굴면 우리 입장이 더 나빠질 뿐이야. 어쩌면 놈들이 지금 우리 이야기를 듣고 있을지도 몰라. 우선 여기가 어디인지, 그것부터 조사해 보세."

나는 두 손을 내밀고 앞으로 나아갔다. 다섯 걸음 만에 철판으로 된 벽에 이르렀다. 나는 돌아서다가 나무 탁자에 부딪혔다. 탁자 주위에는 등받이 없는 의자가 몇 개 놓여 있었다. 이 감옥의 바닥은 뉴질랜드산 아마포로 만든 두꺼운 깔개로 덮여 있어서 우리의 발소리를 죽여주었다. 벽에는 아무 장식도 없었고, 문이나 창문도 전혀 없는 것 같았다. 나와 반대 방향으로 돌고 있던 콩세유가 나와 부딪쳤다. 우리는 감방 한복판으로 돌아왔다. 방은 길이 6미터에 너비 3미터쯤 되어 보였다. 천장은 아주 높아서, 키가 큰 네드조차 어느 정도인지 알아낼 수가 없었다.

한동안은 아무 변화도 없었지만, 30분쯤 뒤에 우리 눈이 갑자기 눈부신 빛에 노출되었다. 강렬한 빛이 별안간 감방을 가득 채우는 통에, 처음에는 견디기가 어려울 정도였다. 그 빛이 하얗고 강렬한 것을 보고, 나는 그 빛이 잠수함 주위에 엄청난 인광을 만들어낸 그 전광이라는 것을 알아차렸다. 나는 본능적으로 눈을 감을 수밖에 없었지만, 잠시 후에 다시 눈을 떠보니 그 빛은 천장에 박혀 있는 반구형의 불투명 유리에서 나오고 있었다.

"드디어 앞을 볼 수 있게 됐군." 네드 랜드가 사냥칼을 꼬나쥐고 방어 자세를 취한 채 소리쳤다.

"그래." 나는 일단 대답한 뒤, 감히 정반대의 말을 덧붙였다. "하지만 상황은 조금도 밝아지지 않았어."

"주인님이 인내심을 가지신다면." 콩세유가 침착하게 말했다.

실내가 갑자기 밝아진 덕분에 우리는 방을 자세히 조사할 기회를 얻었다. 방에는 탁자와 의자 다섯 개 말고는 아무것도 없었다. 출입문은 보이지 않았고, 아무 소리도 들리지 않는 것으로 보아 밀봉하듯 빈틈없이 닫혀 있는 게 분명했다. 이 배에 있는 것은 모두 죽어버린 것 같았다. 배가 아직 수면에 떠 있는지 아니면 깊은 바다 속으로 가라앉고 있는지도 알 수 없었다.

그러나 불이 켜진 것은 그럴 이유가 있기 때문일 것이다. 그래서 나는 이 배의 승무원이 이제 곧 나타날 거라고 생각했다. 누군가를 영원히 감옥에 처넣어두고 싶었다면, 감옥에 불을 켜줄 리가 만무하다.

내 예상은 틀리지 않았다. 빗장을 벗기는 소리가 나더니, 문이 열리고 두 남자가 들어왔다.

한 사람은 작달막하지만 우람한 근육을 갖고 있었다. 딱 바라

강렬한 빛이 별안간 감방을 가득 채웠다

진 어깨, 굵은 팔다리, 숱 많은 머리털로 덮인 얼굴, 박력 있는 콧수염, 빈틈없이 날카로운 눈매…… 온몸이 프로방스[43] 사람들의 특징인 그 남쪽 지방의 활기로 충만해 있었다. 인간의 동작은 그 사람의 됨됨이를 나타낸다고 말한 디드로[44]의 주장은 정곡을 찔렀다. 이 작달막한 사내야말로 그 주장의 산 증거였다. 그는 일상 대화 속에서도 열변을 토하고, 비유법과 과장법을 쓸 거라는 느낌이 들었다. 하지만 정말로 그런지 어떤지를 알아낼 수 있는 기회는 끝내 오지 않았다. 내 앞에서는 내가 전혀 알아들을 수 없는 이상한 언어만 사용했기 때문이다.

또 한 사람은 좀더 자세히 묘사할 만하다. 그라티올레나 엥겔[45]의 제자라면 골상만 보고도 그가 어떤 인물인지 쉽게 알 수 있었을 것이다. 나는 그의 뚜렷한 특징을 당장 알아차렸다. 첫째는 자신감. 그의 머리는 두 어깨가 이루는 곡선에서 위엄 있게 솟아 있었고, 상대를 바라보는 검은 눈은 냉정하고 확신에 차 있었기 때문이다. 다음은 침착성. 창백한 혈색은 피가 조용히 흐른다는 증거였기 때문이다. 다음은 정력. 이것은 빠르게 수축하는 눈썹 근육이 입증해주었다. 마지막은 용기. 깊은 호흡은 강한 생명력과 대범함을 나타내는 징후였기 때문이다.

그는 또한 자부심이 강한 사람이었다. 안정되고 침착한 표정은 숭고한 사상을 반영하는 듯했고, 몸놀림과 얼굴 표정이 통일성을 갖고 있는 것으로 보아 그는 분명 솔직하고 너그러운 사람이었다. 이것은 골상학자들의 관찰 결과와 일치했다.

그를 보자 '나도 모르게' 마음이 놓이는 것을 느꼈다. 우리의 대화에는 좋은 징조였다.

나이는 서른다섯 살로 보이기도 하고 쉰 살로 보이기도 했다.

어느 쪽에 더 가까운지는 알 수 없었다. 그는 키가 컸고, 넓은 이마와 우뚝한 코, 윤곽이 또렷한 입술, 깨끗하고 고른 치아를 갖고 있었다. 손은 길고 가늘어서, 수상학 용어를 사용하면 대단히 '정신적'이었다. 다시 말해서, 고결하고 열정적인 영혼에게 어울리는 손이었다. 그는 분명 내가 이제까지 만난 남자들 가운데 가장 훌륭한 인물이었다. 두드러진 특징 하나는 눈이었다. 두 눈 사이가 많이 벌어져 있어서, 수평선의 4분의 1을 시야에 넣을 수 있을 정도였다. 그는 시야가 넓을 뿐만 아니라, 네드 랜드보다 더 뛰어난 시력—이 능력은 내가 나중에 확인했다—도 갖고 있었다. 이 묘한 인물이 무언가를 열심히 바라보고 있을 때는 눈썹이 가운데로 모이고 넓은 눈꺼풀이 수축하여 눈동자를 가리곤 했다. 그렇게 해서 시야를 좁히고 한곳에 초점을 맞추었다. 그 응시는 얼마나 놀라웠던가! 그는 멀리 떨어져 있는 물체도 크게 보고, 사람의 영혼 자체를 꿰뚫어보았다! 우리 눈에는 불투명한 깊은 물 속도 꿰뚫어볼 수 있었고, 바다 밑바닥까지 속속들이 볼 수 있었다.

두 사내는 해달 모피로 만든 모자를 쓰고, 물개 가죽으로 만든 장화를 신고, 몸에 달라붙지 않아서 자유롭게 움직일 수 있는 특수한 옷감으로 만든 옷을 입고 있었다.

키가 큰 쪽—이 배의 우두머리가 분명해 보였다—은 우리를 유심히 바라볼 뿐, 아무 말도 하지 않았다. 그러다가 옆의 동료를 돌아보며, 내가 알아들을 수 없는 말로 대화를 나누었다. 그 언어는 소리가 낭랑하고 조화롭고 나긋나긋했다. 음절에 붙는 악센트와 억양이 아주 다양한 것 같았다.

키가 작은 쪽은 고갯짓으로 대답했고, 전혀 이해할 수 없는 말

넓은 이마와 우뚝한 코, 윤곽이 또렷한 입술……

을 두세 마디 덧붙였다. 그러고는 눈빛으로 나에게 무언가를 묻고 있는 것 같았다.

나는 고상하고 정확한 프랑스어로 당신 말을 전혀 모르겠다고 대답했지만, 그는 내 말을 알아듣지 못하는 것 같았다. 상황이 조금 골치 아프게 되었다.

"주인님은 우리 사정을 설명하려고 애쓰셔야 합니다." 콩세유가 말했다. "아마 이 신사분들도 몇 마디 정도는 이해할 수 있을 겁니다."

그래서 나는 우리가 겪은 모험담을 털어놓기 시작했다. 모든 음절을 하나씩 따로 떼어서 또박또박 발음하고, 아무리 사소한 것도 생략하지 않고 자세히 설명했다. 나는 우선 우리의 이름과 신분을 밝혔다. 나는 아로낙스 박사, 콩세유는 내 하인, 그리고 네드는 작살잡이라고 정식으로 소개했다.

차분하고 온화한 눈을 가진 남자는 공손할 만큼 조용히, 그리고 놀랄 만큼 정신을 집중하여 내 말에 귀를 기울였다. 하지만 그의 얼굴에는 내 이야기를 이해한 징후가 전혀 나타나지 않았다. 내가 이야기를 끝낸 뒤에도 그는 한 마디도 하지 않았다.

영어를 써보는 방법이 아직 남아 있었다. 세계 공용어라고 할 수 있는 영어를 사용하면 말이 통할지도 모른다. 나는 영어를 조금 할 줄 알았고, 독일어도 조금은 알고 있었다. 글은 술술 읽을 수 있지만 정확히 말할 수는 없었다. 하지만 지금은 우리 이야기를 제대로 이해시키는 것이 중요했다.

"네드, 이번엔 자네 차례야." 나는 작살잡이에게 말했다. "앵글로색슨이 말한 최고의 영어를 가방에서 꺼내봐. 나보다는 성공하도록 애써주게."

네드한테 대사를 일러줄 필요는 전혀 없었다. 그는 내 이야기를 그대로 되풀이했다. 형식은 전혀 달랐지만 내용이 비슷했기 때문에, 나도 네드의 말을 다소는 알아들을 수 있었다. 캐나다인은 타고난 성격대로 열심히 이야기했다. 그는 갇혀 있는 것을 불평하고, 무고한 사람을 가두어놓는 것은 인권 유린이라면서 도대체 무슨 법률에 따라 우리를 이런 식으로 억류해놓는 거냐고 따지고, '인신보호법'까지 들먹이며 우리를 불법 감금하고 있는 자들을 고발하겠다고 으르댔다. 네드는 두 팔을 휘두르며 격렬한 몸짓을 하고, 소리를 지르고, 마지막에는 표현력이 풍부한 팬터마임으로 배가 고파 죽겠다는 뜻을 전달했다.

우리는 허기를 거의 잊고 있었지만, 배가 고파 죽을 지경인 것은 사실이었다.

작살잡이는 상대가 이번에도 전혀 알아듣지 못하는 것처럼 보였기 때문에 깜짝 놀랐다. 우리를 찾아온 두 손님은 얼굴 근육 하나 까딱하지 않았다. 그들은 아라고의 언어도, 패러데이[46]의 언어도 이해하지 못하는 것이 분명했다. 아는 언어를 다 써보았는데도 소용이 없었기 때문에 나는 몹시 당황했다. 어떻게 하면 좋을지 몰라서 쩔쩔매고 있을 때, 콩세유가 나섰다.

"주인님이 허락하신다면, 제가 독일어로 이야기를 해보겠습니다."

"뭐? 독일어를 안다고?"

"플랑드르 사람이니까요."[47] 콩세유가 대답했다. "주인님이 반대하시지 않는다면……."

"반대하다니, 천만에. 어서 해보게."

그러자 콩세유는 우리의 모험담을 세 번째로 침착하게 늘어놓았다. 하지만 콩세유의 뛰어난 악센트와 우아한 표현에도 불구하고, 독일어 역시 프랑스어나 영어와 마찬가지로 성공하지 못했다.

마침내 나는 마지막 수단으로, 어릴 적에 학교에서 배운 라틴어 지식을 총동원하여 이야기하기 시작했다. 키케로[48]가 그런 엉터리 라틴어를 들었다면 귀를 틀어막았을 것이다. 그래도 나는 끝까지 해냈다. 하지만 결과는 마찬가지였다.

마지막 시도마저 실패로 끝나자, 두 사내는 이해할 수 없는 언어로 몇 마디 나눈 다음, 세계 어디에서나 통하는 미소 한 번 던지지 않은 채 물러가버렸다. 문이 다시 닫혔다.

"이건 모욕이야!" 네드가 스무 번째로 분통을 터뜨렸다. "우리는 그 악당놈들한테 프랑스어로, 영어로, 독일어로, 라틴어로 이야기했어. 그랬으면 한 마디 정도는 대꾸해주는 것이 예의잖아!"

"진정하게, 네드." 나는 불같이 화를 내는 작살잡이를 달랬다. "화를 내봤자 아무 도움도 안 돼."

"박사님은 모르시겠어요?" 성미가 괄괄한 작살잡이는 고집스럽게 말했다. "우리는 이 쇠우리 속에 갇힌 채 굶어죽을 수도 있단 말입니다."

"설마." 콩세유가 냉정하게 말했다. "당분간은 견딜 수 있어."

"이보게들." 내가 말했다. "절망하면 안 돼. 그래도 아까보다는 상황이 나아졌잖아. 이 배의 선장과 승무원들을 판단하기는 아직 일러."

"나는 벌써 판단을 내렸습니다." 네드가 반박했다. "놈들은 불한당이에요."

"좋아. 그런데 어느 나라 출신이지?"

"악당들의 나라겠죠."

"이보게 네드, 그런 나라는 아직 세계지도에 표시되어 있지 않아. 솔직히 말하면 그 두 사람의 국적은 판단하기 어려워. 우리가 알 수 있는 건 영국인도 아니고, 프랑스인도 아니고, 독일인도 아니라는 것뿐일세. 하지만 내가 보기에 선장과 그 부하는 아무래도 남쪽 지방 태생인 것 같네. 분위기가 어딘지 모르게 남쪽 사람 같아. 하지만 외모만 보고는 스페인 사람인지, 터키 사람인지, 아랍 사람인지, 인도 사람인지 판단할 수가 없네. 게다가 언어는 도무지 이해할 수가 없어."

"세계 언어를 전부 다 알지 못하면 불리하군요." 콩세유가 말했다. "세계 공용어가 없으니까 불편해요."

"세계 공용어가 있어봤자 우리한테는 아무 도움도 안 될걸!" 네드 랜드가 말했다. "놈들은 먹을 것을 달라고 요구하는 사람들을 괴롭히려고 자기들끼리만 통하는 말을 만들어냈다는 걸 모르겠어? 입을 벌리고 턱을 움직이고 입술을 빨면서 입맛을 다시면 그게 무슨 뜻인지는 세계 어디서나 이해할 수 있잖아? 충분히 이해하고도 남지. 그런 몸짓은 퀘벡에서도, 투아모투에서도, 파리에서도, 지구 반대편에 있는 곳에서도 '배가 고프니 먹을 것을 달라'는 뜻이잖아?"

"그럴까?" 콩세유가 말했다. "세상에는 어리석은 사람도……."

콩세유가 말하고 있을 때 문이 열리고 급사가 들어왔다. 급사는 우리가 입을 옷을 가져왔다. 무슨 옷감으로 만든 것인지는 알 수 없지만, 뱃사람들이 입는 저고리와 바지였다. 나는 재빨리 옷을 입었고, 콩세유와 네드도 나를 본받았다.

우리가 옷을 입는 동안, 급사—그는 벙어리였고, 아마 귀도 먹었을 것이다―는 탁자에 삼인분의 식사를 차려놓았다.

"이건 참 의미심장한데요." 콩세유가 말했다. "그리고 아주 좋은 징조예요."

"흥!" 캐나다인은 여전히 성난 얼굴로 대꾸했다. "여기서 먹을 수 있는 음식이라야 뻔하지. 도대체 자네는 뭘 기대하나? 거북이 간? 상어 지느러미? 아니면 돔발상어 스테이크?"

"먹어보면 알겠지." 콩세유가 대답했다.

은제 뚜껑이 덮인 접시가 식탁보 위에 조화롭게 놓여 있었다. 우리는 식탁에 자리를 잡았다. 우리가 그래도 문명인을 상대하고 있는 것은 분명했다. 우리 위로 쏟아지는 전깃불만 아니었다면, 리버풀의 아델피 호텔이나 파리의 그랑 호텔에 앉아 있는 듯한 기분이 들었을 것이다. 포도주나 빵은 하나도 없었다. 물은 깨끗하고 맑았지만, 물은 역시 물이었고 그래서 네드의 입맛에는 맞지 않았다. 차려진 음식 속에서 나는 맛있게 조리된 다양한 생선을 알아보았다. 하지만 몇 가지 요리는, 맛은 있었지만 재료가 무엇인지는 판단할 수 없었다. 동물성인지 식물성인지도 분간할 수 없었다. 식기 세트는 우아하고 고상했다. 포크와 나이프 · 스푼 · 접시를 비롯한 모든 식기에는 '움직임 속의 움직임' 이라는 구절로 둘러싸인 'N' 이라는 글자가 새겨져 있었다. 그것을 그대로 베끼면 다음과 같다.

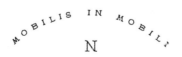

'움직임 속의 움직임!' 여기서 라틴어 전치사 'IN'을 '위에'가 아니라 '안에'로 해석하면, 이 잠수함과 딱 들어맞는다. 'N'은 심해를 지배하는 그 수수께끼 같은 인물의 머리글자일 것이다.

네드와 콩세유는 생각을 하느라 시간을 낭비하지 않고 당장 먹기 시작했다. 나도 얼른 그들을 본받았다. 사실 나는 우리의 운명에 대해 더 이상 불안을 느끼지 않았다. 이 배에 타고 있는 사람들이 우리를 굶겨 죽이고 싶어하지 않는 것은 분명해 보였기 때문이다.

하지만 세상 만사에는 끝이 있게 마련이다. 열다섯 시간 동안 아무것도 먹지 않은 사람들의 허기도 마찬가지다. 식욕이 채워지자 잠이 쏟아졌다. 죽음과 싸우면서 끝없이 긴 밤을 보낸 뒤의 자연스러운 반응이었다.

"아아, 한숨 잘 수 있다면……." 콩세유가 말했다.

"나는 벌써 곯아떨어졌어." 네드가 말했다.

콩세유와 네드는 깔개 위에 드러누워 깊이 잠들어버렸다.

나는 쏟아지는 잠에 그들만큼 호락호락 굴복하지 않았다. 너무나 많은 생각이 머릿속에서 우글거렸고, 답할 수 없는 수많은 의문이 마음을 짓눌렀고, 너무나 많은 영상이 눈앞에 어른거려 눈을 완전히 감을 수가 없었다.

우리가 있는 곳은 어디일까? 우리를 데려가고 있는 이 야릇한 힘은 무엇일까? 나는 잠수함이 가장 깊은 심해로 내려가고 있는 듯한 기분을 느꼈다. 아니, 느꼈다고 생각했다. 잠이 들지도 않았는데 무서운 악몽이 나를 괴롭혔다. 나는 신비로운 피난처에 살고 있는 미지의 동물들의 세계를 언뜻 보았다. 이 잠수함도 그 동물들 가운데 하나였다. 잠수함도 그들처럼 살아서 움직였고,

콩세유와 네드는 깔개 위에 드러누워 깊이 삼늘어버렸다

그들처럼 만만찮은 존재였다. 이어서 내 머리가 조금 차분해지고, 상상은 졸음 속으로 사라져갔다. 나는 깊은 잠 속으로 빠져들었다.

9
네드 랜드의 분노

얼마나 오래 잤는지는 모르나, 오래 잔 것만은 분명하다. 피로가 완전히 가시고 상쾌한 기분으로 깨어났기 때문이다. 내가 맨먼저 깨어났다. 콩세유와 네드는 아직도 꼼짝하지 않고, 생명이없는 덩어리처럼 방구석에 길게 드러누워 있었다.

나는 딱딱한 잠자리에서 일어나자마자 머리가 맑아지고 활력이 솟아나는 것을 느꼈다. 나는 방을 주의 깊게 조사하기 시작했다.

방의 내부 배치는 달라진 게 하나도 없었다. 감옥은 여전히 감옥이었고, 포로는 여전히 포로였다. 하지만 우리가 자고 있는 사이에 식탁이 깨끗이 치워져 있었다. 우리의 처지가 조금이라도달라질 조짐은 전혀 없었다. 우리는 이 감방 안에서 언제까지나살아야 할 운명이 아닐까 하는 생각이 들었다.

머리는 맑았지만 가슴은 무거운 것에 짓눌린 듯 납납했기 때문에, 기약 없는 포로 생활이 더욱 불쾌하게 느껴졌다. 가슴이 답답해서 숨을 쉬기가 어려웠다. 공기가 부족해서 허파가 더 이상 기능을 발휘하지 못했다. 감방은 널찍했지만, 그 안에 있는 산소를 우리가 거의 다 소비해버린 모양이었다. 사람은 한 시간에 100리터의 공기 속에 들어 있는 산소를 소비한다. 한 시간이 지나면 이 공기는 거의 같은 양의 이산화탄소로 바뀌어 호흡할 수 없게 된다.

따라서 우리 감방은 공기를 빨리 갈아넣을 필요가 있었다. 우리 방만이 아니라 잠수함 전체의 공기도 갈 필요가 있을 것이다.

이것이 내 마음을 괴롭힌 의문이었다. 이 떠다니는 주택의 선장은 환기 문제를 어떻게 처리하고 있을까? 열을 이용하여 염소산칼륨에 포함되어 있는 산소를 분리하고 가성알칼리로 이산화탄소를 흡수하는 화학적 방법으로 호흡에 필요한 공기를 얻고 있을까? 그렇다면 필요한 원료를 얻기 위해 육지와 접촉을 유지해야 할 것이다. 아니면 고압 탱크에 공기를 저장해두었다가, 승무원들이 공기를 필요로 할 때 압력을 줄여서 방출하고 있을까? 그럴 수도 있다. 아니면 훨씬 자연스럽고 경제적이고 따라서 가장 가능성이 큰 방법, 다시 말해서 고래처럼 수면으로 떠올라 24시간 동안 사용할 공기를 잠수함에 다시 채우는 방법을 쓰고 있을까? 어떤 방법을 사용하든, 되도록 빨리 그 방법을 쓰는 것이 현명할 것 같았다.

벌써 나는 감방에 얼마 남지 않은 산소를 마시기 위해 숨을 가쁘게 몰아쉬어야 했다. 그런데 그때 갑자기 소금기 가득한 맑은 공기가 허파로 들어왔다. 그 공기를 들이마시자 당장 기운이 나고 기분이 상쾌해졌다. 그것은 요오드가 듬뿍 들어 있는 진짜 바닷바람이었다. 나는 입을 크게 벌리고, 신선한 산소 분자를 허파에 가득 채웠다. 동시에 나는 배가 앞뒤로, 또는 좌우로 흔들리는 것을 알아차렸다. 흔들림은 가벼웠지만 분명히 감지할 수 있을 정도였다. 이 금속 괴물은 고래들과 똑같이 숨을 쉬기 위해 방금 수면으로 떠오른 것이 분명했다. 이 배의 환기 방법은 이제 분명해졌다.

나는 신선한 공기를 허파에 가득 채우자, 공기가 들어온 길을 찾아보았다. 생명의 공기를 우리에게 보내준 '통풍기관' 은 대체 어디에 있을까? 그것은 금방 찾을 수 있었다. 문 위에 구멍이 뚫려 있고, 그곳으로부터 신선한 공기가 들어와 우리 감방에 산소를 공급해주고 있었다.

내가 여기까지 관찰했을 때, 네드와 콩세유가 기운을 북돋워주는 상쾌한 공기를 마시고 거의 동시에 깨어났다. 그들은 눈을 비비고 기지개를 켠 다음 벌떡 일어섰다.

"주인님은 편히 주무셨는지요?" 콩세유가 여느 때처럼 공손하게 물었다.

"아주 잘 잤어. 네드, 자네도 잘 잤나?"

"푹 잤습니다. 하지만 이게 사실일까요? 바닷바람을 들이마시고 있는 듯한 기분이 드는데요."

뱃사람이 잘못 생각할 리가 없다. 나는 그가 자는 동안에 일어난 일을 말해주었다.

"그러니까, 이른바 일각고래가 '에이브러햄 링컨' 호 가까이 있을 때 우리가 들은 그 으르렁대는 소리는 그 때문이었군요."

"그래. 그건 괴물이 숨쉬는 소리였어."

"지금이 몇 시인지 전혀 모르겠는데, 혹시 저녁 먹을 시간이 아닐까요?"

"저녁? 저녁보다는 아침 먹을 시간일 가능성이 더 커. 여기에 들어온 지 하루가 지난 건 분명하니까."

"그럼 우리가 스물네 시간 동안 잠을 잤다는 말씀이군요!" 콩세유가 말했다.

"그래."

"그렇다고 해둡시다." 네드가 말했다. "저녁이든 아침이든, 급사를 다시 보았으면 좋겠군요."

"두 끼를 한꺼번에 주면 더욱 좋고요." 콩세유가 말했다.

"맞아." 네드가 맞장구쳤다. "우리는 두 끼를 먹을 자격이 있어. 적어도 나는 저녁과 아침을 한꺼번에 너끈히 먹어치울 수 있거든."

"네드, 기다려보세. 그들이 우리를 굶겨 죽일 작정이 아닌 건 분명해. 그렇지 않다면 어제 준 식사는 쓸데없는 낭비일 테니까."

"우리를 살찌울 작정이 아니라면 그렇겠죠."

"허튼 소리. 그들은 식인종이 아니야."

"놈들이 예외를 만들지도 몰라요." 캐나다인은 진지하게 대꾸했다. "그들은 아마 오랫동안 신선한 고기에 굶주렸을 겁니다. 그렇다면 우리처럼 건강하고 체격 좋은 세 남자가……."

"그런 생각은 깨끗이 떨쳐버리게. 그리고 무엇보다도 그런 생각을 이 배의 주민들한테 화를 내는 핑계거리로 삼지 말아주면 좋겠네. 그건 사태를 악화시킬 뿐이니까."

"어쨌든 나는 배가 고파 죽을 지경입니다. 저녁이든 아침이든, 음식은 도대체 어디 있는 거야?"

"우리도 이젠 이 배의 규칙에 따라야 돼. 아무래도 우리의 배꼽시계가 주방장의 시간을 알리는 종보다 빨리 가는 모양이군."

"그렇다면 우리의 배꼽시계를 제대로 다시 맞춰야겠군요." 콩세유가 침착하게 말했다.

"자네다운 말이군, 콩세유." 성마른 캐나다인이 대꾸했다. "자네는 걱정하지도 안달복달하지도 않고 늘 침착해. 자네는 무언가를 받기도 전에 고맙다는 말부터 할 사람이고, 불평할 바에는 차라리 굶어죽을 사람이야."

"그래서 어쩌자는 거야?" 콩세유가 되물었다.

"불평을 하자는 거야! 불평하는 것만으로도 조금은 도움이 될 거라고. 그 해적놈들! 박사님이 놈들을 식인종이라고 부르지 못하게 하니까 점잖게 해적놈이라고 부르겠지만, 그것도 놈들한테는 사실 과분한 호칭이야. 어쨌든 그 해적놈들이 나를 이 숨막히는 감방에 계속 가두어둔다면, 내가 분노를 터뜨릴 때 양념으로 어떤 욕설을 쓰는지 알게 될 거야. 내가 얌전히 갇혀 있을 거라고 생각한다면, 놈들은 중대한 실수를 저지르고 있는 거야. 이것 보세요, 박사님. 솔직히 말씀해보세요. 박사님은 우리가 이 쇠우리에 오랫동안 갇혀 있을 거라고 생각하세요?"

"솔직히 말하면 나도 모르겠네."

"박사님이 어떻게 생각하는지, 그걸 묻고 있는 겁니다."

"나는 이렇게 생각하네. 우리가 우연히 중대한 비밀을 알게 됐다고. 따라서 그 비밀을 지키는 것이 이 잠수함 승무원들한테 이익이 된다면, 그리고 그 이익이 세 사람의 목숨보다 더 중요하다면, 우리는 큰 위험에 빠져 있는 것이라고. 하지만 그렇지 않다면, 우리를 삼킨 이 괴물은 기회가 오자마자 우리를 인간 세상으로 다시 돌려보내주겠지."

"괴물이 우리를 승무원으로 징발하지 않는다면, 그리고 우리를 계속 승무원으로 붙잡아둘 생각이 아니라면 그렇겠죠." 콩세유가 말했다.

"'에이브러햄 링컨' 호보다 훨씬 빠르고 훨씬 우수한 순양함이 이 강도들의 소굴을 쳐부수고, 우리와 놈들을 함께 돛대에 목매달 그날까지 말인가?" 네드가 대꾸했다.

"그 말도 일리가 있어." 내가 말했다. "하지만 아직 아무도 우리한테 그런 제안을 하지 않았네. 그러니까 그런 경우에 어떻게 할지 의논해봤자 아무 의미도 없어. 다시 말하지만, 상황을 지켜보고 거기에 따라 결정을 내리도록 하세. 아무 일도 하지 말고 기다려보자는 얘기야. 사실 할 일도 없으니까."

"천만에요." 고집스런 작살잡이가 대꾸했다. "우리는 무언가를 해야 합니다."

"그게 뭔데?"

"탈출하는 겁니다!"

"감옥에서 탈출하는 것은 육지에서도 어렵지만, 잠수함 감옥에서 빠져나가는 건 아예 불가능할 것 같은데?"

"이봐, 네드." 콩세유가 말했다. "주인님이 말씀하시는데 왜 아무 대꾸도 못하나? 잘난 아메리카 사람이 할 말이 없어서 쩔쩔매다니, 그거 참 믿을 수가 없군."

작살잡이는 눈에 띄게 당황했지만, 아무 말도 하지 않았다. 운명이 우리를 끌어들인 이 상황에서 빠져나가는 것은 불가능했다. 하지만 캐나다인은 절반은 프랑스인이기도 하다. 네드 랜드는 그것을 입증했다.

"아로낙스 박사님." 네드는 잠시 생각한 다음 입을 열었다. "감옥에서 도망칠 수 없을 때는 어떻게 해야 하는지, 박사님은 모르시죠?"

"그래."

"아주 간단합니다. 감옥 안에서 지내는 데 익숙해져야······."

"정말 그렇군요." 콩세유가 말했다. "배 위나 밑에 있는 것보다 안에 있는 편이 훨씬 낫지요."

"간수와 옥졸과 보초를 모조리 처치하는 겁니다!"

"뭐라고? 이 배를 탈취한다는 말인가? 자네 진심으로 그런 생각을 하고 있나?"

"진심입니다."

"말도 안 돼!"

"왜요? 적당한 기회가 올지도 모릅니다. 그 기회를 잡지 말라는 법은 없지요. 이 배에 타고 있는 사람이 스무 명뿐이라면, 프랑스인 두 명과 캐나다인 한 명한테 맞서지는 못할 겁니다. 안 그래요?"

그런 의견에는 반대하기보다 찬성하는 편이 현명했다. 그래서 나는 말했다.

"무슨 일이 일어나는지 좀 두고 보세. 하지만 그때까지는 화가 나더라도 꾹 참아주면 좋겠네. 우리가 성공하려면 책략을 쓸 수밖에 없는데, 화를 내면 유리한 기회를 만들 수 없을 거야. 그러니까 일이 어떻게 돌아가든, 너무 짜증만 내지 말고 순순히 받아들이겠다고 약속하게."

"좋습니다. 약속하죠." 네드는 시큰둥하게 대답했다. 나를 안심시키는 말투는 아니었다. "공격적인 말이나 행동은 절대 하지 않겠습니다. 배가 고파질 시간에 맞춰서 식사가 오지 않아도."

"분명히 약속했네, 네드."

우리의 대화는 여기서 끝났다. 이어서 우리는 각자 상념에 잠겼다. 나는 작살잡이의 약속을 받아내기는 했지만, 환상 따위는 거의 품지 않았다. 네드가 말한 유리한 기회가 오리라고는 생각지 않았다. 잠수함이 이렇게 순조롭게 움직이려면 승무원도 많이 있어야 할 것이고, 싸움이 벌어지면 우리가 질 것은 뻔했다. 게다가 그들과 싸우려면 자유롭게 행동할 필요가 있었지만, 우리는 이 감방에 꼼짝없이 갇혀 있는 상태였다. 철판으로 에워싸인 이 밀폐된 감방에서 빠져나갈 방법조차 알 수 없었다. 이 잠수함의 야릇한 선장이 지켜야 할 비밀을 갖고 있다면—그럴 가능성이 아주 높았다—우리가 배에서 자유롭게 행동하도록 허락할 리가 없었다. 어쩌면 그는 폭력적인 수단으로 우리를 제거하거나, 외딴 섬에 내버리지 않을까? 그것은 알 수 없는 일이다. 하지만 이 모든 추측이 나에게는 아주 그럴듯하게 여겨졌다. 작살잡이가 아니고는 아무도 탈출의 희망을 품지 못할 거라는 생각이 들었다.

게다가 네드는 사태를 생각할수록 점점 우울해지고 있었다. 네드가 목구멍 속에서 욕설을 으르렁거리는 소리가 들렸다. 그의 몸놀림이 또다시 험악해지는 것도 눈에 띄었다. 네드는 벌떡 일어나, 우리에 갇힌 들짐승처럼 방안을 돌아다니며 벽을 주먹과 발로 때리고 걷어차기 시작했다. 시간이 갈수록 허기가 우리를 괴롭히기 시작했다. 하지만 이번에는 급사가 나타나지 않았다. 그들이 정말로 우리에게 선의를 갖고 있다 해도, 표류자의 처지인 우리를 오랫동안 잊어버린 게 분명했다.

네드 랜드는 유난히 용량이 큰 위장을 갉아먹는 듯한 통증에 시달려, 점점 흥분하기 시작했다. 나는 정말로 걱정이 되었다. 네드가 뭐라고 약속했든지 간에 승무원이 오면 그가 분노를 폭발시키지나 않을까.

두 시간 동안 네드의 분노는 점점 격렬해졌다. 그는 소리를 지르고 비명을 질렀지만, 아무 소용이 없었다. 철판 벽은 귀머거리였다. 배 안에서는 아무 소리도 들리지 않았다. 배는 죽은 듯이 누워 있었다. 배는 움직이고 있지 않았다. 움직이고 있다면, 스크루의 진동 때문에 선체가 흔들리는 게 느껴졌을 것이다. 배는 육지에서 멀리 떨어진 바다 밑바닥에 가라앉았을 것이다. 죽음 같은 정적이 무시무시하게 느껴졌다.

이 감방에 격리되어 버림받은 상태가 얼마나 오래 계속될지, 감히 짐작도 가지 않았다. 선장과 만났을 때 품었던 희망은 점점 사라져갔다. 그의 친절한 표정, 너그러운 관상, 고상한 행동도 내 마음에서 모두 사라졌다. 그 수수께끼 같은 인물은 본질적으로 무자비하고 잔인한 인간일 것이라는 생각이 들었다. 그의 입장에서는 그렇게 될 수밖에 없었을 것이다. 나에게는 그가 인정머리라고는 전혀 없는, 동정심도 전혀 느끼지 못하는, 같은 인간을 영원히 증오하기로 맹세한, 인류의 무자비한 적으로 느껴졌다.

그때 문득 한 생각이 떠올랐다. 그는 우리를 이 밀폐된 감방에 가두어둔 채, 극도의 굶주림에 시달린 사람들을 덮치는 그 무서운 유혹에 우리를 내던진 것은 아닐까? 이 끔찍한 생각은 내 머릿속에서 점점 힘을 얻었고, 상상력이 발동하자 미칠 듯한 공포가 나를 사로잡기 시작했다. 콩세유는 여전히 침착했다. 네드는 화가 나서 사납게 날뛰고 있었다.

이때 밖에서 무슨 소리가 들리더니, 금속판을 밟는 발소리가 울려 퍼졌다. 빗장이 벗겨지고 문이 열리고 다시 급사가 나타났다.

네드는 내가 미처 말릴 새도 없이 그 불운한 급사에게 덤벼들어 바닥에 쓰러뜨리고는 목을 움켜잡았다. 급사는 억센 손아귀에 목이 졸려 질식해가고 있었다.

콩세유는 벌써 반쯤 질식한 급사의 목에서 작살잡이의 손을 떼어내려고 애쓰고 있었다. 나도 달려가서 급사를 도우려고 했다. 하지만 그 순간 어디선가 들려온 말소리를 듣고 그 자리에 못 박혀버렸다. 그 말은 분명 프랑스어였다.

"진정하세요, 랜드 씨. 그리고 아로낙스 박사, 내 말 좀 들어보세요!"

네드는 급사에게 덤벼들어 바닥에 쓰러뜨렸다

10

바다의 사나이

목소리의 주인공은 이 배의 선장이었다.

네드 랜드는 벌떡 일어났다. 하마터면 목 졸려 죽을 뻔한 급사는 선장의 명령에 따라 비틀거리며 밖으로 나갔다. 이 배에서 선장의 권위가 워낙 지엄했기 때문에, 급사는 캐나다인에게 화난 기색조차 보이지 못했다. 콩세유도 그답지 않게 관심을 보였고, 나는 깜짝 놀랐다. 우리는 말없이 이 장면의 대단원을 기다렸다.

선장은 팔짱을 낀 채 탁자 옆에 기대어 우리를 유심히 바라보았다. 말하기 전에 망설이고 있는 것일까? 아니면 우리한테 프랑스어로 말을 건 것을 후회하고 있을까? 그럴지도 모른다.

잠시 침묵이 흘렀다. 아무도 침묵을 깰 생각을 하지 않았다.

이윽고 선장이 차분하고 또렷한 음성으로 입을 열었다.

"나는 프랑스어도, 영어도, 독일어도, 라틴어도, 똑같이 잘할 수 있습니다. 우리가 처음 만났을 때 여러분의 얘기에 대답할 수도 있었지만, 우선 여러분에 대해 알고 싶었고, 또 이야기를 들은

급사는 선장의 명령에 따라 비틀거리며 밖으로 나갔다

뒤에는 그것을 곰곰 생각해보고 싶었어요. 여러분이 네 언어로 말한 내용은 모든 점에서 일치했고, 그래서 나는 여러분의 정체에 대해 확신을 가질 수 있었습니다. 이제 나는 운명이 나에게 데려다준 여러분이 파리 자연사 박물관 교수이며 과학적 임무를 띠고 외국에 파견된 피에르 아로낙스 박사, 박사의 하인인 콩세유, 미국 해군의 순양함 '에이브러햄 링컨' 호에 타고 있었던 캐나다 태생의 작살잡이 네드라는 것을 알고 있습니다."

나는 맞다는 뜻으로 고개를 끄덕였다. 선장이 나에게 아무것도 묻지 않았으니까 대답할 필요는 없었다. 그는 외국 말투가 전혀 없는 완벽한 프랑스어를 유창하게 구사했다. 문장은 훌륭했고, 어휘 선택도 적절했고, 발음도 놀랄 만큼 유창했다. 그런데도 나는 그가 프랑스인이 아니라는 느낌을 받았다.

선장은 이렇게 말을 이었다.

"여러분은 내가 두 번째로 찾아올 때까지 시간이 너무 오래 걸린다고 생각했을 겁니다. 그건 여러분의 신원을 확인한 뒤 여러분을 어떻게 처리해야 할지 진지하게 생각해보고 싶었기 때문입니다. 나는 오랫동안 망설였습니다. 불운한 사정 때문에 여러분은 인간 사회와 인연을 끊은 사람과 마주치게 되었습니다. 여러분은 내 생활을 방해했습니다……."

"본의가 아니었소." 내가 말했다.

"그래요?" 선장이 목청을 높였다. "'에이브러햄 링컨' 호가 나를 찾으려고 바다를 샅샅이 뒤진 것도 본의가 아니었습니까? 당신이 그 배에 탄 것도 본의가 아니었나요? 당신들이 쏜 포탄이 내 배를 스치고 지나간 것도 본의가 아니었습니까? 여기 있는 랜드 씨가 작살로 나를 공격한 것도 본의가 아니었습니까?"

나는 이 말 속에 숨어 있는 분노를 느꼈다. 하지만 나에게는 그런 비난을 자연스럽게 해명할 수 있는 답변이 준비되어 있었다.

"당신은 유럽과 미국에서 당신에 대해 어떤 논의가 이루어졌는지 모르고 있군요. 당신이 잠수함으로 배를 공격하여 일으킨 여러 차례의 사고가 두 대륙에서 여론을 들끓게 한 것도 모르고 있어요. 당신만이 비밀을 쥐고 있는 그 불가해한 사건들을 설명하기 위해 얼마나 많은 가설과 소문이 만들어졌는지, 거기에 대해서는 굳이 말씀드리지 않겠습니다. 하지만 태평양 한복판까지 당신을 추적해온 '에이브러햄 링컨' 호 승무원들은 거대하고 강력한 바다 괴물을 추적하고 있는 줄 알았고, 무슨 수를 써서라도 그 괴물을 바다에서 소탕할 필요가 있다고 생각했다는 걸 아셔야 합니다."

선장의 입술에 희미한 미소가 떠올랐다. 이어서 선장은 조용한 목소리로 말했다.

"아로낙스 박사, 당신은 그 순양함이 잠수함을 추적해서 포탄을 쏜 게 아니라 괴물을 쫓고 있었다고, 정말로 그렇게 단언할 수 있습니까?"

이 질문에 나는 좀 당황했다. 패러것 함장은 괴물이 아니라 잠수함을 발견했다 해도 한순간의 망설임도 없이 포탄을 쏘았을 것이기 때문이다. 함장은 거대한 일각고래만이 아니라 잠수함을 파괴하는 것도 자신의 의무라고 생각했을 것이다.

"그러니까……" 선장이 말을 이었다. "당신은 내가 여러분을 적으로 취급할 권리가 있다는 것을 이해하실 겁니다."

나는 대꾸하지 않았다. 아무리 강력한 주장도 힘 앞에서는 맥을 못 추는데, 논쟁을 벌여봤자 무슨 소용이 있겠는가?

"나는 오랫동안 망설였습니다." 선장이 아까 한 말을 되풀이했다. "내가 당신들을 환대해야 할 의무는 전혀 없습니다. 당신들과 헤어지고 싶었다면 당신들을 다시 만나고 싶지도 않았을 것입니다. 당신들이 피난처로 삼았던 이 배의 갑판 위로 당신들을 돌려보낼 수도 있었을 것입니다. 그리고 나는 바다 속으로 잠수하여, 당신들이 세상에 존재했다는 것을 잊어버릴 수도 있었을 것입니다. 나한테 그럴 권리가 없나요?"

"그건 야만인의 권리겠지요. 문명인의 권리는 아닙니다."

그러자 선장이 날카로운 목소리로 대꾸했다.

"아로낙스 박사, 나는 당신이 말하는 의미의 문명인은 아닙니다! 나는 사회와 인연을 끊었어요. 그 이유를 평가할 권리는 오직 나만이 갖고 있습니다. 그래서 나는 사회의 규칙에 따르지 않습니다. 내 앞에서 다시는 사회의 규칙을 들먹이지 마시오!"

선장은 분명하게 또박또박 말했다. 눈에서 분노와 경멸의 불꽃이 번득였다. 나는 이 남자의 무서운 과거를 언뜻 본 것 같았다. 그는 인간의 법 테두리를 벗어났을 뿐만 아니라, 어떤 것에도 속박되지 않은 독립적인 존재가 되었다. 그는 가장 엄밀한 의미에서의 자유인이었다. 그는 해상에서도 모든 공격을 좌절시킬 수 있는데, 어느 누가 감히 바다 밑바닥까지 그를 추적하려 하겠는가? 어떤 배가 그의 잠수함과 충돌하고도 멀쩡할 수 있겠는가? 아무리 두꺼운 철갑도 그 강력한 충각 장비의 공격을 버텨내지는 못할 것이다. 그에게 왜 그런 짓을 하는지 해명해보라고 요구할 수 있는 사람은 아무도 없었다. 그를 심판할 수 있는 것은 오직 신―그가 신을 믿는다면―과 양심―그가 양심을 갖고 있다면―뿐이었다.

이런 생각이 빠르게 내 마음을 스치고 지나가는 동안, 선장은 자신의 껍데기 속에 틀어박힌 것처럼 말이 없었다. 나는 호기심과 두려움이 뒤섞인 눈으로 그를 바라보았다. 오이디푸스가 스핑크스[49]를 바라볼 때의 눈빛이 꼭 그러했을 것이다.

오랜 침묵이 흐른 뒤, 선장이 다시 입을 열었다.

"그래서 나는 망설였지만, 인간이라면 누구나 관대한 대우를 요구할 권리가 있고, 그 자연스러운 관대함이 내 이익과도 일치할지 모른다는 생각이 들었습니다. 운명이 당신들을 여기로 보냈으니, 이 배에 남아도 좋습니다. 여러분은 자유롭게 행동할 수 있습니다. 다만 한 가지 조건이 있는데, 그 조건을 받아들이겠다고 약속만 하면 됩니다."

"계속하세요." 내가 말했다. "그 조건이란 게 적어도 명예를 소중히 여기는 사람이 받아들일 수 있는 것이겠지요?"

"물론입니다. 내 조건은 이렇습니다. 예기치 않은 상황이 벌어지면 어쩔 수 없이 당신들을 몇 시간, 경우에 따라서는 며칠 동안 선실에 가두어둘 수도 있다는 것. 나는 폭력을 쓰고 싶지 않으니까, 다른 상황에서도 마찬가지지만, 특히 그런 경우에는 명령에 순순히 따라주시기 바랍니다. 그렇게만 해주면 당신들을 책임지겠습니다. 절대 폐는 끼치지 않겠습니다. 당신들이 보아서는 안 될 것을 보지 않도록 하는 것은 내 책임이니까요. 이 조건을 받아들이시겠습니까?"

이 배에서는 기묘한 일, 그러니까 사회의 법 테두리를 벗어나지 않은 사람들이 보아서는 안 될 일이 일어나고 있는 모양이었다! 앞으로 나는 온갖 놀라운 일을 겪게 되지만, 이것도 결코 작은 놀라움은 아니었다.

"좋습니다. 수락하겠습니다. 하지만 한 가지 물어봐도 될까요? 딱 한 가지만."

"말해보세요."

"당신은 우리가 배에서 자유롭게 행동할 수 있다고 하셨지요?"

"전적으로 자유롭게."

"그 자유가 무슨 뜻인지 묻고 싶군요."

"배 안을 왔다갔다하고, 특별한 경우를 제외하고는 여기서 일어나는 모든 일을 조사하고 관찰할 자유를 말합니다. 요컨대 나와 내 동료들이 누리고 있는 것과 똑같은 자유입니다."

우리가 서로 다른 이야기를 하고 있는 것은 분명했다.

"미안하지만, 죄수들한테도 감옥 안을 돌아다닐 자유는 주어집니다. 그 정도 자유로는 만족할 수 없습니다."

"어쨌든 그걸로 만족해야 할 겁니다."

"뭐라고요? 그럼 우리는 이제 두번 다시 친구도 친척도 고향도 볼 수 없다는 겁니까?"

"그렇습니다. 하지만 사람들이 자유와 동일시하는 그 견딜 수 없는 땅의 속박을 포기하는 것은 당신이 생각하는 만큼 큰 희생이 아닙니다."

"말도 안 돼!" 네드 랜드가 소리쳤다. "나는 탈출을 시도하지 않겠다고는 절대 약속하지 않겠어."

"당신의 약속은 필요없어요, 랜드 씨." 선장이 차갑게 말했다.

"선장." 나는 나도 모르게 흥분하여 대답했다. "당신은 우리 처지를 이용하고 있어요. 이건 너무 잔인합니다."

"천만에. 잔인하기는커녕 자비로운 겁니다. 당신들은 말하자면 전투에서 사로잡힌 포로들이에요. 나는 한 마디 명령만 내리면 당신들을 깊은 바다 속으로 내던질 수도 있었는데, 이렇게 배 안에 놓아두고 있습니다. 당신들은 나를 공격했어요. 당신들은 아무도 알아서는 안 될 비밀—내 모든 존재의 비밀—을 찾으러 왔습니다. 그런데 이제는 나와 아무 관계도 없는 육지로 당신들을 돌려보내줄 것 같소? 천만에! 당신들을 붙잡아두는 것은 당신들이 아니라 나를 보호하기 위해서요."

선장의 말에는 굳은 결의가 담겨 있었다. 무슨 말을 해도 그 결심을 뒤집을 수는 없을 것이다.

"그러니까……" 내가 말을 이었다. "죽느냐 사느냐, 둘 중 하나를 택하라는 거로군요?"

"그렇소."

"이보게들." 나는 네드와 콩세유에게 말했다. "이런 질문에는 어떤 대답도 할 수 없어. 하지만 어떤 약속도 우리를 이 배의 주인한테 묶어놓지는 못해."

"맞는 얘기요." 선장이 말했다. 그러고는 조금 부드러워진 목소리로 말을 이었다.

"자, 그럼 내가 할 말을 마저 끝내겠소. 아로낙스 박사, 나는 당신을 잘 알고 있어요. 당신의 동료들은 어쩐지 몰라도, 적어도 당신은 나와 운명공동체가 된 것을 불평할 이유가 없어요. 내가 애독하는 책들 중에는 당신이 심해에 관해서 쓴 책도 있는데, 나는 그 책을 자주 읽었지요. 그 책에서 당신은 지상의 과학이 허용하는 최대 한계에 이르렀습니다. 하지만 모든 것을 다 알지는 못합니다. 아직도 보아야 할 게 많아요. 그러니까 당신은 내 배에서 보낸 시간을 절대로 후회하지 않을 겁니다. 당신은 경이로운 나라들을 여행하게 될 겁니다. 당신의 정신은 항상 놀라운 나머지 마비 상태에 빠져 있을 겁니다. 끊임없이 눈앞에 전개되는 광경에 싫증이 나기는 어려울 겁니다. 나는 새로운 해저 세계일주를 시작하려는 참입니다. 어쩌면 이번이 마지막 여행이 될지도 몰라요. 나는 지금까지 숱한 여행에서 답사했던 곳을 모두 다시 찾아갈 작정입니다. 당신은 내 연구 동료가 될 겁니다. 오늘부터 당신은 신천지에 들어가게 됩니다. 일찍이 어떤 인간도—물론 나와 내 부하들은 빼고—본 적이 없는 것을 보게 될 겁니다. 그리고 우리의 지구는 내 노력을 통해서 그 마지막 비밀을 드러낼 겁니다."

이 말이 나한테 엄청난 영향을 미친 것은 부인할 수 없다. 선장은 내 약점을 찔렀고, 나는 그런 숭고한 생각도 자유를 빼앗긴 것을 보상해줄 수는 없다는 사실을 잠시 망각했다. 하지만 어쨌든 이 중요한 문제도 시간이 해결해줄 것이다. 그래서 나는 이렇게 대답했다.

"당신이 인간 사회와 관계를 끊었다 해도, 인간다운 감정까지 다 포기했다고는 믿을 수 없습니다. 우리는 당신 배에 구조된 조난자이고, 이 은혜는 평생 잊지 않을 겁니다. 과학에 대한 흥미가 자유에 대한 욕망까지도 억누를 수 있다면, 우리의 만남은 나한테 큰 보상을 약속해줄 것이라고 믿습니다."

나는 협정이 맺어졌다는 표시로 선장이 악수를 청할 줄 알았다. 그러나 선장은 손을 내밀지 않았다. 이럴 때는 당연히 악수를 청해야 하는 것 아닌가.

"마지막으로 한 가지만 더……" 나는 그 불가사의한 인물이 물러가려는 기색을 보이는 순간 얼른 말했다.

"뭡니까, 박사?"

"당신을 뭐라고 불러야 합니까?"

"그냥 네모[50] 선장이라고 부르세요. 나한테 당신과 당신 친구들은 단지 '노틸러스'[51]호의 승객일 뿐입니다."

네모 선장이 소리를 질렀다. 급사가 나타났다. 선장은 어느 나라 말인지 알 수 없는 그 외국어로 지시를 내렸다. 그러고는 네드와 콩세유를 돌아보며 말했다.

"선실에 식사가 준비되어 있을 테니, 이 사람을 따라가세요."

"싫다고는 하지 않겠소!" 작살잡이가 말했다.

콩세유와 네드는 서른 시간이 넘게 갇혀 있던 감방을 마침내 떠났다.

"아로낙스 박사, 우리 점심도 준비되어 있는데 내가 안내하지요."

"좋으실 대로."

나는 네모 선장을 따라갔다. 바로 문 밖에 전등이 켜진 복도가 있었다. 배의 통로와 비슷했다. 10미터쯤 걸어가자 눈앞에서 또 다른 문이 열렸다.

나는 식당으로 들어갔다. 장식도 가구도 소박한 방이었다. 흑단 장식품이 가득 들어 있는 참나무 찬장이 방 양쪽에 세워져 있었다. 가장자리가 물결 모양으로 되어 있는 찬장 선반 위에는 아름다운 도자기와 값을 매길 수 없을 만큼 귀중한 유리 그릇들이 반짝이고 있었다. 접시들은 천장에서 내려오는 빛을 반사하여 은은하게 빛나고 있었다. 눈부신 빛이 천장에 그려진 아름다운 그림을 통과하면서 부드러워졌다.

방 한복판에 푸짐하게 차려진 식탁이 놓여 있었다. 네모 선장

나는 식당으로 들어갔다

이 내 자리를 가리켰다.

"자, 앉으시죠. 몹시 시장하실 텐데, 많이 드세요."

식사는 온갖 해산물 요리로 이루어져 있었다. 하지만 몇 가지는 어디서 난 재료인지, 동물성인지 식물성인지도 짐작이 가지 않았다. 음식이 맛있다는 것은 인정할 수밖에 없었다. 나는 그 음식의 독특한 풍미에 곧 익숙해졌다. 어느 요리에나 인이 듬뿍 들어 있는 것 같았다. 그래서 나는 재료가 모두 해산물일 거라고 판단했다.

네모 선장이 나를 지켜보고 있었다. 나는 아무 말도 하지 않았지만, 네모 선장은 내가 무엇을 궁금해하는지 알아차리고, 묻기도 전에 대답했다.

"이 요리들은 대부분 처음 보는 음식일 겁니다. 하지만 안심하고 드셔도 됩니다. 맛있고 영양도 풍부하지요. 나는 오래 전에 뭍에서 나는 음식을 포기했지만, 그래도 건강은 전혀 나빠지지 않았습니다. 승무원들도 나와 똑같은 음식을 먹지만, 모두 건강합니다."

"그럼 이 음식은 모두 해산물이군요?"

"그렇습니다. 바다는 내가 필요로 하는 것을 모두 공급해주지요. 이따금 그물을 던졌다가 끌어올리면, 그물이 가득 차서 거의 찢어질 정도예요. 나는 사람이 접근할 수 없다고 여겨지는 심해 한복판으로 사냥을 나가서, 해저의 숲에 살고 있는 사냥감을 추적합니다. 내 가축들은 넵투누스[52]의 목동이 치는 가축처럼 드넓은 바다 목장에서 안심하고 풀을 뜯지요. 그곳에 나는 나 혼자 경작하는 넓은 농장을 가지고 있습니다. 만물을 창조하신 조물주가 항상 씨를 다시 뿌려주지요."

나는 놀란 눈으로 네모 선장을 바라보며 대꾸했다.

"그물에 물고기가 많이 걸린다는 건 잘 알겠지만, 어떻게 해저의 숲에서 사냥감을 추적할 수 있는지, 게다가 아무리 적은 양이라 해도 어떻게 육고기가 식탁에 오를 수 있는지, 이해할 수가 없군요."

"하지만 나는 뭍에 사는 동물의 고기는 절대로 요리에 쓰지 않는데요."

"그럼 이건 뭡니까?"

나는 부드러운 쇠고기 몇 조각이 남아 있는 접시를 가리켰다.

"아하, 그걸 쇠고기라고 생각하셨나 본데, 거북이 고기일 뿐입니다. 이것도 당신은 돼지고기 스튜로 생각하겠지만, 사실은 돌고래 간입니다. 주방장은 솜씨가 좋고, 다양한 해산물을 저장하는 기술도 뛰어나지요. 음식들을 모두 맛보세요. 이건 해삼으로 만든 잼인데, 말레이 사람들은 세계 어디에도 이렇게 맛있는 음식은 없다고 할 겁니다. 그리고 이건 고래 젖에다 북해의 거대한 해초에서 얻은 설탕을 넣어서 만든 크림입니다. 끝으로, 세상에서 제일 맛있는 과일 못지않게 향긋한 이 말미잘 잼을 권하고 싶군요."

나는 식도락보다 호기심 때문에 네모 선장이 권하는 음식들을 맛보았다. 그동안 네모 선장은 믿을 수 없는 이야기로 나를 매혹시켰다.

"아로낙스 박사, 이 거대하고 무진장한 바다 목장은 나한테 먹을 것만이 아니라 입을 것도 줍니다. 당신이 지금 입고 있는 옷감은 조개의 일종인 쌍각류가 분비하는 족사(足絲)로 짠 겁니다. 그걸 고대인들이 사용한 자줏빛 염료나 내가 군소(고둥의 일종)라는 연체동물에서 뽑아내는 아름다운 보라색 염료로 물들인 것이죠. 당신 선실의 화장대 위에 놓여 있는 향수는 해초를 증류해서 만든 겁니다. 당신의 침대는 바다에서 제일 부드러운 해초로 만든 것이고, 펜은 고래뼈로 만들었고, 잉크는 오징어 먹물로 만든 겁니다. 세상 만물이 언젠가는 모두 바다로 돌아가듯, 내가 사용하는 것은 모두 바다에서 나옵니다!"

"바다를 사랑하시나 보군요, 선장."

"사랑하고 말고요! 바다는 아주 중요합니다. 바다는 지구의 10분의 7을 덮고 있지요. 바다의 숨결은 건강하고 순수합니다. 바다는 드넓은 황무지이나, 여기서 인간은 결코 혼자가 아닙니다. 사방에서 고동치는 생명을 느낄 수 있으니까요. 바다는 거대하고 초자연적인 존재가 살 수 있는 환경입니다. 바다는 움직임과 사랑 그 자체예요. 어느 시인이 말했듯이, 바다는 살아 있는 무한입니다.[53] 그리고 박사, 바다에는 동물계 · 식물계 · 광물계의 세 가지 자연이 함께 존재하고 있습니다. 동물계를 대표하는 것은 식충류 4군(群), 체절동물 3강(綱), 연체동물 5강, 척추동물 3강인데, 척추동물에는 포유류와 파충류와 수많은 어류가 포함됩니다. 어류는 수많은 목(目)으로 이루어져 있고, 거기에 1만 3천 개 이상의 종(種)이 딸려 있습니다. 그 중 민물에서 사는 것은 10분의 1밖에 안 됩니다. 바다는 자연의 광대한 저장고입니다. 지구는 바다에서 시작되었고, 결국 바다로 끝날지도 몰라요. 바다에는 완벽한 평화가 있습니다. 바다는 폭군의 것이 아닙니다. 해수면에서는 아직도 부도덕한 권리를 주장할 수 있고, 인간들이 서로 싸우고 서로를 피멸시키고 온갖 산학행위를 저지를 수 있지만, 수면에서 10미터만 내려가면 그들의 힘은 사라지고,

그들의 영향력은 시들고, 그들의 권위는 자취를 감춥니다. 바다의 품에 안겨서 살아보세요! 오직 바다에서만 인간은 독립을 누릴 수 있습니다! 이곳에서 나는 어떤 지배자도 인정하지 않습니다! 여기서는 누구나 자유롭습니다!"

네모 선장은 열변을 쏟아내다가 갑자기 입을 다물었다. 너무 흥분해서 평상시의 조심성을 잊어버렸나? 말을 너무 많이 했나? 네모 선장은 흥분한 듯 잠시 방안을 오락가락했다. 이윽고 그는 흥분을 가라앉히고 평소의 냉정한 표정으로 돌아와 나를 돌아보았다.

"아로낙스 박사, '노틸러스' 호를 견학하시고 싶다면 안내해드리지요."

11

'노틸러스'호

네모 선장이 일어났다. 나도 따라 일어났다. 방 뒤에 있는 문이 양쪽으로 열렸다. 그곳에는 내가 방금 나온 방과 똑같은 크기의 방이 있었다.

그 방은 서재였다. 흑단나무로 만든 책꽂이에는 똑같은 모양으로 제본된 책들이 빽빽이 꽂혀 있었다. 책꽂이는 방의 모양을 따라 놓여 있고, 그 밑에 갈색 가죽을 씌운 소파가 편안한 곡선을 그리고 있었다. 손쉽게 옮길 수 있는 가벼운 독서용 책상 몇 개가 독서대 구실을 하고 있었다. 서재 한복판에 놓인 커다란 테이블은 상당히 오래된 것처럼 보이는 신문을 비롯한 정기간행물로 뒤덮여 있었다. 둥근 천장에 박힌 네 개의 젖빛 유리 전구에서 쏟아지는 불빛이 조화로운 방에 넘쳐흘렀다. 나는 세심하게 꾸며진 이 방을 보고 진심으로 경탄했다. 내 눈을 거의 믿을 수 없을 정도였다.

나는 소파에 길게 드러누운 선장에게 말했다.

그 방은 서재였다

"이 서재는 어느 대륙의 어떤 궁전에 갖다놓아도 될 만큼 훌륭하군요. 이런 서재가 당신과 함께 깊은 바다 속을 여행한다고 생각하니, 정말 놀랍습니다."

"여기보다 더 은밀하고 조용한 곳을 어디서 찾을 수 있겠습니까? 파리 박물관에 있는 당신의 연구실도 이만큼 조용하고 평화로운가요?"

"천만에요. 게다가 내 연구실에 있는 장서는 여기에 비하면 빈약하기 짝이 없습니다. 이곳에는 책이 6천 내지 7천 권쯤……."

"1만 2천 권입니다. 이 책들이 아직도 나와 육지를 연결해주는 유일한 끈이지요. '노틸러스' 호가 처음 물 속으로 잠수한 날, 나에게 세계는 끝난 것이나 마찬가지였어요. 그날 나는 마지막으로 책과 잡지와 신문을 샀고, 그후로는 인간들이 아무 생각도 하지 않고 아무 글도 쓰지 않았다고 믿고 싶습니다. 이 책들은 마음대로 읽고 이용하셔도 좋습니다."

나는 네모 선장에게 고맙다고 말하고, 책꽂이로 다가갔다. 온갖 언어로 씌어진 과학과 도덕과 문학 서적은 많았지만, 경제를 다룬 책은 한 권도 찾아볼 수 없었다. 이 배에서는 경제에 관한 책이 완전히 금지된 것 같았다. 묘하게도 책들은 언어에 따라 분류되어 있지 않았다. 이는 '노틸러스' 호 선장이 어떤 언어로 된 책을 골라잡아도 자유롭게 읽을 수 있다는 것을 의미했다.

장서 중에는 고금의 대가들의 걸작들이 눈에 띄었다. 그 중에는 인류가 역사와 시와 소설과 과학 분야에서 이룩해낸 가장 아름다운 것들이 모두 포함되어 있었다. 호메로스에서 빅토르 위고까지, 크세노폰에서 미슐레까지, 라블레에서 조르주 상드까지.[54] 하지만 이 서재의 장서는 역사나 문학보다 과학에 더 비중을 두고 있었다. 기계학·탄도학·수로학·기상학·지리학·지질학 등을 다룬 서적이 박물학 저술과 거의 같은 공간을 차지하고 있는 것을 보고, 나는 네모 선장이 주로 그런 분야에 관심을 두고 연구하고 있다는 것을 알아차렸다. 훔볼트와 아라고의 전집, 푸코와 앙리 생트 클레르 드빌, 샤를, 밀른 에드워즈, 카트르파주, 틴들, 패러데이, 베르틀로, 세키 신부, 페터만, 모리 중령, 아가시[55] 등의 저서, 과학 아카데미의 보고서, 여러 지리학회의 회보도 보였다. 그리고 가장 눈에 잘 띄는 자리에 내가 쓴 책 두권이 꽂혀 있었다. 네모 선장이 나를 비교적 친절하게 맞아준 것은 아마 그 때문일 것이다. 조제프 베르트랑[56]의 저서 가운데 《천문학의 기초》는 나에게 결정적인 연대를 알려주었다. 나는 그 책이 1865년에 출판된 것을 알고 있었기 때문에, '노틸러스' 호가 완성된 것은 그 후라고 결론지을 수 있었다. 따라서 네모 선장이 수중 생활을 시작한 것은 기껏해야 3년 전이다. 그보다 최근에 나온 저서를 찾아내면 시기를 좀더 정확하게 결정할 수 있을 것이다. 하지만 그것을 조사할 시간은 앞으로도 얼마든지 있을 테니까, 지금은 그것 때문에 경이로운 '노틸러스' 호 견학을 미루고 싶지 않았다.

"이 서재를 마음대로 이용할 수 있게 해주셔서 정말 고맙습니다. 이곳은 정말 과학의 보고로군요. 잘 이용하겠습니다."

"이 방은 서재만이 아니라 끽연실이기도 합니다."

"끽연실요? 배 안에서 담배를 피운단 말입니까?"

"그렇습니다."

"그렇다면 아직도 아바나[57]와 관계를 유지하고 있다고 결론지을 수밖에 없군요."

"전혀 그렇지 않습니다. 이 시가를 피워보세요. 이건 아바나에서 온 것이 아니지만, 시가 감정가라면 진가를 인정할 겁니다."

나는 선장이 내민 시가를 받아들었다. 모양은 아바나 시가와 비슷했지만, 잎이 황금색인 것 같았다. 나는 멋진 청동 받침대 위에 놓여 있는 작은 라이터로 불을 붙이고, 이틀 만에 담배맛을 보게 된 기쁨에 겨워 첫 모금을 깊이 빨아들였다.

"훌륭하군요. 하지만 이건 담배가 아닌데요."

"맞습니다. 이 담배는 아바나에서 온 것도 아니고, 동양에서 온 것도 아닙니다. 사실은 니코틴이 듬뿍 들어 있는 해초의 일종이지요. 이 해초는 바다가 공급해주지만, 좀 인색합니다. 아직도 아바나 담배가 그립습니까?"

"오늘부터는 아바나 담배를 경멸하겠습니다."

"그럼 실컷 피우세요. 그리고 시가가 어디서 왔는지는 궁금해하지 마세요. 이 시가는 어느 나라 전매청이 허가해준 건 아니지만, 그 때문에 질이 떨어진다고는 생각지 않습니다."

"질이 떨어지기는커녕 훨씬 좋은데요."

네모 선장은 이야기하면서 우리가 서재에 들어올 때 이용한 출입문 맞은편에 있는 문을 열었다. 나는 그 문을 지나 휘황찬란하게 불이 켜진 넓은 객실로 들어갔다.

그곳은 길이가 10미터, 너비가 6미터, 높이가 5미터쯤 되고, 네 귀퉁이를 잘라낸 직사각형의 방이었다. 아라베스크 무늬로 장식된 천장에서 밝으면서도 부드러운 빛이 내려와, 이 박물관에 모여 있는 온갖 귀중품을 비추고 있었다. 이곳은 명실상부한 박물관이었다. 아름다운 것에는 돈을 아끼시 않는 지적인 사람이 자연과 예술의 보물을 이 방에 모두 수집해놓았지만, 전형적

그곳은 명실상부한 박물관이었다

인 화가의 아틀리에처럼 예술적인 혼란상을 보이고 있었다.

수수한 무늬의 태피스트리로 덮여 있는 벽에는 똑같은 액자에 든 거장들의 작품이 30점가량 걸려 있고, 그 사이사이에는 눈부시게 빛나는 투구와 갑옷 따위가 걸려 있었다. 그것들은 엄청난 가치를 지닌 그림들이었다. 나는 그 대부분을 유럽의 개인 컬렉션이나 전시회에서 본 적이 있었다. 라파엘로의 마돈나, 레오나르도 다 빈치의 성처녀, 코레조의 님프, 티치아노의 여인상, 베로네세의 경배, 무리요의 성모승천, 홀바인의 초상화, 벨라스케스의 수도사, 리베라의 순교자, 루벤스의 시골 장터, 테니르스의 풍경화 두 점, 헤리트 다우와 메추와 파울 포터의 소품 풍속화 세 점, 제리코와 프뤼동의 유화, 바크호이센과 베르네의 해양화 몇 점은 옛 거장들의 다양한 유파를 대표하고 있었다.[58] 현대 예술품 중에는 들라크루아, 앵그르, 드캉, 트루아용, 메소니에, 도비니[59] 등의 서명이 든 그림들이 포함되어 있었다. 이 훌륭한 박물관 구석의 대좌에는 가장 훌륭한 고대 예술품을 복제한 대리석상과 청동상이 세워져 있었다. '노틸러스' 호 선장이 예언한 놀라움이 벌써 내 마음에 밀어닥치기 시작했다.

"아로낙스 박사." 그 괴상한 인물이 입을 열었다. "이렇게 어수선한 방에 격식을 차리지 않고 맞아들인 것을 양해해주십시오."

"네모 선장, 당신이 어떤 인물인지 알아내려고 애쓸 필요도 없이, 당신을 예술가로 인정해도 될까요?"

"기껏해야 아마추어에 지나지 않습니다. 나도 한때는 인간의 손으로 창조된 뛰어난 작품들을 즐겨 모았지요. 나는 탐욕스러운 수집가였고, 지칠 줄 모르고 돌아다니면서 가치있는 물건을 몇 개 찾아낼 수 있었습니다. 이 예술품들은 이제 내게는 죽은 거나 다름없는 이 세상의 마지막 추억입니다. 내 눈에는 현대 예술가들도 고대인과 마찬가지예요. 그들은 2천 살일 수도 있고 3천 살일 수도 있습니다. 내 마음속에서 그들은 모두 한데 뒤섞여 있습니다. 대가들은 나이와 시대를 초월하여 영원한 젊음을 누리지요."

"그럼 저 작곡가들은?"

나는 판벽널 하나를 가득 채우고 있는 유명한 악기 제작자의 오르간을 가리키면서 물었다. 오르간 위에는 베버와 로시니, 모차르트, 베토벤, 하이든, 마이어베어, 에롤, 바그너, 오베르, 구노[60] 같은 작곡가들의 악보가 흩어져 있었다.

"저 음악가들은 오르페우스[61]와 동시대인입니다. 죽은 사람의 기억 속에서는 시대의 차이가 지워져버리니까요. 나는 죽은 사람입니다. 지하 2미터 무덤 속에서 쉬고 있는 당신 친구들과 마찬가지로."

네모 선장은 입을 다물고 골똘히 생각에 잠긴 것 같았다. 나는 상당히 감동한 눈빛으로 그를 바라보면서 그 기묘한 얼굴을 말없이 분석했다. 그는 귀중한 모자이크 탁자 모서리에 기댄 채 더이상 나를 바라보지 않았다. 내가 거기에 있다는 것도 잊어버린 듯했다.

나는 그의 명상을 존중하고, 이 방을 장식하고 있는 진귀한 물건들을 계속 조사했다.

예술품들과 나란히 자연계의 희귀한 산물들이 중요한 자리를 차지하고 있었다. 그것은 주로 식물과 조개와 해산물이었고, 분명 네모 선장이 직접 채집한 것들이었다. 객실 한복판에는 분수가 있었다. 거거(車渠) 껍데기 하나로 만들어진 수반 안에서 물줄기가 불빛을 받으며 오르내리고 있었다. 거거는 연체동물 중에서 가장 큰 조개인데, 그 껍데기로 만든 수반은 물결 모양의 가장자리 둘레가 6미터나 되었다. 따라서 그것은 파리의 생쉴피스 성당 문간에 있는 거대한 성수반보다 훨씬 컸다. 이 성수반은 베네치아 공화국이 프랑수아 1세[62]에게 선물한 아름다운 거거조개로 만든 것이었다.

분수 주위에는 구리로 보강된 멋진 진열장이 있었다. 이제까지 박물학자가 조사할 수 있었던 해산물 가운데 가장 귀중한 것들이 분류되어 이름표가 붙어 있었다. 내 마음속에 있는 과학자의 기질이 얼마나 큰 기쁨을 느꼈을지는 충분히 상상할 수 있을 것이다.

식충류로는 진기한 폴립형 강장동물과 극피동물 표본이 있었다. 폴립형 강장동물로는 관산호와 부채꼴 팔방산호, 시리아에서 나는 해면, 몰루카 제도에서 나는 침산호, 노르웨이 근해에서 나는 나뭇가지 모양의 산호, 다양한 꽃 모양의 산호, 바다맨드라미, 그리고 내 스승인 밀른 에드워즈가 신중하게 분류한 온갖 종류의 돌산호가 눈에 띄었다. 아름다운 부채조개, 레위니옹 섬에서 나는 눈알고둥, 카리브 해에서 나는 '넵투누스의 전차', 다양한 산호도 있었고, 마지막으로 산호초를 이루는 온갖 기기묘묘한 폴립 군체(群體)가 눈에 띄었다. 이 폴립 군체가 모이면 섬이 되고, 결국에는 대륙이 된다. 가시로 덮인 극피동물로는 불가사리·거미불가사리·바다나리·갯고사리·성게·해삼 따위가 있었다.

신경질적인 패류학자가 그렇게 다양한 연체동물이 들어 있는 수많은 진열장을 보았다면 아마 놀라서 까무러쳤을 것이다. 그것은 가치를 헤아릴 수 없이 귀중한 컬렉션이었지만, 그것을 전부 다 설명할 시간은 없다. 다종다양한 해산물 중에서 기념으로 몇 가지만 예를 들겠다. 빨간색과 갈색 바탕에 하얀 반점이 규칙적으로 떠올라 있는 인도양의 망치조개, 온몸에 뿔이 돋아나 있는 화려한 색깔의 소라—유럽의 유수한 박물관에서도 보기 힘든 이 소라는 하나에 2만 프랑은 나갈 것이다. 오스트레일리아 근해에서 나는 평범한 망치조개도 인기가 있다. 세네갈에서 나는 이국적인 새조개, 부서지기 쉬운 하얀 조가비—이 조개가 내쉰 숨은 비누거품처럼 부글거리며 나왔을 것이다. 자바 근해에서 나는 다양한 물뿌리개 조개, 몸이 관처럼 생겼고 가장자리가 잎사귀 모양으로 되어 있어서 수집가들이 군침을 흘리는 백악질의 조개, 아메리카 대륙 연안에서 발견되는 황록색 밤고둥, 오스트레일리아 근해에서 흔히 볼 수 있는 적갈색 밤고둥, 복잡한 껍데기로 유명한 멕시코 만 연안의 밤고둥, 남양에서 발견되는 별 모양의 밤고둥, 그리고 마지막으로 가장 희귀한 뉴질랜드산 뿔소라, 황화한 분홍조개, 귀중한 비너스 조개, 트랑크바르 해안에서 나는 격자무늬 삿갓조개, 반짝반짝 빛나는 진주층이 줄무늬를 이루고 있는 터번 조개, 중국 근해에서 나는 초록색 앵무조개, 희귀한 원뿔 모양의 코이노둘룸 조개, 인도와 아프리카에서 화폐로 쓰이는 다양한 별보배조개, 말레이 제도에서 가장 귀중한 조개인 '바다의 영광', 끝으로 총알고둥과 송곳고둥, 홍줄고둥, 나사조개, 대추고둥, 투구조개, 소라고둥, 물레고둥, 하프 조개, 방추조개, 날개조개, 삿갓조개, 유리조개, 클레오도라 조개 등, 과학이 가장 매력적인 이름을 붙여준 섬세하고 연약한 조개들이 모두 모여 있었다.

그와는 별도로 특별히 구획된 칸에는 아름다운 진주가 불빛 속에 장식되어 있었다. 홍해의 키조개에서 채취한 분홍색 진주, 전복에서 채취한 초록색 진주, 노란색 진주, 파란색 진주, 흑진주도 있었다. 이것들은 모든 바다의 다양한 연체동물과 북반구의 하천에서 자라는 독특한 말조개가 빚어낸 진귀한 진주였다. 희귀한 진주조개가 농축해낸 진주는 헤아릴 수 없는 가치를 지니고 있었다. 비둘기 알보다 더 큰 진주도 몇 개 있었다. 따라서 그것은 프랑스의 여행가 타베르니에[63]가 페르시아 왕에게 3백만 프랑에 판 진주보다 더 가치있고, 내가 전에 세계 최고라고 생각한, 무스카트의 이맘[64]이 소유하고 있는 진주보다도 더 귀중한 것이었다.

이 컬렉션의 가치를 평가하는 것은 사실상 불가능했다. 네모 선장은 이런 표본들을 손에 넣기 위해 어마어마한 돈을 썼을 것이다. 그가 도대체 무슨 돈으로 수집가의 변덕을 달랠 수 있었는지 궁금했다. 내가 그런 생각을 하고 있을 때 네모 선장이 말을 걸었다.

"조개들을 조사하고 계시는군요. 그건 정말로 과학자의 흥미를 끌 만합니다. 하지만 나는 그것들을 내 손으로 직접 채집했기 때문에 더욱 매력을 느낍니다. 지구상에 내가 수색하지 않은 바다는 하나도 없어요."

"이런 보물로 가득 찬 바다를 돌아다니는 기쁨은 나도 이해할 수 있습니다. 그럼 당신은 이 보물을 손수 모았군요. 유럽의 어떤 박물관도 여기에 견줄 만한 해산물 컬렉션은 갖고 있지 않습니다. 하지만 여기서 더 감탄해버리면, 이 보물을 싣고 있는 배를 감탄할 말이 남지 않게 될 겁니다. 당신만의 비밀을 캐내고 싶지는 않지만, 이 '노틸러스' 호가 지니고 있는 추진력, 이 배의 조타장치, 거기에 생명을 불어넣는 강력한 매개체, 이 모든 것이 내 호기심을 한계점까지 끌어올리고 있습니다. 저 벽에 기구가 걸려 있는 게 보이는데, 어떤 기능을 하는지 도무지 모르겠군요. 괜찮으시다면……."

"아로낙스 박사, 아까도 말씀드렸듯이 당신은 자유롭게 돌아다닐 수 있습니다. 따라서 '노틸러스' 호 안에서 당신이 갈 수 없는 곳은 전혀 없습니다. 어디든 마음대로 가셔도 좋습니다. 당신의 안내인 역할을 맡는 것은 나한테도 더없는 즐거움이고요."

"뭐라고 감사드려야 할지 모르겠군요. 하지만 당신의 친절을 남용하지는 않겠습니다. 나는 다만 저 과학적 기구들이 어떤 기능을 갖고 있는지……."

"내 침실에도 같은 기구들이 있는데, 거기에 가서 용도를 설명하지요. 하지만 우선 당신을 위해 마련한 선실에 가봅시다. 이 배에서 어떤 생활을 하게 될지 알아둘 필요가 있으니까요."

나는 네모 선장을 따라 방구석에 있는 문을 지나 복도로 나갔다. 선장은 나를 앞쪽으로 데려갔다. 내가 안내된 방은 선실이 아니라 침대와 화장대와 몇 가지 가구를 갖춘 우아한 침실이었다.

나는 그저 고맙다는 말밖에 나오지 않았다.

"내 침실은 바로 옆방입니다." 선장은 문을 열면서 말했다. "내 침실은 우리가 방금 나온 그 객실로 통해 있습니다."

나는 선장의 방으로 들어갔다. 거의 수도사의 오두막처럼 검소한 방이었다. 가구라고는 작은 쇠침대와 작업대, 그리고 세면대와 변기가 전부였다. 간접 조명이 방을 밝히고 있었다. 그 방은 전혀 쾌적하지 않았다. 최소한의 필요만 충족시킬 수 있는 방

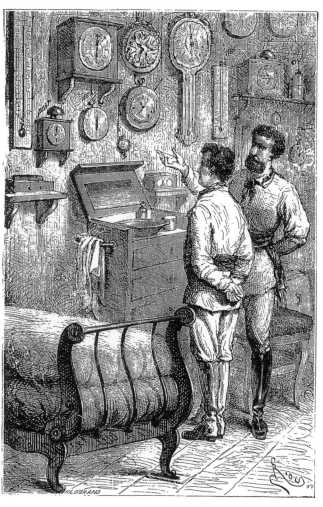

네보 선상의 방

이었다.

네모 선장이 의자를 가리켰다.

"자, 앉으세요."

내가 의자에 앉자 선장은 말하기 시작했다.

12

동력은 오직 전력뿐

네모 선장은 침실 벽에 걸린 기구들을 가리키면서 말했다.

"아로낙스 박사, 저건 '노틸러스'의 항해에 필요한 기구들입니다. 나는 객실에서와 마찬가지로 여기서도 항상 저것을 보고, 바다 한복판에 있으면서도 내 위치와 정확한 방향을 알 수 있지요. 저 기구들 가운데 일부는 당신도 이미 아는 것들입니다. 온도계는 '노틸러스' 호 내부의 온도를 알려주고, 기압계는 대기의 압력을 측정하여 날씨 변화를 예보해주고, 습도계는 공기 중에 있는 습기의 양을 알려줍니다. 폭풍우 예보기로는 혼합액의 분리 상태를 통해 폭풍우가 다가오고 있음을 미리 알 수 있지요. 나침반은 항로를 나타내고, 육분의는 태양의 고도로 현재의 위도를 알려주고, 크로노미터는 현재의 경도를 계산하는 데 쓰입니다. 그리고 끝으로 주야간 겸용 망원경은 '노틸러스' 호가 수면에 떠 있을 때 수평선을 살피는 데 사용하지요."

"이것들은 일반적으로 쓰이는 항해 장비니까 그 정도는 나도 알고 있습니다. 하지만 다른 기구들은 '노틸러스' 호에만 특별히 설치되어 있는 것 같군요. 문자반에 바늘이 움직이고 있는 저 기구는 압력계가 아닙니까?"

"맞습니다. 그건 바깥의 물과 연결되어 있어서 수압을 알려줍니다. 그걸 보면 내 배가 현재 어느 정도의 깊이에 있는지를 알 수 있지요."

"그리고 저건 신형 측심기인가요?"

"온도를 이용한 측심기인데, 물의 깊이에 따라 달라지는 온도를 나타내지요."

"저 기구들은 용도가 뭔지, 짐작도 안 가는데요."

"그것을 설명하기 전에 우선 몇 가지 설명해야 할 것이 있습니다. 그러니 내 말을 잘 들어주세요."

네모 선장은 잠시 말을 끊었다가 다시 이었다.

"이 배에는 강력하고 민감하고 쓰기 편한, 게다가 온갖 종류의 일에 적합한 원동력이 있습니다. 말하자면 이 배를 지배하는 최고 권력 같은 존재지요. 모든 일은 그것에 의해 이루어지고 있습니다. 그것은 열과 빛을 공급해주는, 내 기계들의 영혼입니다. 그 원동력은 바로 전기입니다."

"전기라고요?" 나는 놀라서 소리쳤다.

"그렇습니다, 박사."

"하지만 이 배의 빠른 기동력은 전기의 힘과는 거의 관계가 없는 것 같은데요. 지금까지 전기의 동력 생산 능력은 지극히 제한되어 있어서, 작은 힘밖에는 만들어낼 수 없습니다."

"아로낙스 박사, 내 전기는 세간에서 흔히 쓰이는 전기가 아니에요. 그 문제에 대해서는 더 이상 말하고 싶지 않군요."

"그렇다면 굳이 캐묻지는 않겠지만, 정말 놀랍군요. 한 가지만 묻겠습니다. 주제넘은 질문으로 생각되면 대답하지 않으셔도 좋습니다. 그 놀라운 동력을 생산하기 위해 어떤 원료를 사용하고 있는지는 모르지만, 그 원료는 금방 소모될 게 뻔합니다. 예를 들면 아연이 그렇지요. 육지와는 완전히 관계를 끊었다면, 원료는 어떻게 보충합니까?"

"대답하지요. 물론 해저에는 아연·철·금·은 따위가 무진장으로 매장되어 있어서, 마음만 먹으면 얼마든지 채굴할 수 있습니다. 하지만 나는 지구의 금속에 전혀 신세를 지지 않고, 바다 자체에서 전기를 생산하는 방법을 찾아내기로 결심했지요."

"바다에서?"

"그렇습니다, 박사. 방법은 얼마든지 있었어요. 예를 들면 서로 다른 깊이에 전선을 가라앉히고, 그 사이에 회로를 만들 수도 있었을 겁니다. 그러면 수온 차이로 전기를 얻을 수 있었겠지요. 하지만 나는 좀더 실용적인 방법을 쓰기로 결정했습니다."

"어떤 방법인데요?"

"바닷물의 성분은 당신도 알고 있을 겁니다. 1000그램의 바닷물 가운데 96.5퍼센트가 물이고, 2.66퍼센트 정도는 염화나트륨이고, 그밖에 염화마그네슘과 염화칼륨·브롬화마그네슘·황산마그네슘·황산칼슘·탄산칼슘이 조금씩 들어 있습니다. 따라서 염화나트륨의 비율이 상당히 높다는 것을 알 수 있을 겁니다. 내가 바닷물에서 추출하는 것은 이 나트륨입니다."

"나트륨이라고요?"

"그렇습니다. 나트륨을 수은과 섞으면 분젠[66] 전지의 아연을 대신할 수 있는 아말감이 생깁니다. 수은은 절대로 소모되지 않습니다. 나트륨만 소모되지요. 나트륨은 바다가 얼마든지 공급해줍니다. 나트륨 전지는 가장 많은 에너지를 만들어내는 것으로 인정받아야 합니다. 나트륨 전지의 동력은 아연 전지의 두 배니까요."

"현재 상황에서 나트륨이 가장 적당하다는 것은 충분히 알겠습니다. 나트륨은 바다에서 얼마든지 찾을 수 있으니까요. 거기까지는 좋습니다. 하지만 나트륨 전지를 만들려면 우선 나트륨을 만들어야 합니다. 좀더 정확히 말하면 바닷물에서 나트륨을 추출해야 합니다. 그건 어떻게 하십니까? 물론 전지를 쓸 수도 있겠지만, 내가 잘못 생각한 게 아니라면 전기 장치가 필요로 하는 나트륨은 바닷물에서 추출되는 양보다 훨씬 많을 겁니다. 따라서 생산량보다 소비량이 훨씬 많을 텐데요."

"그래서 나는 나트륨을 추출할 때 전지를 사용하지 않고, 석탄을 태울 때 나오는 열을 이용합니다."

"석탄이라고요?"

"아니면 해탄(海炭)이라고 해둘까요?"

"그럼 해저 탄광을 채굴할 수 있다는 얘긴가요?"

"나중에 작업하는 광경을 보게 될 겁니다. 조금만 참으세요. 시간은 얼마든지 있으니까. 한 가지만 기억해두세요. 나는 모든 것을 바다에서 얻고 있다는 겁니다. 바다는 전기를 생산하고, 전기는 '노틸러스' 호에 열과 빛과 동력을 줍니다. 한 마디로 말해서 생명을 주는 것이죠."

"하지만 숨쉬는 공기는 주지 않겠죠?"

"공기도 필요한 만큼 만들 수 있겠지만, 내가 원할 때마다 수면으로 올라가면 되니까 굳이 만들 필요는 없을 겁니다. 하지만 전기가 숨쉴 공기를 공급해주지는 않는다 해도, 강력한 펌프를 작동해서 특수 탱크에 공기를 저장해줍니다. 그래서 나는 원하는 만큼 오랫동안 깊은 바다 속에 머무를 수 있지요."

"정말 놀라울 뿐입니다, 선장. 당신은 전기의 진정한 동력을 발견하셨군요. 언젠가는 사람들도 그것을 발견하겠지만……."

"글쎄요. 사람들이 과연 그것을 발견할지는 모르겠습니다." 네모 선장은 냉담하게 말했다. "그거야 어쨌든, 당신은 내가 그 귀중한 수단을 응용해서 만들어낸 가장 중요한 것에 벌써 익숙해졌어요. 우리한테 태양보다 더 한결같은 빛을 주는 것은 바로 전기입니다. 그리고 이 시계를 보세요. 이건 전기 시계인데, 가장 정밀한 크로노미터보다 훨씬 정확하게 시간을 알려줍니다. 나는 이 시계를 이탈리아 시계처럼 24시간으로 나누었어요. 내게는 밤도 낮도 없고, 해도 달도 없고, 있는 것이라고는 내가 바다 밑바닥까지 가져오는 인공 광선뿐이니까요. 자, 보세요. 지금은 오전 열 시입니다."

"그렇군요."

"저것도 전기를 응용한 겁니다. 우리 눈앞에 있는 저 문자반은 이 배의 속도를 알려줍니다. 전기회로가 속도측정기의 스크루와 연결되어 있어서, 바늘이 엔진의 실제 속도를 알려주지요. 보세요. 지금 현재 우리는 15노트의 적당한 속도로 움직이고 있습니다."

"정말 놀랍군요. 당신이 언젠가는 바람과 물과 증기를 대신하게 될 이 동력을 이용한 건 참으로 옳았습니다."

"아직 끝나지 않았습니다, 아로낙스 박사." 네모 선장은 일어나면서 말했다. "나를 따라오세요. '노틸러스' 호의 뒷부분으로 가봅시다."

나는 이 잠수함의 앞부분을 벌써 다 알아버렸다. 중앙에서 이물까지 이어지는 앞부분의 정확한 구조를 설명하면 이렇다. 5미터 길이의 식당은 수밀격벽을 사이에 두고 서재와 이어져 있다. 서재의 길이도 역시 5미터다. 10미터 길이의 객실은 역시 격벽을 사이에 두고 선장의 침실과 이어져 있다. 침실의 길이는 5미터, 그 옆에 있는 내 침실의 길이는 2.5미터. 끝으로 7.5미터 길이의 공기 탱크가 이물까지 뻗어 있다. 따라서 앞부분의 전체 길이는 약 35미터다. 격벽에 달려 있는 문은 고무로 완전히 밀폐되어 있어서, '노틸러스' 호의 선체에 구멍이 뚫려 물이 새더라도 배 안에 있는 사람들은 절대 안전하다.

나는 네모 선장을 따라 뱃전으로 나 있는 통로를 지나서 배의 중앙에 이르렀다. 이곳에는 두 개의 수밀격벽 사이에 수직갱처럼 위아래로 관통한 공간이 있었다. 그리고 벽에 단단히 붙어 있는 철제 층층대가 꼭대기까지 뻗어 있었다.

나는 그 층층대가 무엇에 쓰는 거냐고 물어보았다.

"보트로 올라가는 사다리입니다."

"아니, 보트가 있습니까?" 나는 놀라서 물었다.

"그럼요. 가볍고, 절대로 물에 가라앉지 않는 훌륭한 보트지요. 산책을 하거나 낚시할 때 사용합니다."

"그럼 보트를 타고 싶을 때는 수면으로 올라가야 하잖습니까?"

"전혀 그렇지 않아요. 보트는 '노틸러스' 호 선체 윗부분에 고정되어 있습니다. 거기에 보트를 넣어둘 수 있도록 우묵하게 파인 곳이 있지요. 보트를 거기에 넣고 튼튼한 볼트로 고정하면, 상갑판의 일부가 되어버립니다. 이 층층대는 '노틸러스' 호 선체의 해치로 이어져 있고, 해치는 보트 옆구리에 뚫려 있는 비슷한 구멍과 이어져 있습니다. 나는 그 이중문을 통해 보트 안으로 들어갑니다. 그러면 '노틸러스' 호의 구멍은 닫히고, 나는 보트에 난 구멍을 압력 스크루로 닫습니다. 그런 다음 볼트를 풀면, 보트는 엄청난 기세로 떠오릅니다. 수면으로 올라가면, 그때까지 단단히 고정해둔 해치를 열고, 돛대를 올리고, 돛을 달거나 노를 저어서 마음대로 돌아다닙니다."

"그럼 배로 돌아올 때는 어떻게 합니까?"

"나는 돌아오지 않습니다, 박사. '노틸러스' 호가 나한테로 돌아오지요."

"당신의 지시에 따라서?"

"그렇습니다. 나는 전선으로 이 배와 연결되어 있으니까, 전보를 보내면 됩니다."

"과연!" 나는 이 놀라운 장치에 도취해버렸다. "아주 간단하군요."

상갑판으로 통하는 수직갱을 지나자 2미터 길이의 선실이 있고, 거기에서 콩세유와 네드가 열심히 음식을 먹고 있었다. 곧이어 문 하나가 열리고, 거대한 식료품 창고 사이에 자리잡고 있는 길이 3미터의 주방이 나타났다.

모든 요리는 가스보다 훨씬 화력이 세고 다루기 쉬운 전기로 이루어졌다. 조리기구 밑에는 전선이 고르게 분포되어 있어서, 백금판 위의 열을 일정하게 유지해주었다. 바닷물을 증발시켜 훌륭한 음료수를 만드는 증류장치에 열을 가하는 것도 전기였다. 주방 옆에는 쾌적한 욕실이 있었다. 수도꼭지만 틀면 더운물과 찬물을 마음대로 쓸 수 있었다.

주방 다음에는 5미터 길이의 승무원실이 있었다. 하지만 그 방은 문이 닫혀 있어서 내부 구조는 볼 수 없었다. 승무원실을 보면 '노틸러스' 호를 움직이는 데 얼마나 많은 인원이 필요한지 알 수 있었을 텐데.

맨 끝에는 네 번째 격벽에 의해 승무원실과 갈라진 기관실이 있었다. 문이 열려 안으로 들어가 보니, 네모 선장―그는 분명 제1급 기관사였다―이 배를 움직이기 위한 기계장치를 설치해 놓은 방이었다.

기관실은 불이 환하게 켜져 있었고, 길이는 20미터가 넘었다. 방은 두 부분으로 완전히 나뉘어 있었다. 첫 번째 부분에는 발전 설비가 있었고, 두 번째 부분에는 동력을 스크루로 전달하는 기계장치가 놓여 있었다.

나는 방에 들어선 순간부터 그 방에 가득 차 있는 독특한 냄새에 놀랐다.

네모 선장은 내 반응을 당장 알아차렸다.

"나트륨을 쓰기 때문에 가스가 좀 나오지만, 그저 조금 불편할 뿐입니다. 어쨌든 우리는 아침마다 수면 위로 올라가서 환기를 시키니까요."

그가 말하는 동안 나는 '노틸러스' 호의 기계장치를 흥미롭게 조사했다.

"보시다시피 나는 룸코르프[66] 전지 대신에 분젠 전지를 쓰고 있습니다. 룸코르프 전지로는 분젠 전지와 같은 힘을 낼 수 없을 겁니다. 분젠 전지는 크고 강력하기 때문에 조금만 있어도 됩니다. 나는 분젠 전지가 더 바람직한 해결책이라는 걸 알았지요. 여

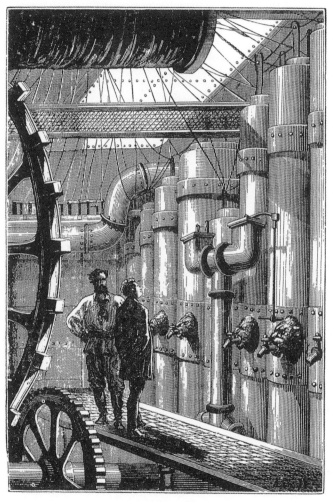

기관실은 불이 환하게 켜져 있었다

기서 만들어진 전기는 뒤쪽으로 보내지고, 거기서 거대한 전자석을 거쳐 레버와 기어로 이루어진 특수한 장치를 움직입니다. 그 움직임이 구동축을 통해 스크루에 전달되지요. 스크루는 지름이 6미터, 피치[67]가 7.5미터, 1분에 120회전까지 가능합니다."

"그러면 속도는……?"

"시속 30노트입니다."

여기에는 아직도 수수께끼가 남아 있지만, 나는 그 수수께끼를 풀려고 애쓰지 않았다. 어떻게 전기가 그런 힘을 낼 수 있는가? 거의 무한한 이 힘은 어디서 나오는가? 전압이 엄청나게 높은 신형 코일에서 나오는 것일까? 전대미문의 레버 장치*로 전달되는 전력을 무한히 늘릴 수 있을까? 이 점을 나는 이해할 수가 없었다.

"네모 선장, 나는 성과에만 주목하고, 그것을 굳이 설명하려고 애쓰지는 않겠습니다. 나는 '노틸러스' 호가 '에이브러햄 링컨' 호 주위에서 움직이는 것을 내 눈으로 직접 보았기 때문에, 시속 30노트가 어느 정도의 속도인지 알고 있습니다. 하지만 속도가 전부는 아닙니다. 잠수함을 운전하려면 자기가 어디로 가고 있는지 알아야 합니다! 오른쪽으로 가고 있는지 왼쪽으로 가고 있는지, 올라가고 있는지 내려가고 있는지를 알 수 있어야 합니다. 심해에서는 물의 저항이 점점 높아져서 수백 기압에 이를 텐데, 그렇게 깊은 곳에는 어떻게 내려갑니까? 그리고 어떻게 다시 수면으로 올라옵니까? 한곳에 머무르려면 어떻게 합니까? 이런 질

---

* 실제로 그 당시 새로운 레버 장치가 상당히 큰 힘을 만들어낸다는 사실이 발견되었다는 소문이 있다. 그렇다면 네모 선장은 그 장치를 발명한 사람을 만났던 것일까?

문들이 주제넘은가요?"

"전혀 그렇지 않습니다, 박사." 선장은 잠시 망설인 뒤에 대답했다. "당신은 영원히 이 잠수함을 떠나지 않을 테니까요. 객실로 갑시다. 거기가 우리의 진짜 연구실이지요. 거기에 가면 '노틸러스' 호에 대해서 당신이 알고 싶은 것은 전부 다 알 수 있을 겁니다."

13

몇 가지 숫자

잠시 뒤에 우리는 객실 소파에 앉아서 시가를 피우고 있었다. 선장은 '노틸러스' 호의 평면도와 단면도와 투시도가 담겨 있는 청사진을 보여주었다. 그러고는 설명하기 시작했다.

"이 배의 각종 크기는 이렇습니다. 배는 양쪽 끝이 원뿔형으로 되어 있는 길쭉한 원통 모양입니다. 시가와 아주 비슷한 형태인데, 이미 런던에서 이런 설계도를 채택해서 이런 구조의 배를 만들고 있습니다. 원통의 전체 길이는 정확히 70미터, 폭은 가장 넓은 곳이 8미터입니다. 따라서 고속 기선처럼 폭과 길이의 비율이 정확히 1 대 10이 아니라, 길이가 충분히 길고 고물의 폭이 충분히 넓어서, 아무 방해도 받지 않고 쉽게 물을 가를 수 있지요.

폭과 길이의 수치를 보면 '노틸러스' 호의 표면적과 부피를 계산할 수 있을 겁니다. 표면적은 1011.45평방미터, 부피는 1507.2입방미터입니다. 그러니까 물에 완전히 잠기면 1507입방미터, 즉 1507톤의 물을 밀어낸다는 뜻이지요.

우리는 객실 소파에 앉았다

이 배를 잠수함으로 설계할 때, 나는 10분의 1만 수면 위로 나오고 10분의 9가 물 속에 잠겨 있는 상태에서 평형을 이루게 하고 싶었습니다. 다시 말하면 이 배는 전체 부피의 10분의 9인 1356.48입방미터의 물을 밀어내야 하고, 따라서 배의 무게는 1356.48톤이 되어야 합니다. 아까 말한 크기로 배를 건조했을 때 이 무게를 넘지 않도록 해야 했지요.

'노틸러스' 호는 이중 선체로 되어 있습니다. 안쪽 선체와 바깥쪽 선체로 말입니다. 하지만 이들 두 선체는 T자 모양의 강철로 이어져 있어서 아주 튼튼합니다. 이런 구획식 구조 덕택에 속이 꽉 찬 하나의 덩어리로 되어 있는 것처럼 저항력이 강합니다. 선체는 절대로 우그러들거나 깨지지 않습니다. 틈새가 벌어지지 않고 단단히 이어져 있는 것은 대갈못으로 단단히 고정되어 있기 때문이 아니라 구조 자체가 튼튼하기 때문이지요. 재료를 완벽하게 조립해서 하나의 덩어리처럼 일체화된 구조 덕분에 아무리 거친 바다에서도 끄떡없습니다.

이중 선체는 강철판으로 만들어져 있는데, 철재는 밀도가 물의 7~8배나 됩니다. 바깥쪽 선체는 두께가 적어도 5센티미터는 되고, 무게는 394.96톤입니다. 그리고 안쪽 선체와 용골—높이가 50센티미터에 너비가 25센티미터인데, 이것만 해도 무게가 62톤이나 됩니다—과 기계류와 밸러스트,[68] 각종 설비와 부품들, 격벽, 내부 버팀대 등을 합한 무게는 961.62톤입니다. 여기에 바깥쪽 선체의 무게인 394.96톤을 합하면 배의 총무게는 정확히 1356.58톤이 됩니다. 아시겠습니까?"

"알겠습니다."

"따라서 '노틸러스' 호가 이런 상태로 물에 떠 있으면, 10분의

1만 물 밖으로 나갑니다. 그런데 이 10분의 1과 같은 용량을 가진 물탱크를 설치하면, 다시 말해서 용량이 150.72톤인 물탱크를 설치하면, 그리고 탱크에 물을 가득 채우면, 배는 그만큼 무거워져서 1507톤의 물을 밀어내고 물 속에 완전히 잠길 겁니다. 실제로도 이런 일이 일어납니다. 물탱크는 '노틸러스' 호의 아래쪽 뱃전에 설치되어 있는데, 마개를 열면 탱크가 가득 차고, 배는 수면 바로 아래로 가라앉습니다."

"알겠습니다. 하지만 이제부터가 정말로 어려워집니다. 수면 바로 아래로 내려갈 수 있는 방법은 알겠지만, 수면 아래로 내려가면 잠수함은 부력을 받을 테고, 따라서 10미터 내려갈 때마다 1기압씩, 또는 1평방센티미터당 1킬로그램의 부력을 받게 되잖습니까?"

"맞습니다."

"그렇다면 '노틸러스' 호 전체를 물로 가득 채우지 않는 한, 어떻게 깊은 바다 밑바닥까지 내려갈 수 있는지 이해할 수가 없군요."

"아로낙스 박사, 정역학(靜力學)과 동역학(動力學)[69]을 혼동하면 안 됩니다. 그건 심각한 오류를 낳을 수 있으니까요. 모든 물체는 가라앉으려는 경향을 갖고 있기 때문에, 바다 속으로 내려가는 데에는 노력이 거의 필요치 않습니다. 내 말을 들어보세요."

"듣고 있습니다."

"'노틸러스' 호가 잠수할 수 있도록 무게를 늘리기로 결정했을 때, 나는 깊이 내려갈수록 바닷물의 용적이 점점 줄어드는 것만 걱정하면 되었습니다."

"확실히 그렇군요."

"그런데 물은, 결코 압축할 수 없는 건 아니지만 압축하기가 아주 어렵습니다. 실제로 최근에 계산한 바에 따르면 용적의 압축률은 10미터 내려갈 때마다, 다시 말해서 1기압당 1000만분의 436에 불과합니다. 1000미터 깊이까지 내려가고 싶으면 1000미터 높이의 물기둥의 압력, 즉 100기압에 해당하는 압력 때문에 줄어드는 용적만 고려하면 됩니다. 그러면 용적의 감소율은 10만분의 436이 되지요. 따라서 배수량을 1507.2톤이 아니라 1513.77톤으로 늘려야 합니다. 결국 늘어나는 무게는 6.57톤밖에 안 돼요."

"그것밖에 안 됩니까?"

"그렇습니다, 박사. 이 계산은 쉽게 확인할 수 있습니다. 이 배에는 100톤짜리 용량의 보조 탱크가 여러 개 있습니다. 그래서 상당히 깊은 곳까지 내려갈 수 있지요. 수면으로 떠올라 거기에 머물고 싶으면 보조 탱크에서 물을 빼내기만 하면 됩니다. '노틸러스' 호가 다시 물 밖으로 전체의 10분의 1만 내놓게 하고 싶으면 모든 물탱크를 비우면 되지요."

이렇게 수치까지 제시하면서 설명하는데, 어떻게 반박할 수 있겠는가.

"당신의 계산이 옳다고 생각합니다. 경험이 날마다 입증하고 있는데, 이의를 제기해봤자 바보처럼 보일 뿐이겠지요. 하지만 나는 이제 정말로 어려운 문제에 직면……."

"뭔데요?"

"1000미터 깊이까지 내려가면 '노틸러스' 호의 외벽은 100기압의 압력을 받게 됩니다. 그때 배의 무게를 줄여서 다시 수면으로 돌아가기 위해 보조 탱크를 비우고 싶으면, 100기압의 압력을 이겨낼 수 있는 강력한 펌프가 필요합니다. 100기압이라면 1평방센티미터당 100킬로그램의 압력인데, 그렇게 강력한 힘을······."

"그런 힘은 오직 전기만이 낼 수 있습니다." 네모 선장이 내 말을 가로막았다. "되풀이 말하지만, 내 기계류의 힘은 거의 무한합니다. '노틸러스' 호의 펌프는 엄청난 힘을 갖고 있지요. 펌프가 내뿜는 물줄기가 '에이브러햄 링컨' 호에 폭포수처럼 떨어졌을 때, 당신도 봤을 겁니다. 어쨌든 보조 탱크는 1500미터에서 2000미터 깊이까지 내려갈 때에만 엔진을 아끼기 위해서 사용합니다. 수면에서 8킬로미터 내지 12킬로미터 내려간 심해를 방문하고 싶으면, 시간은 좀더 오래 걸리지만 확실한 방법을 사용합니다."

"그게 뭔데요?"

"그것을 설명하려면 자연히 '노틸러스' 호가 어떻게 조종되는지를 설명해야 합니다."

"빨리 듣고 싶군요."

"배를 왼쪽이나 오른쪽으로 돌리려면, 즉 수평면 위에서 배의 방향을 좌우로 바꿀 때는 넓은 날이 달린 평범한 키를 사용합니다. 키는 선미재(船尾材)[70] 뒤에 붙어 있고, 타륜(舵輪)과 도르래로 조종하지요. 하지만 양쪽 뱃전에 붙어 있는 두 개의 경사면을 이용하면 '노틸러스' 호를 수직 방향으로 움직일 수도 있습니다. 이 경사면의 기울기는 마음대로 바꿀 수 있고, 배 안에서 강력한 레버로 조종합니다. 경사면이 배와 평행을 이루면 배는 수평으로 움직입니다. 경사면이 기울어지면, 그 각도와 스크루의 추진력에 따라 '노틸러스' 호는 내가 원하는 만큼 오랫동안 비스듬히 내려가거나 올라갑니다. 하지만 좀더 빨리 수면으로 올라가고 싶으면 스크루를 사용합니다. 수압 때문에 '노틸러스' 호는 수소를 채운 풍선이 하늘로 쏜살같이 올라가듯 휙 떠오르지요."

"브라보!" 나는 소리쳤다. "그런데 조타수는 어떻게 물 속에서 당신이 원하는 항로를 따라가죠?"

"조타수는 '노틸러스' 호 선체 상부에 돌출해 있는 밀폐된 방에 자리를 잡고 있습니다. 그 방에는 렌즈 모양의 유리창이 달려 있지요."

"유리가 그렇게 강한 압력을 견딜 수 있습니까?"

"그럼요. 크리스털 유리는 충격을 받으면 깨지기 쉽지만, 대체로 상당히 강한 저항력을 지니고 있습니다. 1864년에 북해 한복판에서 전등 불빛을 이용하여 물고기를 잡는 실험을 한 적이 있는데, 겨우 7밀리미터 두께의 유리판이 빛을 통과시켜 열을 발산하면서 무려 16기압의 압력을 견딜 수 있었어요. 내가 사용하는 유리는 중심 두께가 그보다 30배 두꺼운 21센티미터나 됩니다."

"아, 알겠습니다. 하지만 밖을 볼 수 있으려면 어둠을 몰아내는 빛이 있어야 하는데, 캄캄한 바다 한복판에서 어떻게……."

"조타실 뒤에 강력한 전기 반사경이 있습니다. 거기서 나오는 광선은 1킬로미터 앞에 있는 바다도 비출 수 있지요."

"대단합니다. 선장. 정말 대단해요! 과학자들의 관심을 끌었던, 이른바 일각고래의 인광이 무엇이었는지 이제야 알았습니다. 그런데 말이 나온 김에 묻겠는데요, 세상을 떠들썩하게 만든 '노틸러스' 호와 '스코샤' 호의 충돌이 사고였는지 어떤지 말씀해 주실 수 있겠습니까?"

"아, 그건 순전한 사고였습니다. 그때 나는 수심 2미터 깊이에서 항해하고 있었는데, 갑자기 그 배와 부딪친 겁니다. 어쨌든 그 배가 심각한 손상을 입지는 않은 것 같더군요."

"그렇습니다. 하지만 '에이브러햄 링컨' 호와 만났을 때는……."

"아로낙스 박사, 미국 해군의 가장 우수한 배가 그렇게 된 것은 유감이지만, 나는 공격을 받고 있었기 때문에 방어할 수밖에 없었어요. 그래도 나는 그 순양함이 나를 더 이상 공격할 수 없는 상태로 만드는 정도로 만족했습니다. 가까운 항구로 가면 손상된 부분을 수리하기는 어렵지 않을 겁니다."

"아아, 네모 선장." 나는 확신을 가지고 소리쳤다. "당신의 '노틸러스' 호는 정말 굉장한 배군요!"

"그렇습니다." 네모 선장은 자랑스럽게 대답했다. "나는 이 녀석을 내 몸처럼 사랑합니다.[71] 바다의 우연에 지배되고 있는 당신네 배에서는 만사가 위험합니다. 얀센[72]이 말했듯이, 바다에서는 한눈에 나락의 밑바닥이라는 인상을 받지만, '노틸러스' 호를 타고 있으면 아무리 해저에 있어도 무섭다는 느낌이 들지 않습니다. 이 배의 이중 선체는 더없이 튼튼하니까 걱정할 만한 선체 변형은 조금도 일어나지 않습니다. 삭구가 없으니 배가 이리저리 뒤흔들려서 삭구에 부담이 갈 염려도 없고, 강풍에 날아가버릴 돛도 없고, 증기 압력으로 폭발해서 산산조각날 보일러도 없고, 이 배는 나무가 아니라 금속으로 되어 있으니까 불이 날 위험도 없고, 전기로 동력을 얻으니까 석탄이 떨어질 염려도 없고, 이렇게 깊은 바다 속을 항해하는 배는 이 배뿐이니까 충돌사고를 걱정할 필요도 없고, 수면에서 몇 미터만 내려가면 고요하니까 폭풍을 견뎌내야 할 필요도 없습니다! 그렇습니다, 박사. 이 배는 정말로 최고입니다! 선장보다 조선업자가, 조선업자보다는 기관사가 배를 더욱 신뢰한다는 게 사실이라면, 내가 얼마나 '노틸러스' 호를 깊이 신뢰하고 있는지 아실 겁니다. 나는 선장인 동시에 조선업자이고 기관사이기도 하니까요!"

네모 선장의 열변은 내 마음을 사로잡고도 남았다. 불타는 눈빛과 열정적인 몸짓은 선장을 딴사람처럼 보이게 했다. 그는 이 배를, 마치 아버지가 자식을 사랑하듯 그렇게 사랑하고 있었다!

하지만 주제넘은 질문일지는 몰라도 한 가지 질문이 본능적으로 떠올랐다. 나는 묻지 않을 수 없었다.

"그럼 당신이 기관사인가요?"

"그렇습니다. 나는 대륙의 주민이었을 때 런던과 파리와 뉴욕에서 공부했습니다."

"하지만 이렇게 훌륭한 '노틸러스' 호를 어떻게 몰래 만들 수 있었지요?"

"이 배의 부품들은 세계 각지에서 운송회사를 거쳐 나한테 보내졌습니다. 용골은 프랑스의 크뢰조 제철소에서 만들었고, 구동축은 런던의 펜 회사가, 선체의 철판은 리버풀의 레어드 회사가, 스크루는 글래스고의 스콧 회사가, 물탱크는 파리의 카유 회사가, 기계류는 독일의 크루프 회사가, 뱃머리의 돌출부는 스웨덴의 모탈라 공장에서, 정밀기기는 뉴욕의 하트 형제 회사가 만들었지요. 나는 이들 제조업체에 각각 다른 이름으로 설계도를 보내 제작을 주문했답니다."

"하지만…… 부품들이 만들어지고 나면 조립하고 조정해야 하지 않습니까?"

"나는 큰 바다 한복판에 있는 작은 무인도에 공장을 세웠습니다. 거기서 내가 가르치고 훈련시킨 동료들과 함께 '노틸러스' 호를 완성했지요. 작업이 끝난 뒤에는 불을 질러, 그 섬에 우리가 있었다는 흔적을 모조리 없애버렸습니다. 할 수만 있었다면 그

작업이 끝난 뒤에는 불을 질러……

섬을 폭파해서 날려버렸을 겁니다."

"비용도 엄청나게 많이 들었을 텐데요?"

"철선(鐵船)은 톤당 1125프랑이 듭니다. '노틸러스' 호는 배수량이 약 1500톤이니까, 건조 비용은 168만 7천 프랑이지요. 거기에다 장비값을 포함하면 약 2백만 프랑, 이 배에 실려 있는 예술품과 기타 수집품 가격을 포함하면 4백만 내지 5백만 프랑은 됩니다."

"마지막으로 한 가지만 묻겠습니다."

"물어보세요."

"그럼 당신은 굉장한 부자겠군요?"

"억만장자지요. 프랑스 정부가 지고 있는 100억 프랑의 부채도 별로 어렵지 않게 갚을 수 있을 겁니다."

나는 그런 식으로 말하고 있는 이 괴상한 인물을 뚫어지게 바라보았다. 이 사람은 남의 말을 쉽사리 믿는 나를 놀리고 있는 것일까? 두고 보면 알게 되겠지.

14

검은 바닷물

지구상에서 물로 덮여 있는 면적은 3억 8325만 5800평방킬로미터,[73] 곧 380억 헥타르 이상으로 추산된다. 수량은 140억 입방킬로미터에 이르고, 이것을 공 모양으로 만들면 지름이 240킬로미터, 무게는 300경(京) 톤이 될 것이다. 300경이라는 수를 이해하려면, 100경이 10억의 10억 배라는 사실을 기억해야 한다. 이수량은 지구상의 모든 하천이 4만 년 동안 쏟아내는 물의 양과거의 맞먹을 것이다.

지질학적 시대에서, 불의 시대 다음에는 물의 시대가 왔다. 처음에는 바다밖에 없었다. 그러다가 고생대 실루리아기에 산봉우리들이 여기저기 나타나기 시작했고, 섬들이 자태를 보였다가 국지적인 홍수로 다시 사라지고, 다시 수면 위로 떠오른섬들이 서로 연결되면서 땅덩어리를 이루고, 마침내 대륙이 지금 우리에게 익숙해져 있는 지리적 위치에 자리를 잡았다. 육지는 바다의 면적을 1억 2900만 평방킬로미터, 즉 129억 헥타르나 점령했다.

대륙의 지형 때문에 바다는 크게 다섯으로 나뉘었다. 북극해·남극해·인도양·대서양·태평양이 그것이다.

태평양은 북극권과 남극권 사이에 북쪽에서 남쪽까지 길게 뻗어 있고, 동서로는 아시아와 아메리카 대륙 사이에 뻗어 있다. 동서의 거리는 경도로 치면 145도에 이른다. 태평양은 모든 바다중에서 가장 고요하다. 해류는 폭이 넓고 느리다. 조수간만의 차이는 아주 적고, 강우량이 풍부하다. 내가 운명적으로 지극히 기묘한 상황 속에서 처음으로 여행하게 된 바다는 그러했다.

"아로낙스 박사" 하고 네모 선장이 나를 불렀다. "원하신다면 정확한 현재 위치를 측정해서 항해의 출발점을 정합시다. 지금이 정오 15분 전이군요. 수면으로 돌아가겠습니다."

선장은 전기 벨을 세 번 울렸다. 펌프가 물탱크에서 물을 빼내기 시작했다. 압력계 바늘이 변화하는 압력과 '노틸러스' 호의 상승을 알려주다가 멈추었다.

"도착했습니다." 선장이 말했다.

나는 상갑판으로 이어지는 중앙 충충대 쪽으로 걸어갔다. 철제 계단을 올라가 열린 해치를 통해 '노틸러스' 호 위로 나왔다.

상갑판은 수면 위로 80센티미터밖에 올라와 있지 않았다. '노틸러스' 호의 이물과 고물은 방추 모양을 하고 있어서, 전체적으로 길쭉한 시가와 비슷했다. 선체의 철판들은 거대한 육지 파충류의 몸을 덮고 있는 비늘처럼 약간씩 겹쳐져 있었다. 가장 성능 좋은 망원경으로 관찰한 사람들조차 이 배를 해양동물로 착각한 이유가 바로 그것이었다.

상갑판 한복판쯤에 선체에 반쯤 묻힌 채 윗부분만 불룩하게 올라와 있는 보트가 보였다. 상갑판의 앞뒤에는 적당한 높이의 구조물이 하나씩 있었는데, 벽면은 약간 경사져 있고, 일부는 두꺼운 유리 렌즈로 덮여 있었다. 하나는 '노틸러스' 호를 조종하는 조타수의 방, 또 하나는 진로를 비추는 강력한 탐조등을 놓아두는 방이었다.

바다는 아름답고 하늘은 맑았다. 길쭉한 배는 넘실거리는 물결에 거의 영향을 받지 않았다. 가벼운 동풍이 수면에 잔물결을 일으켰다. 안개가 걷혀서, 끝없이 이어져 있는 수평선을 한눈에 바라볼 수 있었다.

아무것도 보이지 않았다. 암초도, 작은 섬도 보이지 않았다. '에이브러햄 링컨' 호는 사라지고 없었다. 그야말로 망망대해였다!

네모 선장은 위도를 계산하기 위해 육분의로 태양의 고도를 재려는 참이었다. 그는 태양이 움직여 육분의에 그려져 있는 수평선 끝에 닿기를 기다리고 있었다. 육분의를 지켜보는 동안 그는 근육 하나 움직이지 않았다. 대리석으로 만든 손이 육분의를 들고 있었다 해도 그보다 더 안정되지는 못했을 것이다.

"정오." 네모 선장이 말했다. "아로낙스 박사, 언제든 원하시면……?"

나는 일본 근해의 누런 바다를 마지막으로 바라보고 객실로 내려갔다.

객실에서 선장은 크로노미터로 경도를 계산하고, 그것을 방금 관측한 태양의 각도와 대조하여 현재 위치를 계산했다. 그러고는 나에게 그 결과를 말해주었다.

"아로낙스 박사, 우리는 현재 동경 137도 15분……."

"그건 어느 자오선을 기준으로 한 겁니까?" 나는 얼른 물었다.

네모 선장은 태양의 고도를 쟀다

선장의 대답을 들으면 그의 국적을 알 수 있을지도 모른다고 생각했기 때문이다.

"나는 파리와 그리니치와 워싱턴의 자오선에 맞추어져 있는 여러 개의 크로노미터를 갖고 있습니다만, 당신을 위해서 파리 자오선을 기준으로 삼겠습니다."

이 대답에서는 아무것도 알아낼 수 없었다. 나는 고개를 숙여 절을 했고, 선장은 말을 이었다.

"파리 자오선에서 동쪽으로 137도 15분, 위도는 북위 30도 7분, 일본 연안에서 약 500킬로미터 떨어진 곳입니다. 오늘은 11월 8일, 정오, 우리의 해저 탐험 여행은 지금 이 순간 시작됩니다."

"신이여, 우리를 지켜주소서!"

"아로낙스 박사, 당신은 마음대로 연구해도 좋습니다. 나는 수심 50미터에서 동북동쪽으로 진로를 잡았습니다. 여기 해도가 있으니 진로를 더듬어보시죠. 객실은 마음대로 사용하시고, 괜찮으시다면 나는 이만 물러가겠습니다."

혼자 남은 나는 깊은 상념에 잠겼다. 내 생각은 오로지 '노틸러스' 호의 선장에만 집중되어 있었다. 어디에도 속하지 않은 자유인이라고 자랑하는 그 괴상한 인물의 국적을 알아낼 수 있을까? 그가 인류 전체에 품고 있는 증오심, 무서운 복수를 추구하고 있을지도 모르는 그 증오심을 심어준 사람은 누구일까? 그는 인정받지 못한 과학자일까? 콩세유의 표현을 빌리면 '상처받은' 천재일까? 현대판 갈릴레이[74]일까? 아니면 정치 혁명으로 인생을 망친 미국의 모리 같은 사람일까? 아직은 알 수 없었다. 나는 우연히 그의 배에 던져졌고, 내 목숨은 그의 손아귀에 들어 있었다. 그런 나를 네모 선장은 냉정하지만 정중하게 맞아주었다. 다만 그는 내가 내민 손을 잡지 않았다. 그리고 자기 손을 나에게 내밀지도 않았다.

나는 꼬박 한 시간 동안 내 마음을 사로잡는 수수께끼를 파헤치려고 애쓰면서 이런 생각에 잠겨 있었다. 그때 문득 내 눈길이 탁자 위에 펼쳐져 있는 거대한 해도에 떨어졌다. 나는 우리가 관측한 경도와 위도의 교차점을 손가락으로 짚었다.

바다에도 육지의 강과 마찬가지로 흐름이 있다. 온도와 색깔로 구분되는 뚜렷한 해류가 바다의 강이다. 가장 두드러진 것은 멕시코 만류라고 불리는 해류다. 과학자들은 지구에 있는 주요 해류 다섯 개의 방향을 알아냈다. 첫째는 북대서양 해류, 둘째는 남대서양 해류, 셋째는 북태평양 해류, 넷째는 남태평양 해류, 그리고 다섯째는 남인도양 해류다. 옛날 카스피 해와 아랄 해가 아시아의 거대한 호수들과 연결되어 하나의 바다를 이루었을 때는 북인도양에 여섯번째 해류가 존재했을 가능성도 있다.

해도를 보니 지금 우리가 있는 위치를 해류 하나가 흐르고 있었다. 일본어로 '구로시오'(黑潮), '검은 바닷물'이라는 뜻이다. 이 해류는 벵골 만에서 수직으로 내리쬐는 열대의 태양에 덥혀진 뒤, 말라카 해협[75]을 가로질러 아시아의 해안을 따라 북상하다가 북태평양으로 방향을 바꾸어 알류샨 열도까지 나아간다. 이 해류는 녹나무를 비롯한 열대 산물을 실어 나르고, 따뜻한 물의 순수한 쪽빛은 태평양의 물결과 뚜렷한 대조를 이룬다. '노틸러스' 호는 이 해류를 가로지를 예정이었다. 나는 이 해류가 거대한 태평양 속으로 사라질 때까지 눈으로 해류의 흐름을 좇았다. 내가 해류에 실려가는 듯한 기분을 느끼고 있을 때, 네드 랜드와 콩세유가 객실 문간에 나타났다.

선량한 두 친구는 눈앞에 진열되어 있는 놀라운 물건들을 보고는 석상이 된 듯 멍하니 서 있었다.

"여기가 어디지?" 캐나다인은 계속 소리치고 있었다. "퀘벡 박물관인가?"

"미안하지만 퀘벡 박물관보다는 솜라르 박물관[76]처럼 보이는데." 콩세유가 대꾸했다.

"이보게들." 나는 그들에게 들어오라고 손짓하면서 말했다. "여긴 캐나다도 프랑스도 아니고, 해수면보다 50미터 밑에 있는 '노틸러스' 호라네."

"주인님이 그렇게 말씀하신다면 틀림없이 그렇겠죠." 콩세유가 대답했다. "하지만 솔직히 말해서 이 방은 저 같은 플랑드르 사람도 놀랄 만하군요."

"마음껏 놀라게. 그리고 잘 봐둬. 자네 같은 분류 애호가가 할 일이 있으니까."

굳이 콩세유를 부추길 필요도 없었다. 콩세유는 벌써 진열장 위로 고개를 숙이고 박물학자의 전문용어를 중얼거리고 있었기 때문이다. 복족류, 개오지과, 무늬개오지속…….

그러는 동안, 패류학자와는 거리가 먼 네드 랜드는 네모 선장과 무슨 이야기를 했느냐고 나에게 묻고 있었다. 네모 선장이 어떤 작자인지 알아냈느냐? 선장은 어디 출신이냐? 어디로 가고 있느냐? 얼마나 깊은 곳까지 우리를 데려갈 작정이냐? 요컨대 나에게 대답할 시간도 주지 않고 수천 가지 질문을 퍼부었다.

나는 내가 알고 있는 것, 아니 오히려 내가 모르는 것을 모두 그에게 말해주고, 지금까지 무엇을 보고 들었느냐고 그에게 물어보았다.

"아무것도 못 보았고, 아무 소리도 못 들었습니다! 이 배의 승무원도 아직 못 보았어요. 승무원도 사람이 아니라 전기라고 생각하세요?"

"전기?"

"박사님은 분명 그렇게 생각하실 겁니다. 하지만⋯⋯" 매사에 외곬으로 생각하는 버릇이 있는 네드가 말을 이었다. "이 배에 사람이 몇 명이나 있는지 말해줄 수 없습니까? 열 명? 스무 명? 쉰 명? 아니면 백 명?"

"그건 나도 몰라. 어쨌든 '노틸러스' 호를 탈취한다느니 탈출한다느니 하는 생각은 당분간 접어두게. 이 배는 현대 산업의 걸작이야. 이 배를 보지 못했다면 두고두고 후회할 뻔했어. 이 놀라운 배를 보기 위해서라면 지금 우리가 놓여 있는 처지를 기꺼이 받아들일 사람이 얼마든지 있을 걸세. 그러니 제발 진정하고, 주위에서 일어나는 일을 관찰하려고 애써보게."

"관찰이라고요?" 작살잡이가 소리쳤다. "도대체 뭐가 보여야 관찰을 하죠! 이 철판 감옥에서는 절대로 밖을 내다볼 수 없을 겁니다. 우리는 아무것도 못 본 채 그저 맹목적으로 움직이고 항해하고⋯⋯."

네드 랜드가 이렇게 말한 순간, 갑자기 방이 캄캄해졌다. 그야말로 칠흑처럼 어두워졌다. 천장의 불이 너무 빨리 꺼져서, 그 갑작스런 변화에 눈이 아플 정도였다. 정반대로 캄캄한 곳에서 갑자기 눈부시게 밝은 곳으로 나갔을 때 눈이 아픈 것과 마찬가지였다.

우리는, 유쾌한 일이든 불쾌한 일이든 어떤 놀라운 일이 우리를 기다리고 있는지 모른 채, 꼼짝도 않고 말없이 서 있었다. 무언가가 미끄러지는 소리가 들렸다. '노틸러스' 호의 옆면을 이루는 철판이 열리거나 닫히는 듯한 소리였다.

"이제 끝장이야!" 네드 랜드가 말했다.

"히드로해파리목!" 콩세유가 중얼거렸다.

하지만 갑자기 객실 양쪽에서 빛이 나타났다. 타원형 구멍을 통해 빛이 들어오고 있었다. 이제 전류가 바깥의 물을 환히 비추었다. 크리스털 유리 두 장이 우리와 바다 사이를 가로막고 있었다. 처음에는 나도 약한 유리창이 깨질지 모른다는 생각에 몸을 떨었지만, 튼튼한 구리 창틀에 보강된 유리는 거의 무한한 강도를 갖고 있었다.

'노틸러스' 호에서 반경 2킬로미터 안에 있는 바다가 환히 바라보였다. 얼마나 멋진 광경인가! 어떤 말로 그것을 묘사할 수 있을까? 그 투명한 바닷물에 빛이 비쳤을 때의 효과, 빛이 바다의 위쪽과 아래쪽으로 차츰 사라져가는 그 광경을 제대로 묘사할 수 있는 사람이 어디 있겠는가!

바다가 투명하다는 것은 널리 알려져 있다. 바닷물이 민물보다 더 맑다는 것은 누구나 알고 있다. 바닷물 속을 떠다니는 광물질과 유기물질이 실제로 바닷물을 더욱 투명하게 만들어주기 때문이다. 서인도 제도의 일부 해역은 물이 놀랄 만큼 맑아서 150미터 깊이의 모래바닥을 환히 들여다볼 수 있다. 햇빛은 수심 300미터 깊이까지 뚫고 들어갈 수 있다. 하지만 '노틸러스' 호가 항해하고 있는 환경에서는 물 속에서 나온 빛이 바다의 심장 속으로 뚫고 들어갔다. 그것은 빛을 받은 물이 아니라, 물 같은 빛이었다.

심해는 인광에 의해 푸른빛을 낸다고 믿은 에렌베르크[77]의 가설을 믿는다면, 자연은 바다의 주민을 위해 가장 화려하고 극적인 광경 하나를 따로 남겨둔 것이 분명하다. 이제 나는 수없이 다양한 불빛의 효과를 보고 그것을 알 수 있었다. 내 양쪽에는 전인미답의 심연으로 열린 창이 있었다. 객실이 어두워서 바깥 불빛이 더욱 환해 보였다. 우리는 이 순수한 크리스털 유리가 거대한 수족관의 유리라도 되는 것처럼 그 유리 속에 펼쳐지는 광경을 바라보았다.

'노틸러스' 호는 움직이지 않는 듯이 보였다. 눈의 기준점이 전혀 없었기 때문이다. 하지만 이따금 뱃머리가 가른 물살이 엄청난 속도로 우리의 눈앞을 지나가곤 했다.

우리는 경탄에 빠진 채 유리창 앞에 멍하니 서 있었다. 너무나 놀라운 광경에 모두 넋을 잃었다. 아무도 침묵을 깨려고 하지 않았다. 이윽고 콩세유가 말했다.

"네드, 자네는 보고 싶어했지? 이제 우리는 볼 수 있어!"

"놀랍군. 정말 놀라워!" 캐나다인은 완전히 넋을 잃고, 분노나 탈출 계획도 까맣게 잊어버렸다. "이렇게 환상적인 광경을 볼 수만 있다면 아무리 먼 길도 기꺼이 가겠어!"

"아아!" 내가 소리쳤다. "이제야 그 사람을 이해할 수 있겠군! 그는 자기한테만 가장 놀라운 경이를 보여주는 자기만의 세계를 만들어냈어!"

"그런데 물고기들은 다 어디 갔지? 한 마리도 안 보여!" 캐나다인이 외쳤다.

"그건 왜 걱정하나? 물고기에 대해선 쥐뿔도 모르면서." 콩세유가 대꾸했다.

내 양쪽에는 전인미답의 심연으로 열린 창이 있었다

"내가? 나는 이래 봬도 어부야!"

두 친구 사이에 토론이 시작되었다. 그들은 둘 다 물고기에 대해 알고 있었지만, 전혀 다른 방식으로 알고 있었기 때문이다.

잘 알려져 있듯이 어류는 척추동물문의 네 번째이자 마지막 강에 속한다. 어류는 '이중의 혈액순환을 하는 냉혈동물, 아가미로 호흡하며, 수중생활에 적합한 신체구조를 가진 척추동물'로 정의되었다. 어류에는 등뼈가 뼈 같은 척추골로 이루어진 경골어류와 연골성 척추골로 이루어진 연골어류가 있다.

캐나다인도 경골어류와 연골어류의 이런 차이를 알고 있었겠지만, 콩세유는 더 많이 알고 있었다. 이제 네드와 친구가 되었기 때문에, 콩세유는 자기가 네드보다 조금이라도 덜 박식하다는 것을 인정할 수 없었다. 그래서 콩세유는 말했다.

"네드, 자네는 물고기를 잘 잡는 솜씨 좋은 어부야. 그 매력적인 동물을 수없이 잡았겠지. 하지만 물고기를 어떻게 분류하는지는 아마 모를걸."

"알고 있어." 작살잡이가 진지하게 대꾸했다. "물고기는 먹을 수 있는 것과 먹을 수 없는 것으로 분류되지."

"그건 먹보의 분류법이야." 콩세유가 대꾸했다. "경골어류와 연골어류의 차이를 아나?"

"아마 알 거야."

"그럼 그 두 강의 하위 구분도 아나?"

"그런 건 몰라."

"그럼 잘 듣고 기억해둬! 경골어류는 여섯 종류로 분류돼. 첫째, 완전하고 움직일 수 있는 위턱과 빗 모양의 아가미를 가진 극기류. 여기에는 15개 과가 딸려 있고, 지금까지 알려진 물고기의

4분의 3이 여기에 속하지. 대표적인 것은 농어."

"농어는 맛이 좋지."

"둘째, 배 밑과 가슴 뒤쪽에는 지느러미가 달려 있지만, 어깨뼈에는 지느러미가 달려 있지 않은 복기류. 민물고기는 대부분 여기에 속해. 대표적인 것은 잉어와 강꼬치고기."

"흥!" 캐나다인은 경멸하는 표정으로 코웃음을 쳤다. "민물고기라고!"

"셋째, 가슴 밑에 지느러미가 달려 있고 어깨뼈에도 직접 지느러미가 달려 있는 완기류. 여기에는 4개 과가 딸려 있고, 대표적인 것은 혀가자미, 문치가자미, 넙치, 파랑쥐치, 서대 등등."

"맛이 끝내주지!" 물고기를 음식이라는 관점에서만 생각하기를 좋아하는 작살잡이가 소리쳤다.

"넷째." 콩세유는 그래도 전혀 화를 내지 않고 말을 이었다. "몸이 길쭉하고 배지느러미가 없고 껍질이 두껍고 대개 끈적끈적한 무족류. 여기에는 과가 하나밖에 딸려 있지 않아. 대표적인 것은 뱀장어와 전기뱀장어."

"그건 맛이 별로야!"

"다섯째, 턱은 완전하고 자유롭게 움직이지만 아가미는 아치형을 따라 쌍으로 배열된 작은 볏 모양을 하고 있는 관새류. 여기에도 과가 하나밖에 딸려 있지 않아. 대표적인 것은 해마와 실고기."

"그런 건 쓰레기야, 쓰레기!"

"끝으로 여섯째, 턱뼈가 턱을 이루는 상악골 옆에 단단히 붙어 있고 아치 모양의 구개가 두개골과 꿰매붙인 것처럼 맞물려 있어서 움직일 수 없는 유악류. 배지느러미가 없고, 두 개의 과로 이루어져 있고, 대표적인 것은 복어와 개복치."

"그런 물고기는 냄비를 망쳐가면서 요리할 가치가 없어."

"어때, 좀 알겠어?"

"한 마디도 못 알아듣겠지만 계속해. 아주 재미있군."

콩세유는 차분하게 말을 이었다.

"연골어류에 딸려 있는 것은 세 종류뿐이야."

"그럼 더욱 좋지."

"첫째, 턱이 움직일 수 있는 고리 모양으로 유착되어 있고 아가미가 수많은 구멍으로 이어져 있는 원구류. 여기에 딸려 있는 과는 하나뿐이고, 대표적인 것은 칠성장어."

"그건 먹을수록 맛이 있더군."

"둘째, 아가미는 원구류와 비슷하지만 아래턱을 움직일 수 있는 판새류. 연골어류 중에서는 가장 수가 많고, 두 개의 과로 이루어져 있지. 대표적인 것은 상어와 가오리."

"뭐라고?" 네드가 소리쳤다. "상어와 가오리가 같은 종류에 속한다고? 이봐, 친구. 가오리를 위해서 하는 말인데, 가오리와 상어를 함께 넣어두지 않는 게 좋을 거야."

"셋째, 아가미가 하나의 구멍으로 통해 있고, 그 구멍에 아가미 딱지가 달려 있는 경린류. 여기에는 네 개의 속이 딸려 있고, 대표적인 것은 철갑상어."

"아아, 콩세유. 자네는 제일 좋은 것을 맨 마지막을 위해 남겨두었군. 어쨌든 내 생각에는 그래. 그런데 다 끝났나?"

"그래. 하지만 이것을 다 알아도, 사실은 여전히 아무것도 모른다는 걸 알아야 돼. 과는 다시 속, 아속, 종, 변종으로 분류되니까……."

"이봐, 친구." 작살잡이가 유리창으로 몸을 기울이면서 말했다. "저기 수많은 변종이 지나가고 있어!"

"야아, 정말 많군! 꼭 수족관 안에 들어온 것 같은데!"

"아니야." 내가 말했다. "수족관은 우리에 불과하지만, 저 물고기들은 하늘을 나는 새처럼 자유로우니까."

"콩세유, 저 물고기들의 이름을 말해줘. 어서!" 네드가 재촉했다.

"난 못해. 그건 주인님의 전문 분야야."

사실 그 훌륭한 젊은이는 동물 분류에 광적일 만큼 열중했지만, 박물학자는 아니었다. 그가 참치와 가다랭이를 구별할 수 있을지도 의심스럽다. 요컨대 콩세유는 모든 물고기의 이름을 술술 댈 수 있는 캐나다인과는 정반대였다.

"저건 파랑쥐치." 내가 말했다.

"그리고 저건 중국 파랑쥐치." 네드 랜드가 응수했다.

"유악류, 복어목, 쥐치복과, 발리스테스속." 콩세유가 중얼거렸다.

네드와 콩세유를 합치면 뛰어난 박물학자가 되었을 것이다.

캐나다인은 틀리지 않았다. 단단한 몸이 거친 피부로 덮여 있고 등지느러미의 가시로 무장한 파랑쥐치 떼가 꼬리 양쪽에 곤두선 네 줄의 가시를 흔들면서 '노틸러스' 호 주위를 헤엄치고 있었다. 몸 위쪽은 회색, 아래쪽은 흰색이고 황금색 반점이 검은 물결 속에서 별처럼 반짝반짝 빛나는 파랑쥐치의 피부보다 더 매력적인 것은 세상에 없을 것이다. 파랑쥐치 무리 속에서 가오리 몇 마리가 바람에 펄럭이는 식탁보처럼 물결지고 있었다. 거기에 몸 위쪽은 노르스름하고 배 언저리는 오묘한 분홍색이고 눈

온갖 물고기가 '노틸러스' 호 주위를 헤엄치고 있었다

뒤에 세 개의 가시가 돋아나 있는 중국 가오리가 한 마리 섞여 있는 것을 발견하고 나는 뛸 듯이 기뻤다. 이것은 희귀종이고, 일본 화집에서만 그것을 본 라세페드 백작[78] 시대에는 그것이 실제로 존재하는지도 확실치 않았다.

두 시간 동안 온갖 해양동물이 '노틸러스' 호를 호위했다. 그들이 아름다움과 다채로운 색깔과 속도를 겨루면서 장난을 치고 뛰어오르는 동안, 나는 초록색의 고생놀래기, 두 개의 검은 줄무늬가 특징인 바르바리 숭어, 꼬리지느러미가 둥글고 하얀 바탕에 등에만 보라색 얼룩무늬가 있는 망둥이, 등이 푸르고 머리가 은빛인 고등어, 이름만으로도 더 이상 설명이 필요없는 화려한 아주리, 꼬리지느러미가 검은 줄무늬로 장식되어 있는 줄무늬 감성돔, 여섯 개의 띠를 우아하게 두르고 있는 조니퍼 감성돔, 입이 피리처럼 생긴 아울로스토미, 몸길이가 1미터에 이르는 대주둥치, 가시곰치, 반짝이는 작은 눈과 거대한 입과 빽빽한 이빨을 가진 2미터 길이의 바다뱀 따위를 발견했다.

절정에 이른 우리의 경탄은 여전히 식을 줄 몰랐다. 모두 감탄사를 연발했다. 네드는 물고기의 이름을 댔고, 콩세유는 그것을 분류했다. 나는 물고기들의 화려한 색깔과 아름다운 형태에 황홀해졌다. 나는 지금까지 자연 환경에서 자유롭게 돌아다니는 살아 있는 동물을 관찰할 기회를 한 번도 갖지 못했다.

황홀해진 우리의 눈앞을 일본과 중국 해역의 모든 물고기들이 지나갔지만, 그것을 일일이 거론하지는 않겠다. 하늘을 나는 새보다 훨씬 수가 많은 이 물고기들은 분명 눈부신 불빛에 이끌려 우리 배 쪽으로 달려오고 있었다.

그때 갑자기 객실에 불이 켜졌다. 금속판이 다시 닫혔다. 매혹적인 광경도 사라졌다. 하지만 그후에도 나는 오랫동안 꿈속을 헤매고 있었다. 그러다가 갑자기 내 눈이 벽에 걸려 있는 기구에 멈추었다. 나침반은 여전히 동북동쪽을 가리키고, 압력계는 수심 50미터에 해당하는 5기압을 나타내고, 속도계는 15노트의 속도를 알려주고 있었다.

나는 네모 선장이 나타날 줄 알았는데, 내 예상은 빗나갔다. 시계가 오후 5시를 가리키고 있었다.

네드와 콩세유는 그들의 선실로 돌아갔다. 나도 내 방으로 돌아갔다. 벌써 식사가 준비되어 있었다. 요리는 거북 수프, 숭어의 하얀 살과 간, 청줄돔 회로 이루어져 있었다.

저녁에는 책을 읽고 글을 쓰고 생각을 하면서 보냈다. 이윽고 눈이 감겼기 때문에, 나는 해초 침대에 편안히 드러누워 깊은 잠속으로 빠져들었다. 그동안에도 '노틸러스' 호는 '검은 바닷물'의 빠른 흐름 속을 미끄러지듯 나아가고 있었다.

15

초대장

이튿날인 11월 9일, 나는 열두 시간의 긴 잠에서 깨어났다. 여느 때처럼 콩세유가 '주인님이 밤새 안녕하셨는지' 보고 시중을 들려고 들어왔다. 캐나다인은 잠자는 것말고는 아무 일도 한 적이 없는 사람처럼 여태 자고 있었다.

나는 콩세유가 마음대로 지껄이게 내버려두고, 굳이 대꾸하려고 애쓰지도 않았다. 나는 사실 어제 오후부터 네모 선장이 보이지 않는 것에 신경이 쓰였다. 하지만 오늘은 선장을 다시 볼 수 있을 거라고 생각했다.

나는 곧 연체동물의 족사로 짠 옷을 입었다. 콩세유는 한두 번이 옷감에 대해 언급한 적이 있는데, 나는 그 옷감이 털격판담치가 바위에 달라붙기 위해 분비하는, 명주실처럼 광택있고 부드러운 실로 짠 것이고, 털격판담치는 지중해 연안에 많이 사는 홍합의 일종이라고 말해주었다.

이 족사는 아주 부드럽고 따뜻하기 때문에, 전에는 이 실로 스타킹과 장갑 같은 고운 옷감을 만들었다. 따라서 '노틸러스' 호 승무원들은 육상에서 나는 목화나 양이나 누에가 없어도 경제적으로 옷을 지어 입을 수 있었다.

나는 옷을 입고 객실로 갔다. 객실에는 아무도 없었다.

나는 진열장에 있는 귀중한 조개류를 연구하는 데 몰두했다. 말렸는데도 여전히 아름다운 색깔을 유지하고 있는 희귀한 해양 식물로 가득 찬 식물 표본 전시관도 둘러보았다. 그 귀중한 수생 식물들 속에서 나는 잎이 소용돌이 모양인 클라도스테품, 공작 꼬리, 잎덩굴손을 가진 콜러파, 곡식 같은 알갱이가 달려 있는 칼리탐눔, 진홍색의 섬세한 비단풀, 부채 모양의 우뭇가사리, 버섯의 갓처럼 생겨 오랫동안 식충류로 분류된 아케타불룸, 그리고 온갖 종류의 켈프를 발견했다.

꼬박 하루가 지나도록 네모 선장은 모습을 보이지 않았다. 객실 유리창의 금속판도 열리지 않았다.

'노틸러스' 호의 진로는 여전히 동북동쪽이었고, 속도는 12노트, 수심은 50~60미터를 유지하고 있었다.

이튿날인 11월 10일도 전날과 마찬가지였다. 나는 버림받은 듯한 고독감에 사로잡혔다. 승무원들도 전혀 모습을 드러내지 않았다. 네드와 콩세유는 거의 온종일 나와 함께 지냈다. 그들도 선장이 나타나지 않는 데 놀라고 있었다. 그 이상한 사람이 병이 났을까? 우리에 대한 태도를 바꿀 작정인가?

콩세유도 지적했듯이, 어쨌든 우리는 완전한 자유를 누렸다. 음식은 맛있고 푸짐했다. 주인은 손님들에게 약속을 지키고 있었다. 우리가 불평할 이유는 전혀 없었다. 어쨌거나 우리는 묘한 처지에 놓여 있었지만 충분한 보상을 받고 있으니까, 아직까지는 선장을 비난할 권리가 없었다.

내가 우리 모험에 대해 일기를 쓰기 시작한 것은 바로 그날이었다. 그래서 나는 상세하고 정확하게 우리의 모험을 기록할 수 있었다. 기묘한 일이지만, 나는 해초로 만든 종이에 일기를 썼다.

11월 11일 새벽, 신선한 공기가 '노틸러스' 호 안을 흐르고 있었기 때문에, 나는 배가 산소를 보충하려고 다시 수면 위로 올라간 것을 알았다.

나는 중앙 층층대 쪽으로 가서 상갑판으로 올라갔다.

아침 6시였다. 하늘은 온통 구름으로 뒤덮여 우중충했고, 바다도 잿빛이었지만 잔잔했다. 너울은 거의 일지 않았다. 네모 선장도 상갑판으로 올까? 나는 여기서 선장과 만나게 되기를 기대하고 있었다. 하지만 내 눈에 띈 것은 유리방 안에 앉아 있는 조타수뿐이었다. 나는 불룩 튀어나온 보트 위에 앉아서 소금기 섞인 산들바람을 만족스럽게 들이마셨다.

안개가 햇빛을 받아 조금씩 걷히고 있었다. 해가 동쪽 수평선 위로 떠올랐다. 바다는 태양 아래에서 꽃불처럼 타올랐다. 높은 하늘에 흩어져 있던 구름이 온갖 현란한 색깔로 물들었다. 수많은 '고양이 혀'*가 온종일 바람이 불 것을 예고하고 있었다.

하지만 폭풍에도 *끄떡*하지 않는 '노틸러스' 호에 바람이 무슨 대수겠는가?

나는 유쾌한 해돋이에 감탄하고 있었다. 너무나 행복하고 기운이 절로 솟아났다. 바로 그때 누군가가 상갑판으로 올라오는 소리가 들렸다.

---

* 가장자리가 톱니처럼 깔쭉깔쭉하고 가볍고 작은 흰 구름.

해가 동쪽 수평선 위로 떠올랐다

나는 네모 선장에게 인사할 준비를 하고 있었지만, 나타난 것은 선장이 아니라 그의 부관이었다. 나는 선장이 우리를 처음 찾아왔을 때 동행한 그를 만난 적이 있었다. 그는 상갑판으로 올라왔지만, 내가 있는 것을 알아차리지 못한 것 같았다. 그는 강력한 망원경을 눈에 대고 수평선을 유심히 살폈다. 그런 다음 해치로 걸어가서 다음과 같은 문장을 말했다. 내가 그 문장을 기억하는 것은 아침마다 똑같은 상황에서 똑같은 문장이 되풀이되었기 때문이다.

그 문장은 다음과 같았다.

"나우트론 레스포크 로르니 비르치."

무슨 뜻인지는 알 수 없었다.

이 말을 한 뒤, 부관은 다시 아래로 내려갔다. 나는 '노틸러스'호가 다시 수중 항해를 시작하려는 모양이라고 짐작했다. 그래서 나도 해치 아래로 내려가, 복도를 지나 내 방으로 돌아갔다.

이런 상태로 닷새가 지났다. 상황은 전혀 달라지지 않았다. 아침마다 나는 상갑판으로 올라갔다. 그리고 부관이 올라와서 똑같은 말을 했다. 네모 선장은 여전히 나타나지 않았다.

네모 선장을 다시는 만날 수 없을 거라고 결론지은 11월 16일, 네드와 콩세유와 함께 내 방으로 돌아와 보니 탁자 위에 편지가 놓여 있었다.

나는 서둘러 편지를 뜯었다. 편지는 분명하고 대담한 필체로 적혀 있었다. 고딕체처럼 보이는 글씨는 독일어 서체를 연상시켰다.

편지는 다음과 같은 내용이었다.

'노틸러스' 호 선내
아로낙스 박사 귀하

네모 선장은 내일 아침 크레스포 섬에 있는 숲에서 벌어질 사냥 파티에 아로낙스 박사를 초대합니다. 네모 선장은 아로낙스 박사께서 아무쪼록 참석해주기를 바라며, 박사의 동료들도 동행할 수 있으면 기쁘겠습니다.

1867년 11월 16일
'노틸러스' 호 지휘관 네모 선장

"사냥이라고?" 네드가 소리쳤다.

"크레스포 섬의 숲에서!" 콩세유가 덧붙였다.

"그럼 그 사람은 이따금 육지에 올라가는군요?" 네드 랜드가 물었다.

"분명히 그렇게 씌어 있는 것 같은데." 나는 편지를 다시 읽으면서 말했다.

"그럼 초대를 받아들여야죠." 캐나다인이 말했다. "일단 육지에 올라가면, 어떻게 할지 결정할 수 있을 겁니다. 어쨌든 나는 신선한 사슴고기를 몇 덩어리 먹을 수 있다면, 그것만으로도 싫다고 하지 않겠습니다."

대륙과 섬에 대해 두려움을 품고 있는 네모 선장이 숲에서 사냥을 하겠다면서 우리를 초대한 것은 앞뒤가 맞지 않았지만, 나는 그 모순의 의미를 이해하려고 애쓰지 않고 대답했다.

"우선 크레스포 섬이 어디 있는지 조사해보세."

해도를 조사해보니 서경 167도 50분·북위 32도 40분에 크레스포 선장이 1801년에 발견하여 해도에 그려넣은 작은 섬이 하나 있었다. 그 오래된 스페인 지도에는 섬 이름이 '로카 데 라 플라타'로 되어 있었다. 이것은 '은 바위'라는 뜻이다. 그렇다면 우리는 출발점에서 3000킬로미터나 왔다는 얘기가 되고, '노틸러스' 호의 진로도 조금 바뀌어서 이제는 남동쪽을 향하고 있었다.

나는 동료들에게 북태평양 한복판에 눈에 띄지 않게 떠 있는 그 작은 바위섬을 보여주었다.

"네모 선장이 이따금 상륙한다면, 적어도 완전한 무인도를 선택할 거야."

네드는 말없이 고개만 끄덕이고 콩세유와 함께 방에서 나갔다. 말이 없고 무뚝뚝한 급사가 갖다준 저녁을 먹은 뒤, 나는 잠자리에 들었지만 조금 걱정스러운 기분이 들지 않는 것은 아니었다.

이튿날인 11월 17일 아침에 눈을 떠보니, '노틸러스' 호가 전혀 움직이지 않고 있었다. 나는 얼른 옷을 입고 객실로 갔다.

네모 선장이 거기에 있었다. 그는 나를 기다리고 있다가, 내가 들어가자 일어나서 인사를 하고 사냥에 동행할 생각이냐고 물었다.

네모 선장이 지난 일주일 동안 모습을 보이지 않은 것에 대해 한 마디도 하지 않았기 때문에, 나도 그 이야기는 꺼내지 않고 동료들과 함께 기꺼이 동행하겠다고 대답했다.

그러고는 이렇게 덧붙였다.

"그런데 한 가지 묻고 싶은 게 있습니다."

"물어보세요. 대답할 수 있는 질문이라면 대답하겠습니다."

"당신은 육지와 관계를 끊었다고 했는데, 크레스포 섬에 당신의 숲이 있다는 건 어찌된 일입니까?"

"내가 소유하고 있는 숲은 햇빛도 태양열도 필요없습니다. 그 숲에는 사자도 호랑이도 퓨마도, 그밖에 어떤 네발짐승도 살지 않습니다. 그 숲을 아는 사람은 나뿐이고, 숲은 오직 나만을 위해서 자랍니다. 그 숲은 육지의 숲이 아니라 해저의 숲입니다."

"해저의 숲!" 나는 소리쳤다.

"그렇습니다, 아로낙스 박사."

"그런데 나를 거기에 데려가겠다는 겁니까?"

"그렇습니다."

"걸어서?"

"게다가 발도 적시지 않고."

"사냥하는 동안?"

"사냥하는 동안."

"손에 총을 들고?"

"손에 총을 들고."

나는 '노틸러스' 호의 선장을 바라보았다. 내 얼굴에는 결코 그에게 반갑지 않은 표정이 떠올라 있었다.

'이 사람은 틀림없이 머리가 돌았어.' 나는 속으로 생각하고 있었다. '발작을 일으킨 게 분명해. 그 발작이 지난 일주일 동안 계속되었고, 아직도 계속되고 있는 거야. 정말 안됐군! 미치광이보다는 그냥 별난 괴짜였을 때가 더 좋았는데!'

이런 생각이 내 얼굴에 분명히 드러나 있었을 테지만, 네모 선장은 그냥 자기를 따라오라고 말했을 뿐이었다. 나는 모든 것을 체념한 사람처럼 그를 따라갔다.

우리는 식당에 도착했다. 벌써 아침식사가 차려져 있었다.

"아로낙스 박사, 더 이상 격식을 차리지 말고 식사를 함께 들어주세요. 먹으면서 얘기합시다. 나는 숲속 산책을 약속했지만, 당신을 레스토랑에 데려가겠다고는 약속하지 않았습니다. 그러니까 점심식사는 아마 상당히 늦어질 겁니다. 그 점을 고려해서 아침을 든든히 먹어두세요."

나는 양껏 먹었다. 식사는 다양한 생선과 해삼에 '포르피리아 라키니아타'나 '로렌시아 프리마페디타'처럼 식욕을 돋구는 해초를 곁들인 것이었다. 우리는 맑은 물을 마셨는데, 네모 선장이 하는 것을 보고 나도 '로도메니 팔메'라고 불리는 해초에서 추출한 알코올 음료를 물에 몇 방울 떨어뜨렸다. 캄차카 반도에는 이 음료를 물에 타서 마시는 습관이 있다고 한다.

네모 선장은 처음에는 말없이 먹기만 했다. 그러다가 말을 꺼냈다.

"내가 크레스포 숲에 함께 가자고 제의하자, 당신은 내가 모순된 말을 하고 있다고 생각했습니다. 그 숲이 해저 숲이라고 말해주자 당신은 내가 미쳤다고 생각했어요. 사람을 너무 성급하게 판단하면 안 됩니다."

"하지만 선장, 분명히 말하지만……"

"내 말을 들어보세요. 듣고 나면 나를 미쳤다고 비난해야 할지, 아니면 일관성이 없다고 비난해야 할지 알게 될 겁니다."

"좋습니다. 계속하세요."

"당신도 잘 알고 있듯이, 인간은 숨쉴 공기만 공급되면 물 속에서도 얼마든지 살 수 있습니다. 물 속에서 일하는 사람은 방수복을 입고, 펌프와 밸브를 통해 바깥 공기를 받아들이는 금속 헬

나는 양껏 먹었다

멧을 머리에 씁니다."

"잠수복 말씀이군요."

"그렇습니다. 하지만 인간은 그런 상태에서는 결코 자유롭지 않습니다. 공기 주입 펌프에 고무관으로 묶여 있는 것은 쇠사슬로 육지에 묶여 있는 거나 마찬가지예요. 우리가 그런 식으로 '노틸러스'호에 묶여 있다면, 그렇게 멀리까지 갈 수는 없을 겁니다."

"하지만 어떻게 그 제약에서 벗어날 수 있죠?"

"루케롤-드네루즈 장비[79]를 쓰면 됩니다. 당신의 동포인 두 프랑스인이 개발한 건데, 내가 목적에 맞게 개량했지요. 그걸 사용하면 몸의 어떤 장기도 전혀 괴롭히지 않고 새로운 생리적 조건을 시험해볼 수 있을 겁니다. 이 장비는 50기압의 압력으로 공기를 채워넣은 두꺼운 철판 탱크로 이루어져 있습니다. 이 탱크를 배낭처럼 가죽끈으로 등에 고정시키는 겁니다. 탱크 윗부분에는 일방통행 방식으로 공기가 보관되어, 정상적인 압력으로만 공기가 빠져나올 수 있습니다. 루케롤 장비에서는 이 공기통에서 사용자의 입과 코를 둘러싼 일종의 마스크까지 고무관 두 개가 연결되어 있는데, 하나는 숨쉴 공기를 받아들이는 데 쓰이고 또 하나는 숨쉬고 난 공기를 내보내는 데 쓰입니다. 둘 다 호흡할 때 필요에 따라 서로 닫을 수 있습니다. 하지만 해저의 수압은 상당히 강하기 때문에, 나는 잠수복 같은 구리 헬멧으로 머리를 완전히 둘러싸야 했습니다. 숨을 들이쉬고 내쉴 때 쓰는 고무관은 이 헬멧으로 이어져 있지요."

"알겠습니다, 네모 선상. 하지만 탱크에 넣은 공기는 순식간에 없어져버릴 텐데요. 공기 속에 산소가 15퍼센트 아래로 내려가면 숨을 쉴 수 없습니다."

"맞습니다. 하지만 아까도 말했듯이 '노틸러스' 호의 펌프는 상당한 압력으로 공기를 저장할 수 있고, 따라서 탱크는 아홉 시간 내지 열 시간 동안 숨쉴 수 있는 공기를 공급할 수 있습니다."

"좋습니다. 더 이상 의문을 제기하지 않겠습니다. 하지만 마지막으로 한 가지만 더 묻겠습니다. 해저에서는 어떻게 길을 밝힐 수 있습니까?"

"룸코르프 램프[80]를 이용하면 됩니다. 루케롤 장비는 등에 짊어지고, 룸코르프 램프는 허리띠에 차지요. 내가 활용하는 룸코르프 램프는 중크롬산칼륨이 아니라 나트륨이 들어 있는 분젠 전지를 갖추고 있습니다. 여기서 생산된 전기를 유도 코일이 받아들여서 특수한 랜턴으로 보내는 겁니다. 이 랜턴 안에는 이산화탄소가 조금 들어 있는 유리 코일이 있습니다. 장비가 작동하는 동안 이 이산화탄소는 지속적으로 하얀 빛을 냅니다. 이런 장비를 갖추면 숨도 쉴 수 있고 앞을 볼 수도 있습니다."

"어떤 의문을 제기해도 그처럼 명쾌하게 척척 대답하시니, 더이상 의심할 수가 없군요. 하지만 루케롤 장비와 룸코르프 램프는 인정할 수밖에 없다 해도, 당신이 나에게 줄 총에 대해서는 의견을 유보해야겠는데요."

"하지만 내 총은 화약으로 작동하지 않습니다."

"그럼 공기총인가요?"

"그렇습니다, 박사. 이 배에는 초석도 유황도 목탄도 없는데, 어떻게 화약을 만들 수 있겠습니까?"

"하지만 공기보다 밀도가 855배나 높은 물 속에서 총을 쏘려면 상당한 저항을 이겨내야 할 텐데요."

"그건 전혀 문제가 안 됩니다. 풀턴[81]이 처음 고안한 이후 영국인 필립스 콜스와 버니, 프랑스인 퓌르시와 이탈리아인 란디가 개량한 특수한 총이 있습니다. 이 총은 특수한 밀폐장치를 갖추고 있어서, 물 속에서도 발사할 수 있습니다. 하지만 나는 화약을 구할 수 없기 때문에, 화약 대신 '노틸러스' 호의 펌프에서 얼마든지 얻을 수 있는 압축 공기를 사용했지요."

"하지만 공기는 금방 바닥날 텐데요?"

"예. 하지만 나한테는 필요한 만큼 더 많은 공기를 공급해줄 수 있는 루케롤 탱크가 있잖습니까? 필요한 건 적당한 마개뿐입니다. 어쨌든 해저 사냥에서도 공기나 탄약을 그리 많이 쓰지는 않는다는 것을 당신도 직접 알게 될 겁니다."

"그래도 어두컴컴한 곳에서 공기보다 훨씬 밀도가 높은 물 속에 잠겨 있으면, 총알은 별로 멀리 나가지 않을 테고, 사냥감한테 치명상을 입히기도 어렵지 않겠어요?"

"정반대입니다. 이 총으로 쏘면 모든 총알이 치명적입니다. 동물이 맞으면, 살짝 스치기만 해도 마치 벼락이라도 맞은 것처럼 쓰러집니다."

"이해할 수가 없군요!"

"이 총이 발사하는 것은 보통 탄알이 아니라, 오스트리아의 화학자 레니브뢰크가 발명한 유리 캡슐이기 때문입니다. 나는 그것을 꽤 많이 갖고 있지요. 이 유리 캡슐은 강철 탄피에 싸여 있고 납덩어리가 들어 있어서 무겁습니다. 게다가 라이덴 병[82]처럼 고압 전기가 축적되어 있지요. 이 전기는 아주 가벼운 충격으로도 방전되기 때문에, 아무리 힘센 동물도 당장 쓰러져 죽습니다. 덧붙여 말하면 이 캡슐은 4번 구경[83]밖에 안 되니까, 완전히 장전하면 최고 열 발까지 들어갈 수 있습니다."

"더 이상 할 말이 없군요." 나는 식탁에서 일어나면서 말했다. "이제 내가 할 일은 총을 받는 것뿐입니다. 당신이 어디에 가든 따라가겠습니다."

네모 선장은 나를 '노틸러스' 호의 고물로 데려갔다. 네드와 콩세유의 선실을 지날 때, 나는 그들을 불렀다. 그들은 당장 나와서 우리와 합류했다.

우리는 기관실 근처에 있는 작은 방으로 들어갔다. 이 방이 우리가 옷을 갈아입을 곳이었다.

16

해저 평원의 산책

이 방은 '노틸러스' 호의 무기고 겸 탈의실이었다. 수십 벌의 잠수복이 벽에 걸린 채 해저 산책을 나갈 사람들을 기다리고 있었다.

네드는 그것을 보고 눈에 띄게 망설였다.

"네드, 크레스포 섬의 숲은 사실은 수중 숲이라네!"

"그래요?" 신선한 뭍고기를 먹겠다는 꿈이 사라지자 작살잡이는 실망하여 소리쳤다. "박사님은 어떠세요? 저 괴상망측한 옷을 입으실 겁니까?"

"물론이지."

"박사님은 마음대로 하세요." 작살잡이는 어깨를 으쓱하면서 대답했다. "하지만 나는 억지로 입히지 않는 한 절대로 입지 않을 겁니다."

"아무도 강요하지는 않습니다." 네모 신상이 말했다.

"콩세유, 자네도 위험을 무릅쓸 작정인가?" 네드가 물었다.

"나는 주인님이 가시는 곳이면 어디든 따라간다네."

선장이 신호를 보내자 승무원 두 명이 들어와서 우리가 무거운 방수복을 입는 것을 도와주었다. 방수복은 이음매가 없는 고무로 만들어져 있고, 상당한 수압을 견딜 수 있도록 되어 있었다. 탄력이 있으면서도 튼튼한 갑옷 같았다. 상의와 바지가 한 벌을 이루고 있었다. 바지 끝에는 밑창에 납을 넣은 두꺼운 장화가 달려 있었다. 상의는 가슴을 수압에서 보호하여 허파가 자유롭게 기능을 발휘할 수 있도록 가늘고 길쭉한 구리판으로 보강되어 있었다. 소매 끝에는 손을 자유롭게 움직일 수 있을 만큼 부드러운 장갑이 달려 있었다.

상당히 개량된 이 잠수복은 18세기에 발명되어 격찬을 받은 잠수용구―코르크로 만든 가슴받이, 구명조끼, 잠수복, 구명대 등―와는 하늘과 땅 차이였다는 것을 알 수 있을 것이다.

네모 선장과 그의 부하 한 사람―놀랄 만큼 건장해 보이는 헤라클레스 같은 남자―과 콩세유와 나는 곧 잠수복을 입었다. 이제 머리에 헬멧만 쓰면 되었다. 하지만 그전에 나는 우리가 사용할 총을 미리 살펴볼 수 없겠느냐고 선장에게 물었다.

'노틸러스' 호의 승무원 한 사람이 아주 단순해 보이는 총을 나에게 건네주었다. 비교적 큰 개머리판은 속이 빈 강철판으로 되어 있었다. 개머리판은 압축 공기를 저장하는 탱크 구실을 하고 있었다. 방아쇠를 당기면 밸브가 열리면서 탱크 속의 공기가 금속관으로 들어간다. 개머리판 속에 있는 탄창에는 약 10발의 전기 총알이 들어 있고, 용수철 장치가 자동적으로 이 총알을 총신에 장전하도록 되어 있었다. 총알 한 발이 발사되면 곧바로 다음 총알이 총신 안으로 들어가 발사될 준비를 하는 것이다.

"네모 선장, 이 무기는 완벽하고 다루기도 쉽군요. 시험 발사를 한번 해보고 싶은데요. 하지만 어떻게 바다 밑바닥으로 내려갈 겁니까?"

"'노틸러스' 호는 이미 밑바닥에 내려와 있습니다. 이곳은 수심이 10미터지요. 배에서 나가기만 하면 됩니다."

"하지만 어떻게 나가지요?"

"곧 알게 될 겁니다."

네모 선장은 머리를 공 모양의 헬멧 속으로 집어넣었다. 콩세유와 나도 똑같이 했지만, 그전에 캐나다인이 "사냥 잘들 하쇼!" 하고 빈정거렸다. 잠수복 맨 위에 달린 구리 칼라에는 나사산이 있어서, 헬멧을 나사로 잠수복에 고정시킬 수 있도록 되어 있었다. 헬멧에는 두꺼운 유리로 덮인 구멍이 세 개 뚫려 있어서, 헬멧 안에서 고개를 돌리기만 하면 어느 쪽이든 볼 수 있었다. 루케롤 장치를 등에 부착하자마자 작동하기 시작하여, 나는 아주 쉽게 숨을 쉴 수 있었다. 룸코르프 램프를 허리띠에 차고 총을 들자 떠날 준비가 끝났다. 하지만 솔직히 말하면 무거운 옷 속에 갇힌 데다 납으로 된 장화 밑창이 너무 무거워서, 내 힘으로는 한 발짝도 떼어놓을 수 없었을 것이다.

그러나 선장은 이런 어려움을 내다보고 있었다. 내 몸이 탈의실 옆의 작은 방으로 떠밀려 들어가는 것을 느낄 수 있었기 때문이다. 다른 사람들도 비슷하게 운반되어 나를 따라왔다. 우리 뒤에서 밀폐문이 닫히는 소리가 들리고, 캄캄한 어둠이 우리를 에워쌌다.

잠시 후 쉿쉿거리는 요란한 소리가 들렸다. 차가운 감각이 발에서 가슴 쪽으로 올라오기 시작했다. 배 안에 장치된 마개를 열

떠날 준비가 끝났다

어서 바닷물을 안으로 들인 모양이었다. 이제 바닷물은 작은 방을 가득 채우고 있었다. 그러자 '노틸러스' 호 뱃전에 나 있는 두 번째 문이 열렸다. 희미한 빛이 안으로 들어왔다. 잠시 후 우리 발은 바다 밑바닥을 밟고 있었다.

이 수중 산책이 준 감동을 어떻게 표현할 수 있을까? 그런 경이로움은 어떤 말로도 표현할 수 없다. 화가의 붓도 심해의 독특한 효과를 제대로 묘사할 수 없는데, 펜이 어떻게 그것을 묘사할 수 있겠는가?

네모 선장이 앞장서서 걸었다. 그의 부하는 몇 걸음 뒤에서 우리를 따라오고 있었다. 콩세유와 나는 금속 껍질을 통해 말을 나눌 수 있기라도 한 것처럼 바싹 붙어 있었다. 옷과 신발과 공기통의 무게는 더 이상 느낄 수 없었고, 두꺼운 헬멧의 무게도 느낄 수 없었다. 내 머리는 헬멧 속에서 꼬투리 속의 아몬드처럼 흔들렸다. 이 모든 물건이 물에 둘러싸이자, 그것이 밀어낸 물의 부피와 같은 무게를 잃고 가벼워졌다. 아르키메데스[84]가 발견한 물리 법칙 덕택에 물 속에서 아주 편안한 기분을 느꼈다. 나는 더 이상 내 힘으로 움직일 수 없는 물체가 아니라, 완전히 자유롭게 움직일 수 있었다.

햇빛의 침투력은 놀라울 정도였다. 수면보다 10미터나 밑에 있는 바다를 환히 비추고 있었기 때문이다. 햇빛은 물을 쉽게 통과했지만, 햇빛의 색깔은 분산되었다. 100미터쯤 떨어져 있는 물체는 또렷이 볼 수 있었다. 그 너머에 있는 물은 아름다운 군청색을 띠고 있었고, 거리가 멀어질수록 물빛은 점점 파래져서 몽롱한 어둠 속으로 서서히 사라져갔다. 나를 둘러싸고 있는 물은 육지의 대기보다 더 밀도가 높지만 거의 대기만큼 투명한 일종의 공기였다. 머리 위에 잔잔한 수면이 보였다.

우리는 부드러운 모래 위를 걷고 있었다. 해변의 모래처럼 모래밭에 파도의 흔적이 남아 있지는 않았다. 이 눈부신 카펫은 놀랄 만큼 강하게, 거의 거울처럼 햇빛을 반사했다. 그래서 널리 퍼진 빛은 물 분자를 가득 채웠다. 10미터 깊이의 물 속이 대낮처럼 환했다고 말하면, 사람들이 과연 내 말을 믿을까?

15분 동안 나는 반짝이는 모래밭 위를 걸어다녔다. 기다란 모래톱 같은 윤곽을 떠올리고 있던 '노틸러스'호가 서서히 시야에서 사라졌지만, 심해에 밤이 찾아오면 '노틸러스'호의 탐조등이 눈부신 빛을 내보내어 우리가 귀로를 찾을 수 있도록 도와줄 터였다. 지상에서 희끄무레한 탐조등 불빛만 본 사람은 이해하기 어려울 것이다. 지상에서는 공기 중에 차 있는 먼지 때문에 탐조등이 마치 빛을 받은 안개처럼 보이지만, 수면 위와 수면 밑에서는 불빛이 그것과는 비교도 할 수 없을 만큼 순수하게 전달된다.

우리는 끝없이 넓어 보이는 모래 평원 위를 걷고 있었다. 나는 두 손으로 물의 커튼을 젖히며 나아갔다. 내가 지나가면 커튼은 금세 닫혔다. 내가 남긴 발자국도 물의 압력으로 순식간에 지워졌다.

나는 곧 몇 가지 물체의 형태를 분간할 수 있었지만, 너무 멀어서 윤곽은 확실치 않았다. 식충류가 양탄자처럼 덮여 있는 웅장한 바위가 보였다. 나는 당장 이곳의 독특한 풍경에 매료되었다.

오전 10시였다. 햇빛은 비스듬히 해수면에 부딪혀, 프리즘을 통과한 것처럼 굴절하여 분해되었다. 꽃과 바위, 작은 식물, 조가비, 말미잘에 떨어진 햇빛은 그것들의 가장자리를 태양 스펙트럼의 일곱 가지 색깔로 물들였다. 온갖 색조가 어우러진 이 광경,

빨간색·주황색·노란색·초록색·보라색·남색·파란색이 복잡하게 얽히면서 끊임없이 변하는 만화경, 미친 색채화가의 팔레트 같은 이 광경은 문자 그대로 경이였고, 눈을 위한 향연이었다. 아아, 내 머리를 도취시키는 생생한 감각을 콩세유에게 이야기하고, 콩세유와 함께 다투어 감탄사를 내지를 수 있다면 얼마나 좋을까! 왜 나는 네모 선장과 그의 부하가 사용하는 몸짓 언어로 내 생각을 전달할 수 없는가! 어쩔 수 없이 나는 혼잣말을 했다. 내 머리를 감싼 헬멧 속에서 목청껏 소리를 지르면서 쓸데없이 공기를 소비하고 있었다.

이 놀라운 광경을 보자 콩세유도 나처럼 걸음을 멈추었다. 그 녀석은 그 대표적인 식충류와 연체동물 앞에서, 늘 그랬듯이, 그 것들을 분류하고 있었을 것이다. 바닥에는 말미잘과 극피동물이 잔뜩 널려 있었다. 다양한 이시디움, 혼자 외롭게 살아가는 코르눌라리움, 전에는 '백산호'라고 불린 오쿨리눔, 버섯처럼 삐죽삐죽 돋아나 있는 균산호, 근육질 원반으로 바닥에 달라붙어 있는 말미잘—이 모든 것들이 꽃밭을 이루고 있었고, 푸르스름한 촉수를 가진 히드라가 드문드문 박혀 있었다. 모래 속에 박힌 별불가사리와 사마귀처럼 오톨도톨한 돌기가 돋아나 있는 가시불가사리도 보였다. 나는 바닥에 수없이 흩어져 있는 그 멋진 연체동물들을 발로 짓밟을 수밖에 없는 것이 못내 가슴 아팠다. 바닥에는 부채살 무늬가 있는 가리비, 망치조개, 코키나 조개, 밤고둥, 투구조개, 천사의 날개 같은 비단호두조개를 비롯하여 무진장한 해산물이 가득 널려 있었다. 하지만 그렇다고 걸음을 멈출 수도 없는 노릇. 우리는 계속 앞으로 나아갔다. 고깔해파리 떼가 군청색 촉수를 끌면서 우리 위를 지나갔다. 둘레에 하늘색 꽃줄

크레스포 섬의 해저 풍경

장식이 달려 있는 해파리의 갓은 젖빛이나 오묘한 장밋빛을 띠고 있어서 햇빛을 양산처럼 가려주었고, 대합은 주위가 어두웠다면 인광을 흩뿌려 우리 앞길을 밝혀주었을 것이다.

나는 어서 따라오라고 계속 손짓을 보내고 있는 네모 선장을 따라 거의 쉬지 않고 걸어가면서, 500미터 안에 있는 이 모든 경이로운 것들을 눈에 담았다. 곧이어 바닥의 상태가 바뀌었다. 평평한 모래밭이 사라지고, '연니'(軟泥)[85]라고 부르는 끈적끈적한 진흙층이 나타났다. 이어서 우리는 아직 물에 떠내려가지 않고 왕성하게 자라고 있는 해초밭을 지나갔다. 곱게 짠 옷감 같은 이 해초밭은 잔디처럼 푹신해서, 사람 손으로 짠 양탄자 같았다.

식물은 우리 앞에만 펼쳐져 있는 것이 아니라 위에도 있었다. 지금까지 알려진 2천여 종의 풍부한 해초들 가운데 몇 가지가 해수면에 얼기설기 얽혀서 격자시렁 같은 모양을 이루고 있었다. 기다란 리본처럼 물에 떠 있는 해초가 보였다. 공 모양의 해초도 있고, 관 모양의 해초도 있었다. 녹조류는 수면에 더 가까이 떠 있고, 홍조류는 중간 깊이에 떠 있고, 가장 깊은 곳에서 바다 정원이나 꽃밭을 만드는 일은 갈조류나 흑조류가 떠맡고 있었다.

이 해초들은 실로 창조의 기적이며, 세계 식물계의 경이라고 할 수 있다. 지구에서 가장 작은 식물도 가장 큰 식물도 모두 해초다. 넓이가 5평방밀리미터밖에 안 되는 곳에 거의 눈에 보이지 않을 만큼 작은 식물이 4만 개나 모여 있는가 하면, 길이가 무려 500미터가 넘는 해초도 발견되었기 때문이다.

우리가 '노틸러스' 호를 떠난 지 한 시간 반이 지났다. 정오가 다 되고 있었다. 나는 햇빛이 더 이상 굴절하지 않고 수직으로 내리꽂히는 것을 보고 정오가 된 것을 알아차렸다. 마술적인 색깔들은 서서히 사라져가고 있었다. 에메랄드와 사파이어 색은 우리의 하늘에서 희미해졌다. 우리는 규칙적으로 걸음을 내딛고 있었다. 바닥을 밟을 때마다 발소리가 놀랄 만큼 크게 울려 퍼졌다. 아주 작은 소리도 엄청나게 빠른 속도로 전달되었다. 육상에서는 귀가 그렇게 빠른 속도로 전달되는 소리에 익숙지 않다. 물은 공기보다 더 좋은 소리 전도체라서 공기보다 네 배나 빨리 소리를 전달하기 때문이다.

이때 바닥이 아래쪽으로 가파르게 기울어졌다. 햇빛은 전혀 굴절하지 않고 한 가지 색깔이 되었다. 우리는 수심 100미터 깊이에 이르렀고, 이제 10기압의 수압을 받고 있었다. 하지만 나는 잠수복 덕분에 수압의 영향을 전혀 느끼지 못했다. 손가락이 조금 뻣뻣해졌을 뿐이지만, 이 불편도 곧 사라졌다. 익숙지 않은 옷을 입고 두 시간 동안이나 걸었으니 피곤할 만도 한데, 피로감도 전혀 없었다. 물의 부력 덕분에 나는 놀랄 만큼 쉽게 움직이고 있었다.

100미터 깊이에서도 나는 희미하게나마 여전히 햇빛을 볼 수 있었다. 강렬한 햇빛은 이제 낮이 밤으로 바뀔 때의 불그레한 어스름으로 변해 있었다. 하지만 그래도 길은 충분히 찾을 수 있을 만큼 밝아서, 아직은 룸코르프 램프를 켤 필요가 없었다.

바로 그때 네모 선장이 걸음을 멈추었다. 그는 내가 따라잡기를 기다렸다가, 그리 멀지 않은 곳에 어둠을 배경으로 어렴풋이 떠오른 검은 형체를 가리켰다.

'저게 크레스포 섬의 숲인 모양이군' 하고 나는 생각했다. 내 생각이 옳았다.

17

해저의 숲

우리는 마침내 숲 언저리에 이르렀다. 그 숲은 네모 선장의 광대한 왕국에서 가장 아름다운 곳이었을 것이다. 네모 선장은 그 숲을 자기 것으로 생각했고, 태초에 이 세상에 처음 나타난 인간처럼 그 숲에 대한 소유권을 주장했다. 어쨌든 해저의 토지를 놓고 그와 소유권을 다툴 사람이 어디 있겠는가? 네모 선장보다 더 용감한 개척자가 도끼를 들고 와서 검은 덤불을 베어낼 수 있겠는가?

숲은 나무처럼 거대한 식물로 이루어져 있었다. 그 거대한 식물 아치 밑으로 들어가자마자 기묘한 가지의 형태가 눈을 사로잡았다. 그렇게 놀라운 형태를 본 것은 난생 처음이었다.

바닥을 카펫처럼 뒤덮고 있는 풀도, 관목의 무성한 가지도, 어느 것 하나 바닥을 기거나 아래로 늘어져 있지 않았다. 수평으로 뻗은 것도 없었다. 모두가 하나같이 수면을 향해 올라가고 있었다. 가느다란 꽃실도, 아무리 얇은 풀잎도, 강철 줄기처럼 똑바로 곧게 서 있었다. 해초와 덩굴식물은 좁은 곳에 빽빽이 밀집해 있었고, 태어난 환경의 그러한 과밀 상태에 순응하여 엄격한 수직선을 따라 자라고 있었다. 식물들은 움직이지 않았지만, 내가 손으로 움직이면 당장 원래 위치로 돌아갔다. 이곳은 수직이 지배하는 영토였다.

나는 이 기묘한 숲과 그 주변의 어스름에 곧 익숙해졌다. 숲의 바닥에는 날카로운 바위가 잔뜩 박혀 있어서 피하기가 어려웠다. 해저 식물상은 비교적 완전해 보였고, 식물이 다양하지 않은 열대나 극지방보다 훨씬 풍부했다. 하지만 나는 한동안 무심결에 동물계와 식물계를 혼동했다. 동물인 식충류를 수생식물로 착각한 것이다. 하지만 그런 실수를 하지 않을 사람이 어디 있겠는가? 해저 세계에서는 동물과 식물이 너무나 비슷했다.

나는 식물계의 모든 산물이 겉보기에만 바닥에 붙어 있는 것을 알아차렸다. 뿌리가 없는 수생식물은 자기가 달라붙어 있는 고착점에 관심이 없었다. 고착점이 모래든 조가비든 자갈이든 무척추동물의 외골격이든 상관하지 않았다. 고착점은 생명을 유지하기 위해서가 아니라 단순한 접촉점으로 필요할 뿐이었다. 이 식물들은 스스로 번식했고, 생존의 원동력은 그들을 낳고 키워주는 물이었다. 대부분의 식물은 잎을 내는 대신, 환상적인 모양의 박판을 갖고 있었다. 하지만 박판의 색깔은 비교적 좁은 범위에 한정되어 있어서 분홍색·진홍색·초록색·연두색·황갈색·갈색뿐이었다. 나는 산들바람에 애원하는 듯이 보이는 부채꼴의 비단풀, 어린 가지를 뻗고 있는 미역, 꼬불꼬불한 것을 다펴면 높이가 15미터나 되는 다시마, 꼭대기에서부터 줄기가 자라는 삿갓말, 그밖에 꽃이 피지 않는 온갖 심해 식물을 다시 본

셈이지만, 이번에는 '노틸러스' 호의 표본처럼 말린 것이 아니라 살아 있는 것들이었다. 어느 재치있는 박물학자는 이렇게 말했다. "동물계는 꽃을 피우고 식물계는 꽃을 피우지 않는 기묘한 세계"라고.

온대의 나무만큼 크고 다양한 관목들 사이나 그 축축한 그늘에는 살아 있는 꽃을 가진 진짜 덤불이 자라고 있었다. 식충류로 이루어진 산울타리 위에서 복잡한 줄무늬가 얼기설기 새겨진 뇌산호가 활짝 꽃을 피우고 있었다. 투명에 가까운 촉수를 가진 노란 카리오필룸, 무리를 이루고 있는 말미잘, 벌새처럼 이 가지에서 저 가지로 날아다니는 파리고기가 환상적인 분위기를 자아내고 있었다. 가시 돋친 턱과 날카로운 비늘을 가진 노란 레피산트와 모노칸티드가 도요새 무리처럼 우리 발 밑에서 튀어올랐다.

1시쯤 네모 선장이 정지 신호를 보냈다. 길고 얇은 잎이 화살처럼 서 있는 나무 그늘 밑에 몸을 쭉 뻗고 드러누웠을 때 나는 무척 기뻤다.

이 휴식 시간은 꿀맛이었다. 아쉬운 점은 대화의 즐거움을 맛볼 수 없다는 것뿐이었다. 하지만 말을 할 수도 없었고, 대답할 수도 없었다. 나는 그저 내 헬멧을 콩세유의 헬멧 가까이 가져갔을 뿐이다. 나는 그 훌륭한 젊은이의 눈이 기쁨으로 빛나는 것을 볼 수 있었다. 콩세유는 만족감을 나타내기 위해 거북 등딱지 같은 잠수복 안에서 익살스럽게 몸을 움직였다.

네 시간 넘게 걸었는데도 배가 고프지 않은 것이 놀라웠다. 내 위장이 무엇 때문에 허기를 느끼지 않았는지는 나도 모르겠다. 하지만 식욕이 없는 것과는 반대로 자고 싶은 욕망은 억누를 수가 없었다. 이것은 모든 잠수부들에게 일어나는 일이다. 그때까지는 걷고 있었기 때문에 졸음을 이겨낼 수 있었지만, 이제 움직임을 멈추자 두꺼운 유리 뒤에서 당장 눈이 감겼다. 나는 저항할 수 없는 잠 속으로 빠져들었다. 사실 나는 네모 선장과 그의 우락부락한 부하를 흉내내고 있었다. 그들은 벌써 크리스털처럼 투명한 물 속에 길게 드러누워 깊이 잠들어 있었다.

얼마나 오래 잤는지는 모르지만, 다시 깨어나 보니 어느새 해가 수평선 쪽으로 기울어가고 있는 듯했다. 네모 선장은 벌써 일어나 있었다. 나는 기지개를 켜려다가 뜻밖의 광경을 보고 벌떡 일어났다.

겨우 몇 걸음 떨어진 곳에서 키가 1미터나 되는 무시무시한 거미게가 금방이라도 덤벼들 태세를 갖추고 교활한 눈빛으로 나를 노려보고 있었다. 내 잠수복은 거미게한테 물려도 끄떡하지 않을 만큼 두꺼웠지만, 그래도 나는 겁에 질려 부들부들 떨지 않을 수 없었다. 바로 그때 콩세유와 '노틸러스' 호 선원이 깨어났다. 네모 선장이 부하에게 그 기괴한 갑각류를 가리키자, 부하는 개머리판으로 단번에 거미게를 때려눕혔다. 나는 괴물의 징그러운 다리가 끔찍한 경련을 일으키며 뒤틀리는 것을 보았다. 이 사건으로 나는 어두운 심해에는 분명 거미게보다 훨씬 가공할 동물들이 출몰하고, 내 잠수복은 그런 강력한 동물의 공격에서 나를 지켜주지 못하리라는 것을 깨달았다. 그때까지는 한 번도 그런 생각을 해본 적이 없었지만, 이제 나는 눈을 크게 뜨고 잠시도 경계를 게을리하지 않기로 결심했다. 어쨌든 이 휴식은 여기서 소풍을 끝내고 돌아간다는 신호일 것이다. 하지만 내 예상은 빗나갔다. 네모 선장은 '노틸러스' 호로 돌아가는 대신, 대담한 모험을 계속했기 때문이다.

무시무시한 거미게

바닥은 여전히 내리막이었다. 기울기가 점점 가팔라지면서 우리를 더 깊은 심해로 데려갔다. 수심이 150미터쯤 되는 곳에서 깎아지른 절벽 사이에 끼여 있는 좁은 골짜기에 도착한 것은 3시쯤이었을 것이다. 훌륭한 장비 덕분에 우리는, 그때까지 인간이 잠수할 수 있는 한계로 여겨졌던 깊이를 무려 90미터나 돌파했다.

나는 수심이 150미터라고 말했지만, 사실 깊이를 측정할 수 있는 기구는 전혀 없었다. 하지만 아무리 맑은 바다에서도 햇빛이 수심 150미터보다 더 깊이 뚫고 들어갈 수는 없었다. 내가 있는 곳에서는 열 걸음 떨어져 있는 것도 보이지 않았다. 그래서 손으로 더듬으며 앞으로 나아가고 있는데, 갑자기 눈부시게 하얀 빛이 보였다. 네모 선장이 램프를 켠 것이다. 그의 부하도 램프를 켰다. 콩세유와 나도 그들을 본받았다. 나는 나사를 돌려 코일과 유리 나사선을 접속시켰다. 네 개의 불빛은 사방 25미터의 바다를 환히 비추었다.

네모 선장은 어두운 숲속으로 계속 뚫고 들어갔다. 관목은 점점 드물어지고 있었다. 나는 식물이 동물보다 더 빨리 사라지고 있다는 것을 알아차렸다. 수생식물은 이미 메마른 바닥을 포기하고 있었지만, 식충류 · 절지동물 · 연체동물 · 어류 같은 동물은 아직도 많이 볼 수 있었다.

나는 걸으면서 룸코르프 램프에서 나오는 불빛이 이 어두운 심해의 주민들을 자동적으로 끌어들일 거라고 생각했다. 하지만 동물들은 불빛에 가까이 와도, 사냥꾼을 실망시킬 만큼 먼 거리를 유지했다. 나는 네모 선장이 걸음을 멈추고 총을 겨누는 것을 여러 번 보았다. 하지만 잠시 관찰한 뒤 선장은 다시 일어나 걸어가곤 했다.

4시쯤, 우리의 멋진 해저 탐험이 마침내 끝났다. 어마어마하게 높은 암벽이 앞을 가로막고 우뚝 솟아 있었다. 거대한 바윗덩어리로 이루어진 화강암 절벽이었다. 절벽에는 어두운 동굴이 뚫려 있었지만, 올라갈 수 있는 길은 전혀 없었다. 이것은 크레스포 섬의 해안이었다. 다시 말하면 육지였다.

선장이 갑자기 걸음을 멈추었다. 그의 신호를 받고 우리도 멈췄다. 내가 아무리 그 절벽 너머로 가고 싶어도 걸음을 멈출 수밖에 없었다. 네모 선장의 영토는 여기서 끝났다. 선장은 자신의 영토를 떠나고 싶어하지 않았다. 그 경계선 너머에는 네모 선장이 다시는 발을 들여놓으려 하지 않는 육지가 놓여 있었다.

우리는 발길을 돌렸다. 네모 선장이 또다시 앞장서서 작은 원정대를 이끌었다. 그는 잠시도 망설이지 않고 길을 찾았다. '노틸러스' 호로 돌아가는 길은 아까 왔던 길과는 다른 것 같았다. 새 길은 아주 가파르고 그래서 무척 힘들었지만, 순식간에 우리를 수면 가까이로 데려갔다. 그래도 감압이 지나치게 빨리 일어날 정도는 아니었다. 수압이 너무 갑자기 줄어들면 몸에 심각한 혼란이 일어나 잠수부들에게 치명적인 내상을 일으켰을 것이다. 곧 햇빛이 나타나 점점 강해졌다. 태양은 이미 수평선 위에 낮게 떠 있었기 때문에, 다시 빛이 굴절하여 스펙트럼 고리가 나타났다.

수심 10미터 깊이에서 우리는 온갖 종류의 작은 물고기 떼 사이를 지나갔다. 그것들은 하늘을 나는 새보다 더 수가 많고 더 활기찼지만, 총을 쏠 만한 사냥감은 아직 우리 눈앞에 나타나지 않았다.

선장이 갑자기 걸음을 멈추었다

그때 갑자기 선장이 총을 들어 관목 사이에서 움직이는 물체를 겨누는 것이 보였다. 총알이 발사되었다. 희미하게 쉿쉿거리는 소리가 들리더니, 몇 걸음 떨어진 곳에 동물 하나가 떨어졌다.

그것은 커다란 해달이었다. 네발짐승 중에서 오로지 바다에서만 사는 유일한 동물이다. 길이가 1.5미터나 되는 해달은 확실히 귀중했다. 위쪽은 밤색이고 아래는 은색인 해달 모피는 러시아와 중국 시장에서 대단한 인기를 얻고 있었다. 해달 모피는 윤이 나고 아름다워서, 적어도 2천 프랑의 가치가 있었다. 나는 동그란 머리와 짧은 귀, 둥근 눈, 고양이처럼 하얀 수염, 물갈퀴와 발톱이 달린 발, 털이 더부룩한 꼬리를 가진 이 진기한 동물을 감탄하는 눈으로 바라보았다. 이 귀중한 육식동물은 어부들의 남획으로 희귀동물이 되어가고 있었다. 해달은 주로 북태평양에서 피난처를 찾았지만, 이곳에서도 해달은 곧 절멸할 터였다.

네모 선장의 부하가 다가와서 해달을 어깨에 둘러멨다. 우리는 다시 출발했다.

한 시간 동안 모래 평원이 우리 앞에 펼쳐졌다. 모래 평원은 수면에서 2미터도 안 되는 곳까지 올라갈 때도 많았다. 그러면 나는 수면에 거꾸로 비친 우리의 영상을 또렷이 볼 수 있었다. 우리의 머리 위에는 우리의 모든 움직임과 몸짓을 복제한 똑같은 무리가 나타났다. 그들은 물구나무를 서서 행진하고 있다는 것만 빼고는 모든 점에서 우리와 똑같았다.

또 다른 광경도 내 관심을 끌었다. 그것은 구름의 변화였다. 구름은 순식간에 만들어졌다가 순식간에 사라졌다. 하지만 다시 잘 생각해보니, 내가 구름이라고 생각한 것은 너울의 높이가 변화하기 때문에 생겨나는 현상이었다. 물마루가 부서지면 수면에

양떼 같은 물거품이 생긴다는 것도 나는 알아차렸다. 나는 머리 위를 지나가는 커다란 새들의 그림자도 좇을 수 있었다. 새들이 지나가면 수면에 가벼운 자국이 남았기 때문이다.

내가 사냥꾼의 심금을 울리는 가장 멋진 사격 솜씨를 목격한 것은 바로 그때였다. 커다란 새 한 마리가 날개를 활짝 펴고 우리 쪽으로 내려오고 있었다. 물 속에서도 새의 모습을 또렷이 볼 수 있었다. 네모 선장의 부하가 총을 겨누고 있다가, 새가 수면에서 겨우 몇 미터 떨어진 곳까지 내려왔을 때 총을 쏘았다. 새는 수면에 떨어졌다가 솜씨좋은 사냥꾼의 손이 닿는 곳으로 내려왔고, 사냥꾼은 가까이 내려온 새를 재빨리 낚아챘다. 그것은 바다새 중에서도 가장 멋진 알바트로스였다.

우리는 두 시간 동안 모래 평원과 해초 초원을 걸었다. 초원은 걷기가 무척 어려웠다. 실제로 나는 걸음을 거의 떼어놓을 수가 없었다. 바로 그때 1킬로미터쯤 떨어진 곳에서 어두운 물을 꿰뚫고 있는 희미한 불빛이 보였다. '노틸러스' 호의 탐조등이었다. 우리는 20분도 지나기 전에 배로 돌아갈 수 있을 테고, 나는 마음대로 숨을 쉴 수 있을 것이다. 내가 짊어진 탱크 속에는 산소가 충분치 않아서 숨을 쉬기가 어려웠기 때문이다. 하지만 우리의 귀환을 약간 지연시킨 사건이 일어날 줄은 나도 미처 예상치 못했다.

나는 스무 걸음쯤 뒤처져 있었는데, 갑자기 네모 선장이 내 쪽으로 돌아오는 것이 보였다. 그는 힘센 손으로 나를 떠밀어 넘어뜨렸고, 그의 부하도 콩세유에게 똑같은 짓을 했다. 처음에는 그들이 왜 다짜고짜 우리를 공격하는지 알 수가 없었지만, 선장이 내 옆에 엎드려 꼼짝하지 않는 것을 보고 안심했다.

커다란 새 한 마리가 날개를 활짝 펴고……

나는 해초 덤불 속에 쓰러져 있다가 살짝 고개를 들어보았다. 거대한 형체가 인광을 내면서 요란하게 지나가는 것이 보였다.

혈관 속에서 피가 얼어붙었다! 가공할 상어들이 우리를 노리고 있었던 것이다. 그것은 청새리상어 한 쌍이었다. 청새리상어는 거대한 꼬리와 흐리멍덩한 눈을 가지고 있고, 주둥이 옆에 나 있는 구멍으로 인광 물질을 분비하는 무시무시한 짐승이다. 쇠처럼 단단한 턱으로 사람 하나를 통째로 씹어 으깰 수 있는, 괴물처럼 시뻘건 주둥이! 콩세유가 그들을 분류하느라 바쁜지 어떤지는 알 수 없지만, 나는 뾰족한 이빨이 잔뜩 돋아나 있는 위협적인 주둥이와 희멀건 뱃가죽을 과학적인 관점에서 연구할 배짱은 거의 없었다. 나는 박물학자가 아니라 그 상어들한테 잡아먹힐 수 있는 사냥감으로서 그들을 바라보았다.

다행히 그 탐욕스러운 짐승은 눈이 나쁘다. 그들은 갈색 꼬리로 우리를 스치면서도 우리를 알아차리지 못하고 지나갔다. 이것은 밀림 한복판에서 호랑이를 만난 것보다 더 위험한 만남이지만, 우리는 기적처럼 그 위험에서 벗어났다.

30분 뒤에 우리는 탐조등의 안내를 받아 '노틸러스' 호에 도착했다. 바깥문은 아직 열려 있었다. 네모 선장은 우리가 첫 번째 방으로 들어가자마자 그 문을 닫았다. 그러고는 버튼을 눌렀다. 배 안에서 펌프가 작동하는 소리가 들렸다. 나는 주위에서 수위가 내려가는 것을 느꼈다. 잠시 후에는 방의 물이 완전히 빠져나갔다. 안쪽 문이 열리고, 우리는 탈의실 안으로 들어갔다.

이곳에서 우리는 잠수복을 벗었다. 그것도 쉬운 일은 아니었다. 나는 기진맥진했고, 온종일 음식도 못 먹은 데다 졸려서 금방이라도 쓰러질 것 같았다. 나는 이 놀라운 해저 소풍에 더없이 경탄한 채 내 방으로 돌아갔다.

18

태평양 해저 4천 리

이튿날인 11월 18일 아침, 나는 어제의 피로에서 완전히 회복되어 있었다. 상갑판으로 올라가 보니, 때마침 '노틸러스' 호의 부관이 아침마다 외치는 그 말을 하고 있었다. 그 순간, 그 문장은 바다 상태에 관한 것일지도 모른다는 생각이 떠올랐다. 어쩌면 그 문장은 '아무것도 보이지 않는다' 는 뜻이 아닐까.

실제로 바다는 텅 비어 있었다. 수평선에 돛대 하나 보이지 않았다. 크레스포 섬의 고지대도 밤새 사라져버렸다. 바다는 파란빛만 빼고는 프리즘의 모든 빛깔을 흡수하고, 파란빛을 사방으로 반사하여 아름다운 쪽빛을 띠었다. 긴 무지개가 너울거리는 물결 위에 규칙적으로 나타났다.

내가 그 멋진 풍경에 감탄하고 있을 때 네모 선장이 나타났다. 그는 내가 있다는 것을 모르는 듯, 일련의 천체 관측을 시작했다. 그 일이 끝나자 탐조등을 둘러싸고 있는 테두리에 기대어 먼 바다를 물끄러미 바라보았다.

그러는 동안 20명쯤 되는 선원들이 상갑판으로 올라왔다. 모두 건장하고 힘센 사내들이었다. 그들은 밤새 쳐둔 그물을 끌어올리러 온 것이다. 그들의 국적은 다양해 보였지만, 모두 유럽인의 전형적인 특징을 지니고 있었다. 나는 그들 속에서 아일랜드인, 프랑스인, 그리스인, 크레타인이 분명한 사람을 하나씩 찾아냈고, 슬라브인도 몇 명 찾아냈다. 그들은 되도록 말을 아꼈고, 자기들끼리는 어느 나라 말인지 짐작조차 할 수 없는 그 이상한 언어만 사용했다. 따라서 나는 그들에게 질문하는 것을 포기할 수밖에 없었다.

그물이 배 위로 인양되었다. 그물은 노르망디 연안에서 사용하는 저인망이었다. 주머니 모양의 그물은 바다에 떠 있는 활대 때문에 반쯤 열려 있었고, 바닥 그물에는 사슬이 꿰어져 있었다. 쇠틀로 주머니를 끌고 다니면, 주머니는 바다 밑바닥을 쓸면서 해산물을 긁어모은다.

그날은 어족이 풍부한 이곳 수역에서 진기한 물고기가 몇 마리 걸려들었다. 우스꽝스러운 몸놀림 때문에 '광대'라는 별명이 붙은 아귀, 빨간색 좁은 줄무늬가 있는 파랑쥐치, 맹독을 지닌 복어, 올리브색을 띤 칠성장어, 은빛 비늘로 덮여 있는 마크로히눔, 전기뱀장어나 전기가오리와 맞먹는 강력한 전기를 가진 얼룩통구멍, 갈색 줄무늬를 가진 노톱테리드, 초록빛을 띤 대구, 다양한 망둥이. 대형 물고기도 몇 마리 잡혔다. 길이가 1미터나 되는 갈고등어 한 마리, 푸른색과 은색으로 장식된 가다랭이 몇 마리, 그리고 당당한 참치도 세 마리나 잡혔다. 그렇게 빨리 헤엄치는 참치도 저인망을 벗어나지는 못했다.

그물에 걸린 고기는 어림잡아 500킬로그램쯤 되어 보였다. 상당히 많은 어획량이지만, 그렇다고 깜짝 놀랄 정도는 아니었다. '노틸러스' 호는 몇 시간 동안 그물을 끌고 다니면서 바다 세계에 사는 모든 생물을 그 밧줄 감옥에 집어넣었다. '노틸러스' 호가 빠른 속도로 달리면서 불빛으로 물고기들을 유인한 덕분에 싱싱하고 맛있고 푸짐한 음식이 보장되었다.

이 다양한 해산물은 당장 저장실로 보내져, 일부는 싱싱한 채로 요리되고 나머지는 보존되었다.

어로작업이 끝나고 공기가 새로 보충되자, 나는 '노틸러스' 호가 다시 해저 여행을 계속할 거라고 생각했다. 그래서 내 방으로 돌아갈 준비를 하고 있는데, 네모 선장이 나를 돌아보며 불쑥 말을 걸었다.

"이 바다를 보세요, 박사. 바다야말로 진정한 생명을 갖고 있지 않습니까? 화를 내기도 하고 때로는 부드러워지는 순간도 있지 않습니까? 어제는 바다도 우리처럼 잠들었지만, 평화로운 밤을 보내고 이제 다시 깨어나고 있군요!"

안녕하냐는 말도, 잘 잤느냐는 말도 없었다! 남이 들었다면, 이미 시작된 대화를 계속하고 있는 줄 알았을 것이다.

"보세요." 선장은 다시 말을 이었다. "태양의 애무를 받으면서 깨어나고 있습니다! 다시금 하루의 생활을 시작하려 하고 있어요! 바다라는 생명체의 모든 생활을 연구하는 것은 얼마나 흥미로운지 모릅니다! 바다는 맥박이 뛰고, 동맥이 있고, 발작을 일으킵니다. 바다에서도 실제로 동물의 혈액 순환과 똑같은 순환이 일어난다는 사실을 발견한 모리 대령을 나는 전적으로 지지합니다."

네모 선장은 내 대답을 기대하는 것도 아닌 눈치여서, '맞습니다'라느니 '그럼요'라느니 '옳으신 말씀'이라느니 맞장구를 치는 것은 무의미하게 여겨졌다. 선장은 한 마디 할 때마다 오랫동안 뜸을 들이면서, 주로 자신에게 말하고 있었다. 말하자면 나를 상대로 혼잣말을 하고 있었다.

"그렇습니다." 선장이 다시 말을 이었다. "바다는 실제로 순환하고 있습니다. 그리고 세상 만물을 창조하신 조물주는 바다가 끊임없이 움직이도록 바다에 열과 소금과 작은 동물을 늘려주었습니다. 조물주가 해야 할 일은 그것뿐이었지요. 열은 밀도의 차이를 낳고, 밀도의 차이는 조류를 일으킵니다. 극지방에서는 증발이 거의 일어나지 않지만 열대지방에서는 증발이 아주 빨리 일어나기 때문에, 열대와 극지방의 물은 끊임없이 교환됩니다. 나는 수면의 물이 바닥으로 내려왔다가 다시 위로 올라가는 것도 발견할 수 있었어요. 그것이야말로 바다의 호흡입니다. 나는 수면에서 덥혀진 소금물 분자가 깊은 곳으로 내려가고, 영하 2도에서 최대 밀도에 도달하고, 온도가 더 내려가면 가벼워져서 다시 위로 올라가는 것을 관찰했습니다. 북극과 남극에 가면 이 현상의 결과를 직접 보게 될 테고, 선견지명을 가진 이 자연의 법칙을 통해 얼음이 수면에서만 만들어질 수 있는 이유도 이해하게 될 겁니다."

네모 선장이 말하는 동안 나는 속으로 중얼거렸다. '남극이라고! 이 대담한 사람은 우리를 거기에 데려갈 수 있다는 건가?'

선장은 입을 다물고, 자기가 그토록 끊임없이 연구한 영역을 바라보고 있었다. 그러고는 다시 말을 이었다.

"바다에는 엄청나게 많은 양의 소금이 있습니다. 바다에 녹아 있는 소금을 추출해내면 2억 8000만 입방킬로미터가 되는데, 이것을 지구 전체에 깔아놓으면 10미터가 넘는 소금층이 생겨날 겁니다. 이렇게 많은 소금이 바다에 녹아 있는 것을 단순한 자연의 변덕으로 생각지는 마세요. 절대 그렇지 않습니다. 소금은 바닷물의 증발을 방해하고, 그래서 바람이 지나치게 많은 수증기를 가져가버리는 것을 막아주지요. 바람이 수증기를 너무 많이 머금고 있으면 온대지방은 온통 물에 잠겨버릴 겁니다. 소금은 지구 전체의 경제를 안정시키는 중요한 역할을 맡고 있는 셈입니다!"

네모 선장은 말을 끊고 벌떡 일어나 상갑판을 가로질러 몇 걸음 걸어가다가 나에게로 돌아왔다. 그러고는 다시 말을 이었다.

"바다에 살고 있는 작은 동물인 적충류의 역할도 그에 못지않게 중요합니다. 적충류는 한 방울의 물에도 수백만 마리나 들어 있고, 1밀리그램이 되려면 80만 마리가 모여야 할 만큼 작은 생물이지만, 바다의 소금을 흡수하고 바닷물의 고체 성분을 흡수하여 산호와 돌산호를 만들지요. 따라서 적충류야말로 석회질 대륙을 만든 진정한 건설자입니다. 미네랄 성분을 빼앗긴 물방울은 가벼워져서 수면으로 올라오고, 물이 증발한 뒤 수면에 남아 있던 소금을 흡수하여 무거워집니다. 그러면 다시 작은 동물들이 흡수할 수 있는 새로운 성분을 가지고 아래로 내려가지요. 그리하여 올라가고 내려가는 이중의 흐름이 생겨나고, 끊임없는 움직임과 영원한 생명이 생겨나는 겁니다! 바다에서는 육지보다 더 격렬하고 더 활발하고 더 헤아릴 수 없을 만큼 무한한 생명이 곳곳에서 번창하고 있습니다. 인간에게는 바다가 죽음의 세계지만, 수많은 동물들에게는 생명의 세계입니다. 그리고 나한테도!"

이런 식으로 열변을 토하는 네모 선장은 완전히 딴사람이 되어 있었다. 그는 내 마음에 이상한 감동을 불러일으켰다.

"이곳에는 진정한 생명이 있습니다! 나는 바다에 도시를 세우는 것도 상상할 수 있습니다. '노틸러스' 호처럼 아침마다 숨을 쉬기 위해 수면으로 올라오는 해저 주택들이 모여 있는 곳, 자유로운 도시, 독립된 도시들! 하지만 또 모르지요. 어떤 폭군이……."

네모 선장은 격렬한 몸짓으로 말을 끝냈다. 그러고는 불쾌한 생각을 떨쳐버리려는 듯 나에게 직접 말을 걸었다.

"아로낙스 박사, 바다의 깊이가 얼마나 되는지 아십니까?"

"내가 알고 있는 건 주요 측량 결과뿐입니다."

"내가 확인할 수 있도록 그걸 말씀해주시겠습니까?"

"내가 기억하고 있는 숫자를 몇 가지 말씀드리죠. 내 기억이 정확하다면, 북대서양의 평균 수심은 8200미터, 지중해의 평균 수심은 2500미터로 밝혀졌습니다. 가장 깊은 수심 측량은 남대서양의 남위 35도선 부근에서 이루어졌는데, 결과는 1만 2000미터와 1만 4091미터, 그리고 1만 5149미터였습니다. 요컨대 해저가 평평하다면 평균 수심은 약 7000미터가 될 겁니다."

"좋습니다, 박사." 네모 선장이 대답했다. "내가 그보다 많은 사실을 분명히 제시할 수 있다면 좋겠군요. 태평양의 이 일대는 평균 수심이 4000미터밖에 안 됩니다."

이렇게 말한 다음 네모 선장은 해치 쪽으로 가서 층층대를 내려갔다. 나도 그를 따라 객실로 들어갔다. 당장 스크루가 돌아가기 시작했고, 속도계는 곧 20노트를 가리켰다.

그후 며칠이 지나고 몇 주일이 지나는 동안, 네모 선장은 나를 거의 찾아오지 않았다. 나는 어쩌다 한번씩 그를 보았을 뿐이다. 부관은 정기적으로 우리의 위치를 확인하고 있었다. 나는 해도에 표시된 현재 위치를 보고 '노틸러스' 호의 진로를 정확히 알 수 있었다.

콩세유와 네드는 나와 함께 많은 시간을 보냈다. 콩세유는 해저 소풍 때 본 놀라운 광경을 친구에게 말해주었고, 캐나다인은 우리와 함께 가지 않은 것을 못내 아쉬워했다. 하지만 나는 앞으로도 바다의 숲을 찾아갈 기회가 또 있을 거라고 생각했다.

객실 금속판은 거의 날마다 몇 시간씩 열렸지만, 해저 세계의 신비는 아무리 봐도 싫증이 나지 않았다.

'노틸러스' 호의 진행 방향은 대체로 남동쪽이었고, 수심 100미터 내지 150미터 깊이에 계속 머물러 있었다. 그런데 어느날 '노틸러스' 호가 기묘한 변덕을 부려서, 경사판을 이용하여 갑자기 2000미터 깊이까지 내려갔다. 온도계는 섭씨 4.25도를 가리켰다. 이 깊이에서는 어느 위도에서나 온도가 일정한 것 같았다.

11월 26일 오전 3시, '노틸러스' 호는 서경 172도 지점에서 북회귀선을 통과했다. 27일에는 그 유명한 쿡 선장[86]이 1779년 2월 14일 죽음을 맞은 하와이 제도 근처를 통과했다. 이때 우리는 출발점에서 4860해리 떨어진 곳에 있었다. 그날 아침 상갑판으로 올라가 보니, 바람 불어가는 쪽으로 3킬로미터쯤 떨어진 곳에 하와이 제도를 이루는 일곱 섬 중에서 가장 큰 하와이 섬이 보였다. 해변의 농경지, 해안선과 나란히 달리는 산맥들, 해발 4200미터 높이로 우뚝 솟은 마우나케아 산을 또렷이 볼 수 있었다. 그물에 걸려든 해산물 가운데 우아한 부채꼴의 단단한 말미잘은 이곳의 특산물이었다.

'노틸러스' 호는 여전히 남동쪽으로 달리고 있었다. 12월 1일 서경 142도 지점에서 적도를 통과했고, 계속해서 빠른 속도로

228

항해한 뒤 4일에는 마르키즈 제도가 보이는 곳에 이르렀다. 서경 139도 32분·남위 8도 57분 지점에서 5킬로미터쯤 떨어진 곳에, 프랑스 영토인 마르키즈 제도에서 가장 큰 누쿠히바 섬의 마르탱 곶이 보였다. 하지만 내가 본 것은 수평선 위로 우뚝 솟은 산봉우리들뿐이었다. 네모 선장이 육지에 가까이 가는 것을 좋아하지 않았기 때문이다. 그물이 또다시 수많은 해산물을 끌어올렸다. 연하늘색 지느러미와 황금빛 꼬리를 가진 만새기는 세상 어느 것과도 비교할 수 없을 만큼 맛이 좋다. 비늘이 거의 없지만 맛은 뛰어난 홀로김노시, 뼈 같은 턱을 가진 오스토린크, 가다랭이만큼 맛이 좋은 고등어—모든 물고기가 '노틸러스' 호의 주방에서 식용으로 분류될 가치가 있었다.

'노틸러스' 호는 프랑스 국기의 보호를 받고 있는 이 매력적인 섬들을 떠난 뒤, 12월 4일부터 10일까지 약 3000킬로미터를 항해했다. 이 항해에서 우리는 엄청나게 큰 무리를 지은 참오징어 떼를 만났다. 참오징어는 오징어와 밀접한 관계를 가진 연체동물이고, 실제로 프랑스 어부들은 이것을 오징어로 분류한다. 참오징어는 두족강 이새과에 속하는데, 여기에는 오징어와 꼴뚜기도 포함된다. 이 참오징어는 특히 고대의 박물학자들이 많이 연구했고, 갈레노스[87] 이전에 살았던 그리스의 의사 아테나이오스의 말을 믿는다면, 광장의 웅변가들에게 수많은 은유를 제공해주었을 뿐만 아니라, 부자들의 식탁에 오르는 맛있는 요리가 되기도 했다.

'노틸러스' 호가 야행성인 이 연체동물 군단을 만난 것은 12월 8일부터 9일에 걸친 밤이었다. 참오징어는 수백만 마리나 되었다. 그들은 청어와 정어리를 따라 온대에서 더 따뜻한 지방으로

참오징어는 수백만 마리나 되었다

이주하고 있었다. 우리는 객실 유리창을 통해, 그들이 물고기나 다른 연체동물을 쫓아다니고, 기관차 구실을 하는 튜브를 이용하여 뒤쪽으로 놀랄 만큼 빨리 헤엄치는 것을 지켜보았다. 작은 것은 잡아먹고 큰 것에는 잡아먹히면서, 자연이 머리를 부풀릴 수 있는 뱀의 머리장식처럼 그들의 머리에 심어놓은 열 개의 다리를 어지럽게 흔들어대는 것도 보았다. '노틸러스' 호는 속도가 빨랐지만, 몇 시간 동안이나 이 거대한 오징어 무리에 한데 섞여 항해했다. 그리고 끌어올린 그물에는 헤아릴 수 없이 많은 해산물이 걸려들었다. 그 중에서 나는 도르비니[88]가 태평양 특산물로 분류한 아홉 종의 동물을 찾아냈다.

이 항해에서는 바다가 가장 놀라운 광경을 끊임없이, 그리고 아낌없이 보여주었다. 그런 광경들은 한없이 다양하게 바뀌었다. 바다는 우리를 즐겁게 해주려고 무대와 배경을 계속 바꾸었고, 거기에 초대된 우리는 물 속에서 조물주의 작품을 감상했을 뿐만 아니라 바다의 가장 무서운 신비도 보았다.

12월 10일, 나는 객실에서 책을 읽고 있었다. 네드 랜드와 콩세유는 반쯤 열린 금속판의 유리창을 통해 불빛을 받은 바닷물을 지켜보고 있었다. '노틸러스' 호는 움직이고 있지 않았다. 물탱크를 가득 채운 '노틸러스' 호는 1000미터 깊이의 바닥에 놓여 있었다. 그 심해에는 생물이 거의 살지 않았고, 대형 물고기만 이따금 나타날 뿐이었다.

내가 읽고 있었던 책은 장 마세[89]가 쓴 《위장의 봉사자》라는 재미있는 책이었다. 내가 그 책의 현명한 가르침을 맛보고 있을 때 콩세유가 내 독서를 방해했다.

"잠깐만 이리 와주시겠습니까?" 여느 때와는 다른 말투였다.

"왜 그래, 콩세유?"

"주인님이 보셔야 할 게 있어서요."

나는 일어나서 유리창 쪽으로 몸을 기울이고 밖을 내다보았다.

환한 불빛 속에 검은빛을 띤 거대한 물체가 물 속에 가만히 떠 있었다. 나는 그 거대한 고래의 정체를 확인하려고 애쓰면서 유심히 관찰했다. 하지만 그때 문득 어떤 생각이 머리를 스쳤다.

"배다!" 나는 소리쳤다.

"맞습니다." 네드 랜드가 대답했다. "난파선이 가라앉은 거예요!"

네드의 말이 옳았다. 그것은 끊어진 밧줄이 아직도 매달려 있는 난파선이었다. 선체 상태가 좋아 보였으니까, 난파한 지 몇 시간밖에 지나지 않았을 것이다. 갑판에 60센티미터 높이의 돛대 밑둥 세 개가 남아 있는 것으로 보아, 배를 조종할 수 없게 되자 선원들이 돛대를 잘라버린 모양이었다. 하지만 배는 결국 옆으로 뒤집혀 물이 가득 들어찼을 것이다. 배는 아직도 좌현 쪽으로 기울어져 있었다. 물 속에 가라앉은 이 배의 잔해는 처참한 광경이었다.

하지만 갑판의 광경은 그보다 훨씬 비참했다. 갑판에는 아직도 몇 구의 시체가 밧줄로 꽁꽁 묶인 채 누워 있었다. 갑판에 있는 사람은 네 명이었다. 모두 남자였고, 그 중 하나는 아직도 키를 잡고 있었다. 그리고 아이를 두 팔로 끌어안은 채 뒷갑판 채광창에서 반쯤 빠져나온 여자가 보였다. 젊은 여자였다. 나는 그녀의 이목구비를 확인할 수 있었다. '노틸러스' 호의 환한 불빛을 받은 그 얼굴은 아직 물의 분해작용을 받지 않고 있었다. 그녀는 안간힘을 써서 아이를 머리 위로 들어올렸지만, 가엾은 어린것

그것은 난파선이었다

은 엄마의 목을 아직도 두 팔로 끌어안고 있었다. 네 선원의 모습은 보기만 해도 끔찍했다. 그들은 발작적인 움직임으로 몸이 뒤틀려 있었다. 몸을 배에 휘감고 있는 밧줄에서 벗어나려고 안간힘을 다하다가 죽어간 것이다. 조타수만이 침착하게 키를 움켜잡고 있었다. 그의 얼굴은 맑고 진지했다. 반백의 머리카락이 이마에 찰싹 달라붙어 있었다. 그는 깊은 바다 속에서도 여전히 난파선을 운전하고 있는 것 같았다.

얼마나 놀라운 광경인가! 우리는 최후의 순간에 찍은 사진처럼 조난 현장이 생생이 담겨 있는 이 난파선을 보고 심장만 격렬하게 고동칠 뿐, 아무 말도 나오지 않았다. 게다가 벌써 거대한 상어들이 사람 고기의 유혹에 이끌려 눈을 번득이며 다가오고 있는 것이 보였다.

'노틸러스' 호는 침몰한 배 주위를 돌고 있었다. 난파선 꽁무니에 적혀 있는 글자가 언뜻 눈에 띄었다.

'플로리다' 호, 선덜랜드.[90]

19

바니코로 섬

그 끔찍한 광경을 시작으로 '노틸러스' 호는 그후 수많은 조난 현장과 마주치게 되었다. '노틸러스' 호가 배들이 좀더 자주 다니는 해역으로 나왔을 때부터 우리는 완전히 썩어서 물 속에 떠 있는 난파선 잔해나 밑바닥에 가라앉아 녹슬어가고 있는 대포·포탄·닻·쇠사슬을 비롯한 수많은 쇠붙이를 목격했다.

하지만 '노틸러스' 호에 타고 있는 우리는 외딴 섬에 살고 있는 것 같았다. 12월 11일, 투아모투 제도가 시야에 들어왔다. 일찍이 부갱빌[91]이 '가공할 무리'라고 부른 이 제도는 서경 125도 30분에서 151도 30분, 남위 13도 30분에서 23도 50분 사이에, 뒤시 섬에서 라자레프 섬까지 동남동쪽에서 서북서쪽으로 2000킬로미터에 걸쳐 뻗어 있는 섬무리다. 860평방킬로미터의 면적을 차지하고 있는 투아모투 제도는 60여 개의 섬으로 이루어져 있고, 그 중에서도 특히 수복할 만한 것은 프랑스 보호령인 강비에 제도. 이 섬들은 산호섬인데, 산호의 활동으로 느리지만 꾸준히 상승하고 있으니까 언젠가는 섬들이 모두 연결될 것이다. 이 새로 생긴 섬은 다시 이웃 섬무리와 연결될 테고, 그리하여 나중에는 뉴질랜드와 누벨칼레도니 섬에서 마르키즈 제도까지 이어지는 다섯 번째 대륙이 생겨날 것이다.

내가 이 가설을 네모 선장에게 설명하자, 그는 시큰둥하게 대답했다.

"지구가 필요로 하는 것은 새로운 대륙이 아니라 새로운 인간입니다!"

우연하게도 '노틸러스' 호는, 1822년에 '미르니' 호의 벨링스하우젠[92] 선장이 발견한 클레르몽토뇌르 섬 근처를 지나게 되었다. 그래서 나는 이 해역의 섬들을 만들어낸 돌산호를 연구할 수 있었다.

돌산호를 산호와 혼동해서는 안 된다. 돌산호의 조직은 딱딱한 석회질 껍질로 덮여 있기 때문이다. 나의 훌륭한 스승인 밀른에드워즈는 돌산호 구조의 변화에 따라 돌산호를 다섯 종류로 분류했다. 폴립 모체를 분비하는 작은 동물은 구멍 속에 수십억 마리씩 살고 있는데, 그들의 몸을 덮고 있는 석회질은 침전하여 바위와 암초와 섬을 만든다. 때로는 둥근 고리를 이루어 초호(礁湖)라고 부르는 작은 호수를 둘러싸지만, 고리에 틈새가 있어서 바다와 이어져 있다. 누벨칼레도니 섬과 투아모투 제도 앞바다에 있는 산호초처럼 해안과 평행하는 보초(堡礁)를 이루기도 하고, 때로는 레위니옹 섬이나 모리셔스 섬의 경우처럼 가장자리가 깔쭉깔쭉한 암초를 이루기도 한다. 이 암초는 깎아지른 높은 절벽으로 되어 있어서, 그 근처 바다는 아주 가파르고 깊은 골짜기를 이룬다.

겨우 수백 미터 거리를 두고 클레르몽토뇌르 해안을 따라 항해하는 동안, 나는 육안으로는 볼 수 없을 만큼 작은 이 노동자들이 빚어낸 거대한 작품을 감탄하며 바라보았다. 절벽은 주로 의혈산호·갯산호·별산호·뇌산호라고 불리는 돌산호들의 작품이었다. 이 산호들은 특히 파도가 거친 해수면 근처에서 잘 자라기 때문에 위에서부터 토대를 만들기 시작하고, 분비물의 잔해가 많아지면서 차츰 아래로 내려간다. 적어도 그것이 다윈[93]의 가설이었다. 다윈은 이런 식으로 산호초의 형성 과정을 설명하고 있는데, 내가 보기에는 해수면 바로 밑에 잠겨 있는 산이나 화산 꼭대기에 돌산호가 산호초를 만든다는 가설보다 훨씬 그럴듯하다.

나는 이 진기한 절벽을 자세히 관찰할 수 있었다. 절벽 바로 옆에서 잰 수심은 300미터였고, 우리 배에서 나가는 불빛이 이 멋진 절벽을 환히 비추었기 때문이다.

콩세유는 이렇게 거대한 장벽이 생기려면 얼마나 오래 걸리느냐고 물었다. 그래서 내가 과학자들은 산호초의 성장 속도를 1세기에 3밀리미터로 계산했다고 대답하자, 콩세유는 깜짝 놀랐다.

"그럼 이 절벽이 만들어지려면 도대체……?"

"19만 2천 년이야. 그러니까 성경에 나오는 날수를 훨씬 넘어서지. 어쨌든 석탄은 홍수로 물에 잠긴 숲이 광물화한 것인데, 나무가 석탄이 되려면 그보다 훨씬 오랜 시간이 필요해. 하지만 성경의 '하루'는 두 차례의 해돋이 사이를 말하는 게 아니라 아주 긴 시간이야. 성경에 따르면 태양은 천지창조 첫날부터 존재한 게 아니니까."

'노틸러스' 호가 해수면으로 올라갔을 때, 나는 클레르몽토뇌르 섬의 전모를 볼 수 있었다. 나지막한 섬에 나무가 울창하게 우거져 있었다. 폭풍우와 회오리바람이 돌산호 바위를 비옥한 땅으로 만들어준 게 분명했다. 어느날 가까운 육지에서 태풍에 실려온 씨앗 하나가 부엽토로 덮인 석회암층에 떨어졌다. 이 부엽토는 썩은 물고기와 해초로 이루어진 것이었다. 코코야자 열매 하나가 파도에 떠밀려 새로 생긴 해안에 도착했다. 코코넛 씨앗은 거기에 뿌리를 내리고 싹을 틔웠다. 나무는 점점 자라서 물의 증발을 막아주었다. 시내가 생겨났다. 식물이 늘어나기 시작했다. 작은 동물과 벌레와 곤충이 다른 섬에서 나무줄기를 타고 바람에 밀려 해안에 도착했다. 거북이 알을 낳으러 왔고, 새들이 어린 나무에 둥지를 틀었다. 이런 식으로 동물이 늘어났고, 초목으로 뒤덮인 비옥한 토지에 이끌려 인간이 나타났다. 작은 동물의 거대한 작품인 이 섬들은 그렇게 형성되었다.

저녁 무렵 클레르몽토뇌르 섬은 멀리 사라지고, '노틸러스' 호는 눈에 띄게 진로를 바꾸었다. 서경 135도선에서 남회귀선을 통과한 뒤, '노틸러스' 호는 열대지방을 횡단하여 서북서쪽으로 방향을 틀었다. 여름의 태양은 아낌없이 햇빛을 쏟아부었지만 우리는 조금도 더위를 느끼지 않았다. 수심 30미터 내지 40미터에서는 수온이 절대로 10도나 12도를 넘지 않기 때문이다.

12월 15일, 우리는 매력적인 소시에테 제도 서해안을 지나갔다. 태평양의 여왕인 타히티 섬이 있는 제도다. 아침에 나는 바람 불어가는 쪽으로 몇 킬로미터 떨어져 있는 이 섬의 높은 산봉우리를 보았다. 바다는 '노틸러스' 호의 식탁을 풍성하게 해주었다. 고등어 · 가다랭이 · 다랑어 같은 맛있는 물고기와 뱀장어의 일종인 곰치도 식탁에 올랐다.

'노틸러스' 호는 이제 1만 3000킬로미터를 항해했다. '아르고' 호와 '포르토프랭스' 호와 '포틀랜드 공작' 호[94] 선원들의 마지막 안식처가 된 통가 제도와 라 페루즈의 친구인 랭글[95] 선장이 목숨을 잃은 사모아 제도 사이를 통과할 때, 항해거리 측정기는 1만 5640킬로미터를 기록하고 있었다. 이어서 피지 제도가 보였다. 야만인들이 낭트 출신의 뷔로[96] 선장과 '유니언' 호 선원들을 학살한 곳이다.

남북으로 556킬로미터, 동서로 496킬로미터에 걸쳐 있는 피지 제도는 서경 174도에서 179도, 남위 6도에서 2도 사이에 자리잡고 있으며, 수많은 섬과 암초로 이루어져 있다. 주요 섬은 비티레부 섬과 바누아레부 섬, 카다부 섬이다.

1643년에 이 섬무리를 발견한 사람은 타스만[97]이었다. 1643년은 토리첼리[98]가 기압계를 발명하고, 루이 14세[99]가 즉위한 해다. 이들 세 가지 사건 가운데 어느 것이 인류에게 가장 유익했는지는 독자들의 판단에 맡기겠다. 이어서 1774년에 쿡 선장이 왔고, 1793년에는 당트르카스토[100]가 왔고, 마지막으로 뒤몽 뒤르빌[101]이 1827년에 이 피지 제도의 지리적 혼란을 해결했다. '노틸러스' 호는 와일레아 만으로 다가갔다. 라 페루즈의 조난에 얽힌 비밀을 처음으로 밝혀낸 딜런[102] 선장에게 끔찍한 재난이 닥친 곳이다.

우리는 와일레아 만의 바닥을 여러 번 뒤져서 맛있는 굴을 잔뜩 잡았다. 그리고 세네카[103]의 가르침에 따라 식탁에서 직접 굴을 까서 양껏 먹었다. 코르시카 섬에 흔한 이 연체동물은 '오스트레아 라멜로사'로 알려신 종이다. 와일레아 만에는 굴이 아주 많았다.

이때 네드가 자신의 식탐을 후회하지 않은 것은 굴이 세상의 모든 음식 가운데 소화불량을 일으키지 않는 유일한 음식이기 때문이다. 한 사람이 생명을 유지하기 위해 날마다 필요로 하는 315그램의 질소를 공급하려면 이 머리 없는 연체동물을 적어도 16다스 이상은 먹어야 한다.

12월 25일, '노틸러스' 호는 뉴헤브리디스 제도 한복판을 지나고 있었다. 이 섬무리는 1606년에 키로스[104]가 발견했고, 1768년에 부갱빌이 탐험했으며, 1773년에 쿡 선장이 뉴헤브리디스로 이름지었다. 이 섬무리는 아홉 개의 섬으로 이루어져 있고, 동경 164도에서 168도, 남위 15도에서 2도 사이에 북북서쪽에서 남남동쪽으로 480킬로미터에 걸쳐 띠 모양으로 길게 뻗어 있다. 우리는 아루 섬 바로 옆을 지나갔다. 정오에 관찰했을 때 이 섬은 아주 높은 봉우리가 솟아 있는 초록빛 숲처럼 보였다.

크리스마스였다. 네드는 중요한 가족 축제인 크리스마스를 몹시 그리워하고 있는 듯했다. 신교도들은 이 축제에 광적으로 열광한다.

나는 일주일 동안 네모 선장을 보지 못했다. 그런데 12월 27일 아침에 네모 선장이 객실로 들어왔다. 이번에도 그는 5분 전에 헤어졌다 다시 만난 사람처럼 인사도 하지 않았다. 그때 나는 해도에서 '노틸러스' 호의 항로를 추적하느라 바빴다. 네모 선장은 나에게 다가와, 해도상의 한 점을 손가락으로 짚으면서 불쑥 말했다.

"바니코로."[105]

이 이름은 마술적인 힘을 발휘했다. 바니코로는 라 페루즈의 배가 조난한 작은 섬무리의 이름이었다. 나는 벌떡 일어났다.

"이 배가 지금 바니코로로 가고 있는 겁니까?"

"예."

"그럼 '부솔' 호와 '아스트롤라베' 호가 재난을 당한 그 유명한 섬에 갈 수 있겠군요?"

"그게 당신 소원이라면."

"바니코로에는 언제쯤 도착합니까?"

"벌써 도착했습니다."

나는 앞장서서 상갑판으로 올라가, 탐욕스런 눈길로 수평선을 살폈다.

북동쪽에 크기가 서로 다른 두 개의 화산섬이 나타났다. 둘레가 60킬로미터쯤 되는 산호초가 섬을 둘러싸고 있었다. 우리는 뒤몽 뒤르빌이 르셰르슈 섬이라고 이름지은 바니코로 섬 근처, 좀더 정확히 말하면 동경 164도 32분·남위 16도 4분에 자리잡고 있는 작은 바누 항 근처에 와 있었다. 섬은 해변에서 높이 1000미터에 가까운 카포고 산꼭대기까지 푸른 초목으로 뒤덮여 있었다.

'노틸러스' 호가 섬 바깥쪽을 고리처럼 둘러싸고 있는 암초 사이의 좁은 수로를 통과하자, 암초에 부딪혀 부서지는 파도에서 벗어났다. 그곳 바다는 수심이 60미터 내지 80미터였다. 맹그로브[106]의 초록빛 그늘 아래에서 우리가 다가가는 것을 보고 깜짝 놀라는 원주민들이 보였다. 물 속에 거의 잠긴 채 전진하는 검고 길쭉한 형체는 그들의 마음에 공포심을 불러일으킬 만했다. 그들은 그 형체를 무시무시한 고래로 생각했을까?

바로 그때 네모 선장이 라 페루즈의 조난에 대해 뭘 알고 있느냐고 물었다.

바니코로 섬

"누구나 알고 있는 것밖에는 모릅니다."

"그럼 누구나 알고 있는 게 뭔지 말씀해주실 수 있겠습니까?"
선장은 약간 빈정거리는 투로 물었다.

"물론이죠."

나는 뒤몽 뒤르빌이 마지막 저서에서 내린 결론을 이야기했다. 다음은 그 내용을 간추린 것이다.

1785년, 루이 16세는 라 페루즈와 그의 부관 랭글 대위에게 세계 일주 항해를 명했다. 그들은 정찰함 '부솔' 호와 '아스트롤라베' 호를 타고 떠났지만, 다시는 돌아오지 않았다.

1791년, 두 정찰함의 운명을 걱정한 프랑스 정부는 '르셰르슈'(탐색)호와 '에스페랑스'(희망)호라는 대형 전함 두 척을 무장시켰다. 이 배들은 9월 28일 브뤼니 당트르카스토의 지휘 아래 브레스트 항을 떠났다. 두 달 뒤, '앨버마를' 호의 선장 보엔이 뉴조지아 섬 해안에서 난파선 잔해를 보았다고 주장했다. 하지만 이 정보—좀 의심스러운 정보이기는 했지만—를 모르는 당트르카스토는 헌터[107] 선장의 보고서에 라 페루즈가 조난한 곳으로 지적된 애드미럴티 제도로 향했다.

그의 수색은 헛수고로 끝났다. '에스페랑스' 호와 '르셰르슈' 호는 바니코로 바로 옆을 지나갔으면서도 그 섬에 들르지 않았다. 이 항해는 대체로 불운했다. 당트르카스토와 장교 두 명과 수병 여럿이 이 항해에서 목숨을 잃었기 때문이다.

조난자들의 확실한 흔적을 처음으로 발견한 사람은 태평양 항해의 전문가인 딜런 선장이었다. 1824년 5월 15일 딜런 선장의 '성 패트릭' 호가 뉴헤브리디스 세도의 티코피아 섬 근처를 지나갔다. 여기서 한 인도인 뱃사람이 카누를 타고 다가와, 딜런에게 조각칼로 글자를 새긴 은제 칼손잡이를 팔았다. 그는 6년 전 바니코로 섬에 머물고 있을 때, 오래 전 바니코로의 암초에 좌초한 배의 승무원이었던 유럽인 두 명을 보았다고 주장했다.

딜런은 그것이 흔적도 없이 사라져 전세계를 떠들썩하게 만든 라 페루즈의 배일 거라고 추측했다. 딜런에게 정보를 제공한 사람은 바니코로 섬에 가면 아직도 난파선 잔해를 찾을 수 있다고 말했다. 그래서 딜런은 바니코로 섬에 가려고 했지만, 바람과 조류 때문에 뜻을 이루지 못했다.

딜런은 캘커타로 돌아갔다. 거기서 영국의 아시아협회와 동인도회사가 그의 발견에 흥미를 가졌다. 딜런은 이들의 지원으로 배 한 척을 빌려 '르셰르슈' 호라고 이름짓고, 1827년 1월 23일 프랑스인 대리인과 함께 다시 바니코로 섬으로 떠났다.

'르셰르슈' 호는 태평양의 여러 항구에 들른 뒤, 1827년 7월 7일, 지금 '노틸러스' 호가 떠 있는 바니코로 앞바다의 바누 항에 닻을 내렸다.

여기서 그는 쇠로 만든 연장, 닻, 도르랫줄, 선회포, 18파운드짜리 포탄, 천체 관측 기구의 파편, 고물 난간, 1785년경 브레스트 무기공장의 품질 보증 마크였던 '바쟁 제조' 라는 글자가 새겨진 청동 종을 비롯하여 난파선 잔해를 많이 수집했다. 이제 의심할 여지가 없었다.

딜런은 10월까지 그 비극의 현장에 남아서 추가 정보를 수집했다. 그런 다음 바니코로를 떠나 뉴질랜드로 갔다가, 1828년 4월 7일 캘커타를 거쳐 마침내 프랑스로 돌아와 샤를 10세의 환영을 받았다.

하지만 그때는 딜런이 한 일을 까맣게 모르는 뒤몽 뒤르빌이 이미 다른 곳으로 조난선을 찾아 떠난 뒤였다. 한 포경선이 루이지아드 제도와 누벨칼레도니 섬에서 야만인들이 훈장과 성 루이의 십자가를 갖고 있는 것을 보았다고 보고했기 때문이다.

그래서 뒤르빌과 '아스트롤라베' 호는 바다로 나가, 딜런이 바니코로를 떠난 지 두 달 뒤 호바트에 닻을 내렸다. 여기서 그는 딜런이 난파선 잔해를 발견한 것을 알았고, 캘커타의 '유니언' 호 부선장인 제임스 홉스라는 사람이 동경 156도 30분 · 남위 8도 18분에 있는 섬에 상륙했다가 원주민들이 쇠막대와 빨간 옷감을 사용하고 있는 것을 보았다는 것도 알았다.

뒤몽 뒤르빌은 별로 신용할 수 없는 신문에 보도된 이런 이야기를 믿어야 할지 어떨지 몰라서 몹시 당황했다. 그래서 결국 그는 딜런의 발자취를 따라가기로 결정했다.

1828년 2월 10일, 티코피아에 도착한 '아스트롤라베' 호는 그 섬에 살고 있는 탈영병을 안내인 겸 통역으로 고용하여 바니코로 섬으로 떠났다. 뒤르빌은 2월 12일 그 섬을 보았고, 14일까지 섬 주변의 암초를 따라 나아가다가 20일에 마침내 산호초 안으로 들어가 바누 항구에 닻을 내렸다.

2월 23일, 선원 몇 명이 섬을 한 바퀴 돌고 난파선 잔해 몇 점을 찾아서 돌아왔다. 그곳 원주민들은 모르쇠로 버티거나 거짓말로 둘러대면서 뒤르빌을 사고 현장으로 안내하기를 거절했다. 그들이 조난자들을 학대했다면 이런 수상한 태도를 취하는 것도 납득이 간다. 실제로 그들은 뒤르빌이 라 페루즈와 그 부하들의 원수를 갚으러 온 게 아닐까 하고 두려워하는 것 같았다.

하지만 뒤르빌은 선물을 주어 원주민의 환심을 사고, 보복을 두려워할 필요는 전혀 없다고 설득했다. 결국 2월 26일 원주민들은 부함장인 자키노[108]를 조난 현장으로 안내했다.

수심이 5~7미터쯤 되는 파쿠 암초와 바누 암초 사이에 닻과 대포, 쇠막대기와 납막대기가 석회질 침전물에 덮인 채 놓여 있었다. '아스트롤라베' 호의 보트와 포경용 보트가 현장으로 파견되었다. 선원들은 무게가 900킬로그램이나 나가는 닻과 주철로 만든 200밀리미터 대포, 납막대기, 선회포 두 문을 간신히 인양했다.

뒤몽 뒤르빌은 원주민들한테서 라 페루즈가 섬 주변의 암초에서 배 두 척을 모두 잃고 더 작은 배를 만들었지만 그것마저도 가라앉아버렸다는 사실을 알아냈다. 어디에 침몰했는지는 아무도 몰랐다.

'아스트롤라베' 호 선장은 맹그로브 그늘에 그 저명한 항해가와 그의 부하들을 기리는 기념비를 세웠다. 산호 위에 세운 사각뿔 모양의 피라미드였고, 손버릇이 나쁜 원주민들을 유혹할 만한 쇠붙이는 전혀 쓰지 않았다.

뒤몽 뒤르빌은 섬을 떠나고 싶었지만, 선원들이 건강에 좋지 않은 해안에서 열병에 걸려 몹시 약해져 있었고 뒤르빌 자신도 중병에 걸렸기 때문에 3월 17일에야 겨우 출발할 수 있었다.

한편 프랑스 정부는 딜런이 수행한 일을 뒤몽 뒤르빌이 모르고 있을 것을 우려하여, 아메리카 서해안에 배치되어 있던 '바요네즈' 호라는 군함을 바니코로 섬으로 보냈다. 르 고아랑 드 트로믈랭[109]이 지휘하는 '바요네즈' 호는 '아스트롤라베' 호가 떠난 지 몇 달 뒤에야 바니코로 앞바다에 닻을 내렸지만, 원주민들이 라 페루즈 기념비를 존중한다는 것만 확인했을 뿐 새로운 증거는 전혀 찾지 못했다.

이것이 내가 네모 선장에게 한 이야기의 골자다.

내 이야기가 끝나자 네모 선장은 말했다.

"그럼 조난한 선원들이 바니코로에서 만든 세 번째 배의 마지막 안식처는 아직 아무도 모르는군요?"

"아무도 모릅니다."

네모 선장은 말하는 대신에 객실로 따라오라는 손짓을 했다. '노틸러스' 호는 물 속으로 몇 미터 가라앉았고, 금속판이 열렸다.

나는 유리창으로 달려가 원생동물과 해면동물과 강장동물에 뒤덮인 산호 덩어리를 바라보았다. 무지개 양놀래기, 글리피시돈, 새다래, 다이어코프, 얼개돔 같은 매력적인 물고기들이 수없이 헤엄치고 있었다. 그리고 그 사이로 인양 갈고리가 끌어올리지 못한 난파선의 일부가 보였다. 쇠등자, 닻, 대포, 포탄, 캡스턴, 뱃머리—이것들은 모두 난파선에서 나온 물건이지만, 지금은 살아 있는 꽃으로 덮여 있었다.

내가 그 가슴 아픈 잔해를 바라보고 있을 때, 네모 선장이 엄숙한 목소리로 말했다.

"라 페루즈 선장은 1785년 12월 7일 '부솔' 호와 '아스트롤라베' 호를 이끌고 떠났습니다. 우선 보타니 만에 닻을 내린 뒤, 통가와 누벨칼레도니 섬을 방문하고, 산타크루즈 제도로 가다가 하파이 제도의 노무카 섬에 들렀어요. 이어서 그들은 바니코로 주변에 있는 알려지지 않은 암초에 도착했습니다. 앞서가고 있던 '부솔' 호가 남해안에 좌초하자, '아스트롤라베' 호가 도우러 왔지만 역시 좌초하고 말았습니다. '부솔' 호는 당장 부서지고 말았지만, '아스트롤라베' 호는 바림을 쐬해서 좌초했기 때문에 며칠 동안 버텼지요. 원주민들은 조난자들을 비교적 따뜻하게 맞아주었습니다. 조난자들은 섬에 남아서 난파선 잔해로 작은 배를 한 척 만들었지요. 선원 몇 명은 자진해서 바니코로 섬에 남았습니다. 병들고 쇠약해진 나머지 사람들은 라 페루즈와 함께 떠났습니다. 이 배는 솔로몬 제도로 갔지만, 솔로몬 제도의 주요 섬 서해안에 있는 디셉션 곶과 새티스팩션 곶 사이에서 선원을 모두 태운 채 침몰했지요."

"그런데 그걸 어떻게 아십니까?"

"이것이 내가 그 마지막 조난 현장에서 발견한 겁니다."

네모 선장은 프랑스 문장(紋章)이 새겨져 있고 소금물 때문에 완전히 부식해버린 양철 상자 하나를 보여주었다. 그가 상자를 열자, 누렇게 바랬지만 아직 글씨를 읽을 수 있는 서류뭉치가 나타났다.

그것은 프랑스 해군장관이 라 페루즈 선장에게 보낸 명령서였고, 여백에 루이 16세의 서명이 남아 있었다!

"뱃사람에게는 얼마나 멋진 죽음입니까!" 네모 선장이 말했다. "산호 무덤은 평화로운 안식처가 되어줍니다. 하느님이 내 동료들과 나에게도 그런 안식처를 주신다면 얼마나 좋겠습니까!"

누렇게 바랬지만 아직 글씨를 읽을 수 있는 서류들

20

토러스 해협

12월 27일 밤부터 28일 새벽 사이에 '노틸러스' 호는 놀랄 만큼 빠른 속도로 바니코로 해안을 떠났다. 배는 남서쪽으로 방향을 잡아, 라페루즈 섬에서 뉴기니 섬의 남동쪽 끝까지 3000킬로미터를 사흘 만에 달렸다.

1868년 1월 1일 이른 아침, 콩세유가 상갑판에 있는 나에게 다가왔다.

"주인님이 허락하신다면 새해 인사를 드리고 싶습니다. 새해 복 많이 받으십시오."

"아니, 그렇게 말하면 꼭 내가 파리 식물원의 내 연구실에 있는 것 같잖아? 하지만 기꺼운 마음으로 새해 인사를 받도록 하지. 고맙네. 그런데 지금 우리가 놓여 있는 상황에서 '복받은 새해'가 무슨 뜻이지? 포로 생활이 올해는 끝날 거라는 뜻인가? 아니면 올해도 이 기묘한 항해가 계속될 거라는 뜻인가?"

"글쎄요. 솔직히 말씀드리면 뭐라고 대답해야 할지 잘 모르겠습니다. 우리가 진기한 것을 목격하고 있고, 지난 두 달 동안 따분할 틈도 없었다는 것은 의심할 수 없는 사실이지 않습니까. 갈수록 더욱 놀라운 것을 보게 되고, 계속 이런 식으로 나가면 막판에는 어떻게 될지 모르겠습니다. 평생 두번 다시 이런 기회는 얻지 못할 겁니다."

"두번 다시 오지 않을 기회야."

"게다가 네모 선장은 자신의 라틴어 이름에 걸맞게 살고 있어서, 마치 이 세상에 없는 사람처럼 우리를 조금도 방해하지 않고 있습니다."

"그건 그래."

"그래서 우리가 모든 것을 볼 수 있는 해가 '복받은 새해'일 거라고 저는 믿습니다."

"모든 것이라고? 모든 것을 보려면 아주 긴 해가 될지도 몰라. 그런데 네드 랜드는 어떻게 생각하고 있나?"

"네드의 생각은 저와는 정반대예요. 네드는 대단한 위장을 가진 적극적인 사람입니다. 그래서 물고기를 보고 끊임없이 물고기를 먹는 것만으로는 만족하지 못합니다. 스테이크에 익숙하고 브랜디나 진을 좋아하는 순수한 앵글로색슨인이 포도주도 빵도 고기도 없는 식사에 만족할 리가 없지요."

"나는 그런 식사도 전혀 괴롭지 않아. 이 배에서 주는 음식만 먹고도 아주 잘 해나가고 있지."

"저도 그렇습니다. 그래서 네드가 탈출하고 싶어하는 만큼 저는 이 배에 남아 있고 싶습니다. 따라서 새해가 네드에게 좋은 해라면 저한테는 나쁜 해가 될 것이고, 네드한테 나쁜 해라면 저한테는 좋은 해가 될 겁니다. 어쨌거나 누군가는 만족하겠지요.

요컨대 새해에는 주인님이 원하시는 일이 모두 이루어지기 바랍니다."

"고맙네, 콩세유. 새해 선물이 뭐냐는 질문은 나중으로 미루고, 당분간은 선물 대신 다정한 악수로 만족해줄 수 없을까? 지금 내가 줄 수 있는 건 그것뿐이니까 말야."

"다정한 악수보다 더 좋은 선물은 없습니다."

이 말을 남기고 충실한 하인은 내 곁을 떠났다.

1월 2일, 우리는 일본 근해를 떠난 뒤 5250해리를 항해했다. '노틸러스' 호 앞에는 오스트레일리아 북동 해안의 위험한 산호해가 펼쳐져 있었다. 우리 배는 1770년 6월 10일 쿡 선장의 배가 침몰할 뻔했던 그 위험한 암초와 몇 킬로미터 간격을 유지하고 있었다. 쿡 선장의 배가 암초에 부딪혔는데도 침몰하지 않은 것은 충돌할 때 부러진 산호 조각이 선체 구멍에 쐐기처럼 박혀 있었기 때문이다.

나는 항상 거친 파도가 우레 같은 소리를 내며 부딪히는 이 1500킬로미터 길이의 대보초에 꼭 한번 가보고 싶었다. 하지만 바로 그때 '노틸러스' 호의 경사판이 기울면서 우리를 심해로 데려갔기 때문에 그 높은 산호 장벽을 더 이상 볼 수 없게 되었다. 나는 그물에 걸려 올라온 다양한 물고기를 보는 것으로 만족할 수밖에 없었다. 많은 물고기 중에서도 특히 날개다랑어가 내 관심을 끌었다. 참치만큼 커다란 고등어의 일종인 날개다랑어는 옆구리가 푸르스름하고 가로줄무늬가 있지만, 죽으면 줄무늬가 사라진다. 이 물고기는 떼를 지어 우리를 따라오면서 우리 식탁에 맛있는 요리를 제공해주었다. 초록색과 황금색이 어우러진 감성돔도 많이 잡혔고, 어두운 밤중에 인광을 내어 하늘과 물에 줄무늬를 그리는 물 속의 제비 날치도 몇 마리 잡혔다.

저인망에 걸려든 연체동물과 강장동물 속에서 나는 다양한 팔방산호와 성게·망치조개·스퍼조개·삿갓조개·유리조개를 찾아냈다. 식물로는 떠다니는 해초류가 많이 걸려들었다. 다시마와 미역은 몸에서 나온 점액으로 흠뻑 젖어 있었다. 나는 '노틸러스' 호의 박물관에 놓아두기 위해 '네모스토마 겔리니아로아둠'이라는 해초를 채집했다.

산호해를 통과한 지 이틀 뒤인 1월 4일, 뉴기니 해안이 보였다. 이때 네모 선장이 토러스 해협을 지나 인도양으로 들어갈 작정이라고 나에게 말했다. 그가 준 정보는 그것뿐이었다. 네드는 유럽 쪽으로 점점 가까이 가고 있다면서 기뻐했다.

토러스 해협이 위험 지역으로 여겨지는 이유는 곳곳에 암초가 많기 때문이기도 하지만, 해협 연안에 사는 야만적인 원주민 때문이기도 하다. 토러스 해협은 오스트레일리아와 파푸아라고도 불리는 뉴기니 섬을 갈라놓고 있는 해협이다.

뉴기니는 길이가 1600킬로미터, 너비가 520킬로미터, 면적은 64만 평방킬로미터에 이르고, 동경 128도 23분에서 146도 15분, 남위 0도 19분에서 10도 2분에 걸쳐 있는 큰 섬이다. 정오에 부관이 태양의 고도를 재는 동안, 나는 계단식으로 올라가다가 뾰족한 꼭대기로 끝나는 뉴기니의 아르파크 산을 바라보았다.

뉴기니 섬은 1511년에 포르투갈 사람인 프란시스쿠 세랑이 발견했고, 1526년에 돈 조르제 데 메네세스, 1527년에 스페인 사람인 후앙 데 그리할바, 1528년에 알바라 데 사아베드라 장군, 1545년에 이니고 오르디스 메 레베스, 1616년에 네덜란드 사람인 빌렘 스호우텐, 1753년에 니콜라스 스트루이크, 그후 타스만,

윌리엄 댐피어, 윌리엄 퓌넬, 필립 카르트레, 에드워즈, 부갱빌, 쿡, 토머스 포레스트, 존 매클루어, 1792년에 당트르카스토, 1823년에 루이 뒤페레, 1827년에 뒤몽 뒤르빌이 이 섬을 방문했다. 드 리엔치[110] 씨의 말에 따르면, "말레이 군도 전역을 차지하고 있는 사람들은 원래 뉴기니에서 왔다"고 한다. 운이 나쁘면 무시무시한 안다만 제도 사람들과 얼굴을 맞대게 될 거라고 나는 생각했다.

'노틸러스' 호는 지구에서 가장 위험한 해협, 세상에서 가장 용감하고 대담한 선장들도 감히 들어가려 하지 않는 해협, 루이스 바에스 데 토레스[111]가 태평양에서 멜라네시아로 돌아올 때 용감하게 들어간 해협, 1840년에 좌초한 뒤몽 뒤르빌의 정찰함들이 하마터면 선원을 모두 태운 채 침몰할 뻔했던 해협의 입구로 다가가고 있었다. 바다의 어떤 위험에도 굴복하지 않는 '노틸러스' 호는 이제 산호초와 맞서려 하고 있었다.

토레스 해협은 너비가 136킬로미터나 되지만, 헤아릴 수 없을 만큼 많은 섬과 암초가 흩어져 있고 파도가 거칠어서 항해가 거의 불가능하다. 결국 네모 선장은 토레스 해협을 통과하기 위해 모든 위험에 대비한 예방조치를 취해야 했다. '노틸러스' 호는 해수면에 뜬 채 적당한 속도로 전진했다. 스크루는 고래의 꼬리처럼 천천히 파도를 때렸다.

나와 두 동료는 이 상황을 이용하여 아직 아무도 없는 상갑판에 자리를 잡았다. 우리 앞에는 조타실이 솟아 있고, 내 생각이 틀리지 않다면 네모 선장은 조타실에서 직접 '노틸러스' 호를 운전하고 있었을 것이다.

내 눈앞에는 뒤몽 뒤르빌이 마지막 세계 일주 항해에 나섰을 때 부관으로 참가한 수로 측량기사 뱅상동 뒤물랭과 쿠프방 데 부아[112] 소위(지금은 해군 제독)가 작성한 훌륭한 토러스 해협 해도가 펼쳐져 있었다. 이 해도는 킹[113] 선장의 해도와 함께 이 좁은 해협의 혼란한 상태를 가장 잘 이해하고 있는 지도다. 나는 그 해도를 세심히 조사하고 있었다.

'노틸러스' 호 주변 바다는 격렬하게 들끓고 있었다. 남동쪽에서 북서쪽으로 2.5노트의 속력으로 흐르는 해류는 곳곳에 뻐죽뻐죽 튀어나와 있는 산호초에 부딪혀 부서지고 있었다.

"지독한 바다로군!" 네드가 말했다.

"정말 지독해." 나는 대꾸했다. "'노틸러스' 호 같은 배가 다니기에는 전혀 적합하지 않은 바다일세."

"그래도 저 미친 선장은 아주 자신만만한 모양입니다. 살짝 스치기만 해도 배를 산산조각으로 부숴버릴 산호 무리가 여기저기 널려 있는데도 말입니다."

상황은 정말로 위험했지만, '노틸러스' 호는 마법이라도 부리는 것처럼 무시무시한 암초 사이를 미끄러지듯 빠져나갔다. '노틸러스' 호는 '아스트롤라베' 호와 '젤레' 호가 택한 항로를 따르지 않았다. 뒤몽 뒤르빌은 그 항로를 택했다가 치명적인 타격을 받았다. '노틸러스' 호는 그 항로보다 더 북쪽으로 올라가 머리 섬을 돈 다음, 다시 남서쪽으로 돌아와 컴벌랜드 수로 쪽으로 전진했다. 나는 배가 컴벌랜드 수로로 들어갈 줄 알았는데, 배는 북서쪽으로 방향을 돌려 해도에 정확히 나타나지 않은 수많은 섬과 암초 사이를 지나 타운드 섬과 배드 해협 쪽으로 나아갔다.

미치광이라고 해도 될 만큼 무모한 네모 선장이 뒤몽 뒤르빌의 정찰함 두 척이 좌초한 그 수로로 들어가려는 게 아닐까 하고 생각하고 있을 때, 네모 선장이 또다시 서쪽으로 방향을 돌려 게보로아르 섬 쪽으로 나아갔다.

오후 3시였다. 바다는 차츰 잔잔해지고 있었다. 만조가 가까워진 것이다. '노틸러스' 호는 바닷가에 판다누스가 무성한 섬으로 다가갔다. 아직도 그 섬이 눈에 선하다. 우리는 3킬로미터도 채 안 되는 거리를 두고 해안선을 따라 나아갔다.

나는 갑자기 충격을 받고 넘어졌다. '노틸러스' 호가 암초에 부딪힌 것이다. 배는 좌현 쪽으로 약간 기울어진 채 꼼짝도 하지 않았다.

내가 일어나 보니, 네모 선장과 부관이 상갑판에 나와 있었다. 그들은 배의 위치를 조사하고, 알아들을 수 없는 언어로 몇 마디를 주고받았다.

상황은 이러했다. 우현 쪽으로 3킬로미터쯤 떨어진 곳에 게보로아르 섬이 보였다. 섬의 해안선은 북쪽에서 서쪽으로 거대한 팔처럼 뻗어 있었다. 남쪽과 동쪽에는 벌써 썰물로 머리를 드러낸 산호초가 보였다. 우리는 간만의 차이가 그리 크지 않은 바다에서 만조 때 좌초한 것이다. '노틸러스' 호가 암초에서 벗어날 기회를 잡기에는 불운한 상황이었다. 배가 워낙 튼튼했기 때문에 선체는 전혀 손상되지 않았지만, 가라앉을 수도 없고 구멍을 낼 수도 없다면 언제까지나 암초 위에서 오도가도 못하게 될 위험이 컸다. 그렇게 되면 네모 선장의 잠수함은 끝장이었다.

이런 생각이 내 마음을 스치고 있을 때, 자제심이 강한 네모 선장이 여느 때처럼 냉정하고 침착하게 다가왔다. 심란하거나 곤혹스러운 기색은 전혀 없었다.

"사고인가요?" 내가 물었다.

'노틸러스' 호가 암초에 부딪힌 것이다

"아니, 사소한 문제가 생겼을 뿐입니다."

"하지만 그 사소한 문제 때문에 당신은 달아났던 육지에서 또다시 살 수밖에 없겠군요."

네모 선장은 아주 묘한 표정으로 나를 바라보고는 고개를 저었다. 이 몸짓은 무슨 일이 있어도 두번 다시 육지에는 발을 들여놓지 않겠다는 그의 의지를 분명히 말해주었다.

"아로낙스 박사, '노틸러스' 호는 결코 끝장나지 않았어요. 이 배는 앞으로도 당신을 바다의 경이 속으로 데려갈 겁니다. 우리 항해는 이제 막 시작되었을 뿐이에요. 당신의 길동무가 되는 영광을 이렇게 빨리 빼앗기고 싶지는 않습니다."

"하지만 네모 선장." 나는 그의 말에 담겨 있는 빈정거림을 무시하고 말을 이었다. "'노틸러스' 호는 만조 때 좌초했습니다. 태평양은 간만의 차이가 그리 크지 않아요. '노틸러스' 호를 가볍게 하는 것은 불가능해 보이는데, 그렇다면 어떻게 암초에서 벗어날 수 있을지 모르겠군요."

"당신 말마따나 태평양은 간만의 차이가 크지 않습니다. 하지만 토러스 해협에서는 간만의 차이가 1.5미터나 됩니다. 오늘은 1월 4일이니까, 나흘만 지나면 보름달이 뜰 겁니다. 내가 달한테 바라는 것은 수위를 충분히 올려달라는 것뿐이에요. 그 친절한 위성이 내 부탁을 들어주지 않는다면 깜짝 놀랄 일이죠."

이렇게 말하고는 부관을 데리고 '노틸러스' 호 안으로 돌아갔다. 배는 더 이상 움직이지 않았다. 벌써 산호가 무엇으로도 깨뜨릴 수 없는 시멘트로 배를 암초에 고정시키기라도 한 것 같았다.

선장이 떠나자 네드 랜드가 다가와서 물었다.

"선장이 뭐라던가요?"

"1월 8일에 만조가 될 때까지 조용히 기다린대. 그때가 되면 달님이 친절하게도 우리를 암초에서 띄워 올려줄 모양이야."

"그것뿐입니까?"

"그것뿐일세."

"그럼 선장은 닻을 내리지도, 엔진을 쇠사슬에 연결하지도 않고, 배를 암초에서 끌어내리려는 노력은 아무것도 하지 않을 작정이군요?"

"그럴 필요가 없지. 이제 곧 만조가 될 테니까." 콩세유가 말했다.

캐나다인은 콩세유를 바라보다가 어깨를 으쓱했다. 그는 뱃사람으로서 자신있게 말했다.

"박사님, 이 쇳덩어리는 이제 두번 다시 물 속이나 물 위를 항해하지 못할 겁니다. 제 말을 믿으셔도 좋아요. 이 배는 이제 고철 덩어리에 불과하니까, 네모 선장과 작별할 때가 온 것 같습니다."

"네드, 나는 자네와는 달리 이 씩씩한 '노틸러스' 호에 대한 희망을 아직 버리지 않았다네. 나흘만 지나면 태평양의 조수가 어떤 일을 할 수 있는지 알게 되겠지. 어쨌든 영국이나 남프랑스 해안 앞바다에서 탈출을 생각하는 것은 나쁘지 않겠지만, 뉴기니 해안은 문제가 달라. '노틸러스' 호가 암초에서 벗어나지 못하면 사태가 아주 심각해지겠지만, 탈출이라는 극단적인 조치는 그때 가서 생각해도 늦지 않을 걸세."

"하지만 적어도 저 땅에 상륙해볼 수는 있잖습니까? 저건 섬이에요. 섬에는 나무가 있고, 나무 밑에는 육지동물이 있고, 육지동물은 살코기를 갖고 있습니다. 그걸 잡아서 큼지막한 덩어리를 씹고 싶은 마음이 간절합니다."

"그건 네드 말이 옳아요." 콩세유가 말했다. "저도 네드와 같은 의견입니다. 주인님이 네모 선장한테 우리를 해안으로 데려다달라고 부탁해주실 수 없을까요? 지구의 단단한 부분을 밟는 감각을 잊지 않기 위해서라도."

"부탁해볼 수는 있지만, 선장은 거절할 거야."

"그 정도 위험은 무릅쓰셔야 합니다. 그래야 우리가 어떤 처지에 놓여 있는지, 선장에게 우리가 어떤 존재인지 알 수 있으니까요."

놀랍게도 네모 선장은 우리의 상륙을 허락했다. 게다가 배로 돌아오겠다는 약속도 받지 않고 당장 흔쾌히 허락했다. 하지만 뉴기니를 거쳐 탈출하는 것은 무척 위험했을 테고, 네드가 탈출을 시도한다 해도 나는 말렸을 것이다. 파푸아 원주민의 손아귀에 들어가는 것보다는 차라리 '노틸러스' 호에 포로로 잡혀 있는 편이 훨씬 나았다.

보트는 이튿날 아침에 띄우기로 했다. 나는 네모 선장도 함께 갈지 어떨지 알아보려고도 하지 않았다. 승무원은 한 사람도 동행하지 않을 테고, 보트를 조종하는 책임은 네드 혼자 맡게 될 거라고 나는 확신했다. 섬은 기껏해야 3킬로미터밖에 떨어져 있지 않았고, 큰 배에는 치명적인 암초지만 가벼운 보트로 암초 사이를 빠져나가는 것은 네드한테는 기분전환에 불과할 터였다.

이튿날인 1월 5일, 선원들이 커버를 벗긴 보트를 상갑판에서 꺼내 바다에 띄웠다. 이 일을 두 사람이 너끈히 해치웠다. 노는 보트 안에 있었고, 이제 우리가 할 일은 보트에 타는 것뿐이었다.

아침 8시, 우리는 라이플과 도끼로 무장하고 '노틸러스' 호를 떠났다. 바다는 잔잔했다. 육지에서 부드러운 산들바람이 불어오고 있었다. 콩세유와 나는 힘차게 노를 저었고, 네드는 암초들 사이의 좁은 수로로 보트를 몰았다. 보트는 다루기 쉬웠고 속도도 빨랐다.

네드 랜드는 기쁨을 참지 못했다. 꼭 감옥에서 탈출한 죄수 같았다. 다시 감옥으로 돌아가야 한다는 생각은 거의 하지 않았다.

"고기!" 네드는 계속 그 말만 되풀이하고 있다. "우리는 고기를 먹게 될 거야. 어떤 고기냐? 사냥해서 잡은 진짜 짐승 고기지! 빵이 아니야! 생선이 형편없는 음식이라고는 하지 않겠지만, 날마다 생선만 먹으면 질릴 수도 있어. 신선한 사슴고기를 이글이글 타오르는 숯불에 구우면 별미일 거야."

"그거 참, 말만 들어도 군침이 도는군." 콩세유가 맞장구를 쳤다.

"아직은 몰라." 내가 말했다. "숲에 사냥감이 있는지, 그 사냥감이 사냥꾼을 사냥할 수 있을 만큼 덩치 큰 맹수는 아닌지, 우선 그것부터 알아내야 돼."

"걱정 마세요." 캐나다인이 말했다. 그의 이빨이 면도날처럼 날카로워 보였다. "나는 호랑이라도 잡아먹을 겁니다. 섬에 있는 네발짐승이 호랑이뿐이라면……."

"그 말을 들으니까 괜히 걱정이 되는걸." 콩세유가 말했다.

"다리가 넷이고 깃털이 없거나, 다리가 둘이고 깃털이 달린 짐승이 눈에 띄기만 하면, 어떤 짐승이든 당장 내 총알 세례를 받을 거야."

"그래!" 내가 내답했나. "성급한 랜드 씨를 다시 보게 되겠군!"

"걱정 마시고 열심히 노나 저으세요, 아로낙스 박사님. 25분만 있으면 맛있는 요리를 대접할 테니까."

　8시 반에 '노틸러스' 호의 보트는 게보로아르 섬 주변의 산호초를 무사히 통과하여 해변의 모래밭에 조용히 상륙했다.

21

지상에서 보낸 며칠

땅을 다시 밟는 것은 나에게 큰 감동을 주었다. 네드 랜드는 땅을 제 것으로 삼으려는 듯 발로 쿵쿵 굴러보았다. 하지만 우리가 네모 선장의 표현을 빌리면 '노틸러스'호의 승객이지만 실제로는 '노틸러스'호 선장의 포로가 된 지 겨우 두 달밖에 지나지 않았다.

몇 분 만에 우리는 해안에서 라이플 총의 사정거리만큼 내륙으로 들어갔다. 지면은 거의 돌산호로 이루어져 있었지만, 바싹 마른 강바닥에 화강암 부스러기가 흩어져 있는 것은 이 섬이 원시시대에 형성되었다는 증거였다. 수평선은 아름다운 숲에 가려서 전혀 보이지 않았다. 키가 50미터에 이르는 거목들이 화환처럼 걸려 있는 덩굴식물을 통해 서로 연결되어 있었다. 나무들 사이에 매달려 산들바람에 흔들리는 덩굴식물은 천연의 그물 침대였다. 숲에는 자귀나무·보리수나무·카주아리나·티크·판다누스·야자나무 등이 한데 뒤섞여 있었다. 그 나무들이 만든 초

수평선은 숲에 가려서 전혀 보이지 않았다

록빛 천장 아래, 그 거대한 나무줄기의 발치에는 난초와 콩과식
물과 고사리가 자라고 있었다.

하지만 네드는 파푸아의 이 멋진 식물 표본에는 눈길조차 주
지 않고, 먹을거리를 찾는다는 즐겁고 진지한 일에 열중하고 있
었다. 그는 야자나무를 발견하고는 코코넛을 몇 개 떨어뜨려 깨
뜨렸다. 우리는 코코넛 밀크를 마시고 과육을 먹었다. '노틸러
스' 호에서 늘상 먹는 음식과는 비교도 안 될 만큼 맛있었다.

"아, 맛있다!" 네드가 말했다.

"꿀맛인데!" 콩세유가 맞장구쳤다.

캐나다인이 나를 보면서 말을 이었다.

"코코넛을 보트에 가득 싣고 돌아가도 네모가 반대할 리는 없
을 것 같은데요?"

"글쎄. 하지만 네모 선장은 별로 코코넛을 먹고 싶어하지 않을
걸세."

"안 먹으면 자기만 손해죠." 콩세유가 말했다.

"그리고 우리는 이익이지." 네드가 받았다. "선장이 안 먹으면
그만큼 우리한테는 이익이야."

"네드, 잠깐만 기다리게." 나는 다른 야자나무를 공격하기 시
작한 작살잡이에게 말했다. "코코넛도 좋지만, 그걸로 보트를 채
우기 전에 이 섬에 또 다른 식량은 없는지 먼저 확인하는 게 현명
할 것 같아. 싱싱한 채소가 있으면 '노틸러스' 호 주방에서도 대
환영일 거야."

"주인님 말씀이 옳아요." 콩세유가 말했다. "보트를 세 부분으
로 나누어서 한쪽에는 과일, 한쪽에는 채소, 그리고 나머지 한쪽
에는 고기를 싣는 게 어떨까요. 지금까지는 짐승의 흔적을 전혀

찾지 못했지만."

"절대로 포기하면 안 돼, 콩세유." 캐나다인이 말했다.

"계속 가보세." 내가 말했다. "하지만 눈을 크게 뜨고 빈틈없이 살펴야 돼. 얼핏 보기에는 이 섬에 아무도 살지 않는 것처럼 보이지만, 사냥감에 대한 기호가 우리만큼 까다롭지 않은 주민이 있을지도 모르니까."

"히호, 히호!" 네드가 턱을 의미있게 움직이면서 소리쳤다.

"네드!" 콩세유가 말했다.

"왜 그래?" 캐나다인이 대꾸했다. "식인 풍습의 좋은 면을 이제야 이해하기 시작했는데."

"도대체 무슨 말을 하는 거야?" 콩세유가 말했다. "자네, 식인종이야? 그렇다면 자네하고 한 방을 쓰는 나는 절대로 안전하지 않겠군! 어느날 자다가 깨어나 보면 자네한테 반쯤 먹혀 있는 거 아냐?"

"콩세유, 나는 너를 무척 좋아하지만 너를 먹을 만큼 좋아하진 않아. 정말로 어쩔 수 없는 상황이 아니라면 말야."

"그 말을 어떻게 믿나? 어쨌든 사냥이나 계속하자고. 자네의 식탐을 만족시키려면 사냥감을 빨리 잡을 필요가 있으니까. 그러지 않으면 어느날 아침 주인님은 시중을 들어야 할 하인이 부스러기만 남아 있는 꼴을 발견하게 될 거야."

우리는 어두운 숲속으로 들어가기 시작했다. 그리고 두 시간 동안 사방으로 숲을 가로질렀다.

채소를 찾는 일에서는 아주 운이 좋았다. 열대지방의 가장 유용한 산물 가운데 하나가 배에 부족한 귀중한 식량을 제공해주었다.

그것은 바로 빵나무였다. 게보로아르 섬에는 빵나무가 잔뜩 있었다. 특히 말레이어로 '리마'라고 부르는 씨 없는 빵나무가 많았다.

빵나무는 줄기가 곧다는 점에서 다른 나무와 다르다. 빵나무 줄기는 12미터까지 자라는 경우도 있다. 꼭대기가 우아하게 둥그스름하고, 커다란 잎이 손가락처럼 갈라진 나무를 보면, 박물학자는 그것이 마스카렌 제도[114]에 이식되어 인간에게 큰 도움을 준 바로 그 '아르토카르푸스'라는 것을 당장 알아볼 수 있다. 지름이 10센티미터에 육각형 돌기가 돋아나 있는 크고 둥근 열매는 무성한 초록빛 잎사귀 사이에서 눈에 잘 띄었다. 빵나무는 밀이 없는 지역에 자연이 베풀어준 귀중한 식물이고, 힘들게 재배하지 않아도 1년에 여덟 달 동안 열매가 열린다.

네드 랜드는 이 과일을 잘 알고 있었다. 전에 열대지방을 항해할 때 이미 먹어본 적이 있었고, 먹을 수 있는 부분을 조리하는 법도 알고 있었다. 빵나무를 보자 네드는 더 이상 식욕을 억누를 수 없게 되었다.

"박사님, 이 열매를 맛보지 않으면 죽어버릴 것 같습니다."

"어서 실컷 맛보게나. 우리는 여러 가지를 시험해보려고 여기 왔으니까, 자네 마음대로 해도 좋아."

"오래 걸리진 않을 겁니다."

그러고는 볼록렌즈를 이용하여 삭정이에 불을 붙였다. 삭정이는 금세 탁탁 소리를 내며 타오르기 시작했다. 그동안 콩세유와 나는 빵나무에서 가장 잘 익은 열매를 땄다. 충분히 익지 않은 열매도 있었다. 설익은 것은 껍질만 보아도 속살이 하얗고 섬유질이 별로 없다는 것을 알 수 있었다. 하지만 대부분은 과즙이 껍질까지 배어나와 끈적끈적하고 노르스름하게 무르익어서, 사람이 따주기만을 기다리고 있었다.

열매 속에는 씨가 전혀 없었다. 콩세유는 빵나무 열매를 열 개쯤 네드에게 가져갔다. 네드는 그것을 두껍게 잘라 뜨거운 모닥불 위에 올려놓으면서 같은 말을 되풀이했다.

"이게 얼마나 맛있는지 이제 곧 알게 될 거야!"

"오랜만에 먹으면 더욱 맛있겠지!"

"이건 빵이 아니라 맛있는 과자야. 박사님, 빵나무 열매를 한 번이라도 먹어본 적이 있으세요?"

"아니."

"그럼 천국의 음식을 맛볼 준비를 하세요. 박사님이 이 맛에 홀딱 반하지 않는다면 나는 작살잡이의 명수가 아닙니다!"

잠시 후, 불에 닿은 쪽이 새까매졌다. 속살은 물기가 적은 밀가루 반죽이나 말랑말랑한 빵 같았다. 맛은 아티초크 꽃망울과 비슷했다.

맛이 아주 좋았다는 것은 인정할 수밖에 없다. 나는 맛있게 먹었다.

"불행히도 이 과일은 신선하게 보관할 수 없으니까, 배에 잔뜩 실어봤자 소용이 없을 것 같군." 내가 말했다.

"무슨 소리를 하시는 겁니까!" 네드가 소리쳤다. "그건 박물학자가 하는 말이고, 저는 제빵공 방식으로 할 겁니다. 콩세유, 이 열매를 잔뜩 따서 모아둬. 돌아가는 길에 가져갈 테니까."

"하지만 어떻게 요리할 작정인가?" 내가 물었다.

"섬유질을 발효시켜서 밀가루 반죽처럼 만들어놓으면 언제까지나 상하지 않을 겁니다. 먹고 싶으면 언제든 부엌에서 굽기만

하면 돼요. 좀 시큼하겠지만 그래도 맛있을 겁니다."

"이 빵만으로도 충분한 것 같은데……."

"아니, 충분하지 않습니다. 아직도 싱싱한 과일이 필요하고, 그게 없으면 채소라도……."

"그럼 가서 과일과 채소를 찾아보세."

빵 수확이 끝나자, 우리는 이 지상의 식사를 완벽하게 마무리 해줄 과일이나 채소를 찾아 떠났다.

우리의 탐색은 헛되지 않았다. 정오 무렵까지 바나나를 잔뜩 모았기 때문이다. 이 맛있는 열대 과일은 1년 내내 열리고, 말레이인들은 바나나를 '피상'이라고 부르면서 날것으로 먹는다. 우리는 바나나 외에도 강한 냄새가 나는 듀리언, 달콤한 망고, 커다란 파인애플을 땄다. 이 열매들은 모두 높은 곳에 달려 있어서 따는 데 시간이 많이 걸렸지만, 들인 시간과 노력이 전혀 아깝지 않았다.

콩세유는 아직도 작살잡이를 관찰하고 있었다. 작살잡이는 앞장서서 숲속을 헤치고 나아가면서, 확실한 솜씨로 맛있는 과일을 골라내어 식량을 착착 보충하고 있었다.

"네드, 이제 필요한 건 다 구하지 않았어?"

"흐음."

"아직도 모자란 게 있냐고?"

"사실 말해서 이 과일만으로는 한 끼 식사가 안 돼. 과일은 마지막에 디저트로 먹는 거야. 수프와 고기는 어떡하지?"

"맞아." 내가 말했다. "네드는 고기를 먹게 해주겠다고 약속했지. 하지만 지금은 그 약속이 실현될 것 같지 않군."

"천만에요. 사냥은 아직 끝나지 않았습니다. 아니, 아직 시작도 안 했어요. 인내심을 가지세요! 반드시 털이나 깃털을 가진 짐승을 만나게 될 겁니다. 여기에 없으면 다른 곳에서라도……."

"그리고 오늘이 아니면 내일이라도." 콩세유가 말했다. "너무 멀리 가면 안 되니까, 이제 그만 보트로 돌아갑시다."

"뭐라고? 벌써?"

"어두워지기 전에 돌아가야 돼." 내가 말했다.

"그런데 지금이 몇 시지?" 네드가 물었다.

"적어도 두 시는 됐을 거야." 콩세유가 대답했다.

"육지에서는 시간이 쏜살같이 지나가는군!" 네드 랜드는 아쉬운 듯 한숨을 쉬면서 말했다.

"갑시다!" 콩세유가 말했다.

그래서 우리는 보트로 돌아가기 시작했다. 돌아가는 길에도 야자나무 꼭대기까지 올라가 열매를 따고, 말레이인들이 '아브루'라고 부르는 작은 콩도 따고, 잘 여문 얌도 캐어 식량을 보충했다.

보트로 돌아왔을 때쯤에는 모두 식량을 잔뜩 짊어지고 있었다. 그래도 네드는 만족하지 않았지만, 행운은 그의 편이었다. 보트에 막 올라타려는 순간, 네드가 야자나무의 일종인 높이 10미터 안팎의 나무를 몇 그루 발견했다. 빵나무만큼 귀중한 이 나무는 말레이 제도에서 가장 유용한 산물로 여겨지고 있다.

그것은 야생 사고야자였다. 재배하지 않아도 잘 자라고, 뽕나무와 마찬가지로 나뭇가지와 씨앗에서 싹이 터서 번식한다.

네드는 사고야자 다루는 법을 알고 있었다. 그는 도끼를 힘차게 휘둘러 사고야자 두세 그루를 순식간에 넘어뜨렸다. 잎에 하얀 가루가 얼룩져 있는 것으로도 알 수 있듯이, 완전히 자란 나무

네드 랜드는 도끼를 힘차게 휘둘렀다

들이었다.

나는 굶주린 사람의 눈이 아니라 박물학자의 눈으로 네드를 관찰했다. 네드가 나무줄기에서 3센티미터 두께의 나무껍질을 벗겨내자 그물처럼 얽혀 있는 섬유 조직이 나타났다. 그것은 도저히 풀 수 없는 매듭을 이루고 있는 데다 끈적끈적한 가루 같은 것으로 한데 엉겨붙어 있었다. 그 가루가 바로 멜라네시아 사람들의 주요 식량인 사고 녹말이었다.

네드는 마치 땔나무를 만들려는 듯 한동안 나무줄기를 장작처럼 쪼개고 있었다. 거기에서 가루를 내어, 그것을 헝겊으로 걸러서 섬유질을 제거하고 햇볕에 말린 다음 틀에 넣어 굳히는 일은 뒤로 미루었다.

우리는 5시가 되어서야 전리품을 가득 싣고 해안을 떠나, 30분 뒤에 '노틸러스' 호로 다가갔다. 아무도 나타나지 않았다. 거대한 금속 원통은 텅 비어 있는 것 같았다. 나는 식량을 배에 실어놓고 내 방으로 내려갔다. 저녁식사가 차려져 있었다. 나는 식사를 하고 잠자리에 들었다.

이튿날인 1월 6일, 배에서는 아무 변화도 일어나지 않았다. 아무 소리도 들리지 않고, 사람이 있는 기척도 전혀 없었다. 보트는 우리가 어제 놓아둔 대로 배 옆에 방치되어 있었다. 우리는 다시 게보로아르 섬에 가기로 했다. 네드 랜드는 어제보다 운좋은 사냥을 기대하며, 어제 가지 않은 숲에 가보고 싶어했다.

우리는 동이 틀 무렵 이미 바다에 나가 있었다. 섬 쪽으로 흐르는 조류 덕분에 아주 빨리 도착할 수 있었다.

콩세유와 나는 네드 랜드의 본능을 믿기로 하고 그 뒤를 따라갔지만, 네드가 긴 다리로 껑충껑충 걸었기 때문에 자칫하면 그를 놓칠 뻔했다.

네드는 해안을 따라 서쪽으로 가다가 개울을 몇 개 건넌 다음, 울창한 숲으로 둘러싸인 고원에 이르렀다. 물총새 몇 마리가 물가를 으스대며 걷고 있었지만, 우리가 다가갈 수는 없었다. 물총새들의 경계심으로 미루어보아, 그 새들은 우리 같은 두발짐승에게 어떻게 대처해야 하는지를 알고 있는 모양이었다. 그래서 나는 이 섬이 무인도라 해도 사람이 자주 찾아오는 게 분명하다고 판단했다.

우리는 비옥한 평원을 지나, 수많은 새들이 노래하고 날아다니는 작은 숲 언저리에 이르렀다.

"새밖에 없는데." 콩세유가 말했다.

"하지만 먹을 수 있는 새도 있어." 네드가 대꾸했다.

"내가 보기에는 모두 앵무새뿐인 것 같아."

"이봐, 콩세유. 먹을 게 없는 사람들은 꿩 대신 앵무새를 잡아먹는 법이야."

"요리만 제대로 하면 앵무새도 먹을 만해." 내가 덧붙였다.

울창한 나무 그늘에서는 수많은 앵무새가 가지에서 가지로 날아다니며 인간의 말을 배울 기회만 기다리고 있었다. 지금은 화려한 색깔의 잉꼬와 심각한 철학적 문제를 생각하고 있는 양 엄숙한 표정을 짓고 있는 왕관앵무와 한데 어울려 종알종알 지껄이고 있었다. 시끄럽게 날아다니는 코뿔새, 아름다운 푸른색을 띤 파푸아, 아름답지만 대개 먹을 수 없는 온갖 새들 틈에서 붉은 잉꼬들은 산들바람에 날아가는 깃발 조각처럼 날아갔다.

그런데 그렇게 많은 새들 가운데 아루 제도와 파푸아 제도 부근에서만 살고 있는 새, 그 경계선 너머에서는 한 번도 발견된 적이 없는 이 지역 특산인 새만은 한 마리도 눈에 띄지 않았다. 하지만 나는 오래지 않아 그런 새를 만나는 행운을 얻었다.

숲을 빠져나오자 덤불로 뒤덮인 평야가 나타났다. 나는 곧 당당한 몸집을 가진 새들이 날아오르는 것을 보았다. 긴 깃털의 모양새로 보아, 그 새들이 땅에서 날아오르려면 바람을 거슬러 나아가야 한다는 것을 알 수 있었다. 밀려오는 파도 같은 날갯짓, 하늘에서 그리는 우아한 곡선, 무지갯빛 색깔은 보는 사람의 눈을 매혹시켰다. 나는 그 새들을 쉽게 알아볼 수 있었다.

"극락조다!"

"참새목 풍조과." 콩세유가 중얼거렸다.

"꿩의 일종인가요?" 네드가 물었다.

"그렇진 않아. 하지만 저 매력적인 열대산 새 한 마리를 손에 넣고 싶군. 어떤가, 네드? 솜씨 한번 발휘해봐."

"한번 해보죠. 나는 총보다 작살 솜씨가 훨씬 좋지만요."

말레이인들은 극락조를 잡아서 중국인들에게 팔고 있는데, 그들은 우리가 흉내도 낼 수 없는 다양한 방법으로 극락조를 잡는다. 극락조들이 사는 높은 우듬지에 덫을 놓기도 하고, 강력한 아교로 꼼짝 못하게 해서 잡기도 하고, 심지어는 극락조가 즐겨 마시러 오는 샘물에 독극물을 넣기도 한다. 우리는 날아가는 극락조를 총으로 쏠 수밖에 없었기 때문에, 잡을 가능성이 거의 없었다. 실제로 우리는 많은 탄약을 허공으로 날려보냈다.

11시쯤 우리는 섬 한복판의 산기슭에 이르렀지만, 그때까지 아무것도 잡지 못했다. 배가 고파 죽을 지경이었다. 우리는 날짐승이든 들짐승이든 짐승을 사냥해서 끼니를 때울 작정이었는데, 기대가 빗나갔다. 하지만 운좋게도 콩세유가 돌멩이 하나로 새

두 마리를 잡았다. 흰비둘기와 숲비둘기 한 마리씩이었다. 콩세유 자신도 깜짝 놀랐다. 덕분에 점심식사는 확보되었다. 우리는 재빨리 깃털을 뽑고 꼬챙이에 꿰어 이글거리는 모닥불에 구웠다. 이 진기한 날짐승이 구워지는 동안 네드는 빵나무를 요리했다. 그런 다음 비둘기 두 마리를 뼈만 남기고 깨끗이 먹어치웠다. 정말 맛이 있었다. 비둘기들은 육두구를 즐겨 먹기 때문에, 그 맛이 몸에 배어들어 고기가 한결 맛있어진 것이다.

"버섯을 먹여 키운 닭고기 같은데요." 콩세유가 말했다.

"그런데 네드, 또 뭐가 필요하지?" 내가 물었다.

"네발짐승이 필요합니다. 이런 비둘기 따위는 전채에 불과해요. 겨우 한입거리밖에 안 되잖아요. 갈비에 살코기가 듬뿍 붙은 네발짐승을 잡을 때까지는 절대 만족하지 않을 겁니다."

"나도 그래. 극락조를 잡을 때까지는."

"그럼 계속합시다." 콩세유가 말했다. "그런데 해안 쪽으로 되돌아가면서 사냥을 하는 게 좋겠어요. 여기는 산기슭인데, 사냥을 하려면 숲으로 가는 게 현명할 것 같아요."

좋은 생각이었기 때문에 그렇게 하기로 했다. 한 시간쯤 걷자 사고야자 숲이 나타났다. 독 없는 뱀 몇 마리가 허둥지둥 달아났다. 극락조들은 우리가 다가가면 재빨리 도망쳤다. 그래서 극락조 잡는 것을 거의 포기하려는데, 앞서 가던 콩세유가 갑자기 허리를 굽히더니 환성을 지르며 멋진 극락조 한 마리를 들고 나에게 돌아왔다.

"잘했다!" 내가 소리쳤다.

"별말씀을요." 콩세유가 대답했다.

"정말 놀라운 솜씨야. 극락조를 산 채로 잡다니. 게다가 맨손으로!"

"이놈을 자세히 조사해보시면, 제 공이 별것 아니라는 것을 아실 겁니다."

"그게 무슨 소리야?"

"이놈은 지금 엉망으로 취해 있으니까요."

"취했다고?"

"예. 땅바닥에 떨어진 육두구를 먹다가 취해서 비틀거리고 있었어요. 그때 제가 잡은 거죠. 네드, 자네도 좀 봐. 무절제가 얼마나 무서운 결과를 낳는지 말야."

"무슨 소리를 하는 거야! 지난 두 달 동안 내가 마신 술이 얼마나 되는지를 생각하면 그런 말은 못할 텐데."

나는 그 진기한 새를 조사했다. 콩세유의 말이 옳았다. 극락조는 과즙을 마시고 취해서 완전히 무력해져 있었다. 날지도 못했고, 걸을 수도 없는 지경이었다. 하지만 나는 상관하지 않고, 극락조가 자업자득으로 괴로워하도록 내버려두었다.

그 새는 뉴기니와 이웃 섬들에서 관찰된 여덟 종의 극락조 가운데 가장 아름답고 가장 희귀한 종인 초록 극락조였다. 몸길이는 30센티미터 정도였다. 머리는 비교적 작아 보였고, 부리 가까이에 작은 눈이 있었다. 몸은 온갖 색깔이 모여 있는 총천연색이었다. 부리는 노란색, 발과 발톱은 갈색, 날개는 적갈색, 날개 끝은 자주색, 머리와 목덜미는 노란색, 목은 초록색, 배와 가슴은 황갈색이었다. 꼬리 위에는 폭신한 솜털로 덮인 뿔 같은 돌기가 두 개 솟아 있었다. 거기에 달린 깃털은 아주 가볍고 길며 놀랄 만큼 아름다웠다. 그 꼬리 깃털이야말로 원주민들이 '태양새'라는 시적인 이름으로 부른 이 새의 특징이었다.

그 새는 조복 극락조였다

이 멋진 극락조를 파리로 가져가서 식물원에 기증할 수 있다면 얼마나 좋을까. 식물원에는 살아 있는 극락조가 한 마리도 없었다.

"그렇게 희귀한 새인가요?" 캐나다인이 사냥감을 미적 관점에서 보지 않는 사냥꾼의 말투로 물었다.

"아주 희귀하다네. 무엇보다도 산 채로 잡기가 무척 어렵지. 죽은 새도 비싼 값에 거래되기 때문에, 원주민들은 진주를 위조하듯 극락조를 창조적으로 정교하게 만들어내기도 한다네."

"뭐라고요?" 콩세유가 소리쳤다. "그럼 가짜 극락조를 만든단 말씀이세요?"

"그래, 콩세유."

"그럼 박사님은 원주민들이 가짜 극락조를 어떻게 만드는지 아세요?" 캐나다인이 물었다.

"동쪽에서 계절풍이 불어오는 철이 되면 극락조들은 아름다운 꼬리 깃털을 떨어뜨리는데, 박물학자들은 이것을 털갈이라고 하지. 극락조를 위조하는 사람들은 이렇게 빠진 깃털을 모아다가 미리 깃털을 잘라놓은 앵무새 몸에다 조심스럽게 꿰매 붙인 다음, 꿰맨 자리를 염색하고 그럴듯하게 꾸며서 이 절묘한 수공예품을 유럽 박물관이나 수집가한테 팔아치운다네."

"새한테는 고약한 짓이지만, 적어도 깃털만은 진짜 극락조로군요. 그러니까 그 새를 잡아먹고 싶은 게 아니라 깃털을 보고 싶은 것뿐이라면, 아무 문제도 없잖습니까."

극락조를 잡아서 내 소망은 이루어졌지만, 캐나다인 사냥꾼의 욕망은 채워지지 않았다. 다행히 2시쯤 네드가 멧돼지를 한 마리 잡았다. 그리하여 멧돼지는 네발짐승의 고기를 우리한테 제공해주고, 따뜻한 환영을 받았다. 네드는 자신의 사격 솜씨를 꽤나 자랑스럽게 여기는 것 같았다. 전기 총알에 맞은 돼지는 즉사했다.

네드는 가죽을 벗기고 조심스럽게 내장을 빼낸 다음, 저녁에 구워 먹을 살코기를 대여섯 토막으로 잘랐다. 이어서 다시 사냥이 시작되었고, 네드와 콩세유가 곧 수훈을 세웠다.

두 친구는 덤불을 두드려 캥거루 떼를 몰아냈다. 캥거루들은 경쾌한 다리로 깡충깡충 뛰어 달아났다. 하지만 전속력으로 날아간 전기 총알을 피할 수 있을 만큼 빨리 달아나지는 못했다.

사냥꾼의 광기에 사로잡히기 시작한 네드 랜드가 소리쳤다.

"아아, 박사님! 얼마나 멋진 사냥감입니까. 특히 기름에 볶아서 물을 조금 넣고 뭉근한 불에 졸이면 맛이 그만이죠. 이걸 배에 가져가면 식탁이 한결 풍성해질 텐데. 둘, 셋, 다섯. 한자리에서 다섯 마리나 잡았군요. 이 고기를 우리끼리 몽땅 먹어치우고, 배에 있는 멍청이들은 고기 한 점 먹지 못할 걸 생각하면!"

열광에 사로잡힌 캐나다인은, 수다를 떠는 데 많은 시간을 보내지 않았다면 캥거루 무리를 모조리 학살했을 것이다. 하지만 그는 그 매력적인 유대류를 열두 마리 잡는 것으로 만족했다.

우리가 잡은 캥거루는 몸집이 아주 작았다. 그것은 '토끼왈라비' 종에 속하는데, 평소에는 나무 구멍 속에서 살고 몸놀림이 잽싸다. 몸집은 크지 않지만 고기 맛은 일품이다.

우리는 사냥 성과에 만족했다. 행복해진 네드는 내일도 이 매력적인 섬에 다시 오자고 제의했다. 이 섬에서 먹을 수 있는 네발짐승은 모조리 잡고 싶어했다. 하지만 일은 계획대로 되지 않았다

우리는 저녁 6시에 해변으로 돌아갔다. 우리 보트는 해안에 그

네드는 캥거루를 열두 마리 잡는 것으로 만족했다

대로 놓여 있었다. '노틸러스' 호는 3킬로미터쯤 떨어진 파도 사이에 기다란 암초처럼 떠 있었다.

네드는 당장 저녁 준비에 착수했다. 그는 요리 재료를 잘 알고 있었다. 모닥불에 구운 멧돼지 고기의 구수한 냄새가 곧 주위에 퍼지기 시작했다.

이제 와서 생각해보면 그때는 나도 캐나다인과 똑같은 기분에 빠져 있었다. 지금도 나는 돼지고기 구이 앞에서는 황홀경에 빠진다. 원컨대, 내가 네드 랜드를 용서한 것과 같은 이유로 나도 용서해달라.

요컨대 저녁식사는 아주 맛있었다. 숲비둘기 두 마리가 우리의 진수성찬을 더욱 빛내주었다. 사고야자 열매로 만든 페이스트, 빵나무 열매와 망고 몇 개, 파인애플 대여섯 개, 잘 익은 코코넛으로 만든 발효유를 먹고 마시자, 세상에 부러울 것이 없었다. 내 뛰어난 동료들의 머리는 도취감으로 좀 몽롱해져 있었던 게 아닐까 하는 생각마저 든다.

"오늘밤은 배로 돌아가지 말고 여기서 지내는 게 어떨까요?" 콩세유가 말했다.

"오늘밤만이 아니라, 영원히 돌아가지 않는 건 어때?" 네드 랜드가 받았다.

바로 그 순간, 돌멩이 하나가 우리 발치에 떨어져 작살잡이의 말을 가로막았다.

22

네모 선장의 벼락

우리는 앉은 채 숲 쪽을 바라보았다. 내 손은 입으로 가는 도중에 멈춰버렸지만, 네드의 손은 목적지에 도착했다.

"돌맹이는 하늘에서 떨어지지 않아요. 운석이라면 모를까." 콩세유가 말했다.

모서리가 둥글게 깎인 두 번째 조약돌이 콩세유의 손에서 숲비둘기 다리를 낚아채어, 그의 의견을 뒷받침해주었다.

우리는 벌떡 일어나 총을 집어들고, 어떤 공격도 물리칠 태세를 갖추었다.

"원숭이인가?" 네드가 소리쳤다.

"아니, 야만인들이야." 콩세유가 대답했다.

"보트로 가세!" 나는 바다 쪽으로 가면서 말했다.

정말로 후퇴할 필요가 있었다. 활과 새총으로 무장한 스무 명남짓한 원주민이 덤불 가장자리에 나타나, 오른쪽으로 백 걸음도 채 떨어지지 않은 곳에서 수평선을 가로막고 있었기 때문이다.

우리 보트는 20미터쯤 떨어진 해안에 있었다.

야만인들은, 달려오지는 않았지만 아주 적대적인 몸짓을 하면서 다가왔다. 돌멩이와 화살이 빗발치듯 쏟아졌다.

네드 랜드는 애써 잡은 식량을 포기하고 싶지 않아서, 위험이 바싹 다가왔는데도 한 손으로 돼지를 집어들고 다른 손으로는 캥거루를 집어든 뒤에야 쏜살같이 모닥불 옆을 떠났다.

몇 분 뒤에 우리는 해안에 도착했다. 식량과 총을 보트에 던지고, 보트를 바다 쪽으로 밀어내고, 두 개의 노를 젓기 시작할 때까지는 몇 초밖에 걸리지 않았다. 우리가 300미터도 채 가기 전에 백 명의 야만인이 고함을 지르고 위협적인 몸짓을 하면서 허리까지 올라오는 물 속으로 들어왔다. 나는 야만인들의 함성을 듣고 '노틸러스' 호 상갑판에 누군가가 나오지 않을까 하고 유심히 살펴보았지만, 내 기대는 빗나갔다. 멀리 떠 있는 거대한 기계는 여전히 텅 비어 있었다.

20분 뒤에 우리는 배에 올랐다. 해치는 열려 있었다. 우리는 보트를 매어놓고 안으로 들어갔다.

객실로 내려가자 음악이 연주되고 있었다. 네모 선장이 오르간 앞에 앉아서 음악 삼매경에 깊이 빠져 있었다.

"선장!"

그러나 선장은 듣지 못했다.

나는 선장을 건드리면서 다시 한번 불렀다.

"이봐요, 선장!"

네모 선장은 그제야 흠칫 놀라면서 나를 돌아보았다.

"아아, 박사님이시군요. 사냥은 어땠습니까? 흥미로운 식물 표본이라도 채집하셨나요?"

"예. 하지만 불행히도 두발짐승 무리까지 데려왔지 뭡니까. 놈들이 너무 가까이 다가와서 좀 걱정이 되는군요."

"두발짐승이라면, 어떤?"

"야만인 말입니다."

"야만인?" 네모 선장은 빈정거리는 투로 대꾸했다. "이 지구의 육지에 발을 들여놓았는데, 야만인을 발견한 게 놀랍습니까? 야만인이 없는 육지가 세상에 어디 있습니까? 당신이 야만인이라고 부르는 그 사람들이 다른 야만인보다 더 야만적이던가요?"

"하지만……."

"나는 도처에서 야만인을 만났습니다."

"하지만 야만인들이 이 배에 올라타는 것을 바라지 않는다면, 빨리 조치를 취해야 할 겁니다."

"진정하세요. 걱정하실 일은 아무것도 없습니다."

"하지만 원주민이 아주 많은데요."

"몇 명이나 보셨습니까?"

"적어도 백 명."

"아로낙스 박사." 네모 선장은 다시 건반에 손을 올려놓으면서 말했다. "뉴기니의 원주민이 모두 해변에 모여 있다 해도 '노틸러스' 호는 그들의 공격을 두려워할 필요가 전혀 없습니다."

이어서 선장의 손가락이 오르간 위를 달리기 시작했다. 나는 선장이 검은 건반만 치는 것을 알아차렸다. 그래서 멜로디가 본질적으로 스코틀랜드적인 음조를 띠었다. 선장은 내가 옆에 있는 것도 곧 잊어버리고 깊은 상념에 빠져버렸다. 나는 선장의 몽상을 방해하지 않기로 했다.

상갑판으로 돌아와 보니 어느새 어둠이 깔려 있었다. 이 위도에서는 해가 빨리 져서 해질녘의 어스름이 없기 때문이다. 게보로아르 섬은 이제 어렴풋이 보이고 있었다. 하지만 해변에서 타오르는 수많은 불은 원주민들이 아직 떠나기로 결정하지 않았음을 보여주었다.

나는 몇 시간 동안 혼자 상갑판에 남아서 이따금 원주민에 대해 생각했지만, 그들을 진심으로 두려워하지는 않았다. 선장의 차분한 자신감이 나한테도 전염되어, 때로는 원주민을 까맣게 잊고 열대의 아름다운 밤을 찬탄하기도 했다. 앞으로 몇 시간 뒤에는 프랑스 하늘에서 빛날 별을 따라, 내 마음도 프랑스로 날아갔다. 달이 총총한 별들 사이에서 환히 빛나고 있었다. 내 생각은 그 충실하고 친절한 위성한테로 돌아갔다. 달은 모레도 같은 지점으로 돌아와 바닷물을 끌어올려 '노틸러스' 호를 산호 침대에서 떼어내줄 것이다. 자정 무렵, 나는 어두운 바다도 해안의 나무그늘도 모두 조용한 것을 확인하고 선실로 돌아와 깊은 잠 속으로 빠져들었다.

밤은 무사히 지나갔다. 파푸아인들은 후미에 좌초해 있는 괴물을 보기만 해도 겁에 질린 모양이었다. '노틸러스' 호의 해치는 열려 있었으니까, 그들이 마음만 먹었다면 배 안으로 쉽게 들어올 수 있었을 것이기 때문이다.

1월 7일 아침 6시, 나는 다시 상갑판으로 올라갔다. 어둠이 걷히고 있었다. 사라지는 안개 속에서 해변이 드러나고, 이어서 섬의 산꼭대기가 모습을 드러냈다.

원주민들은 아직도 거기에 있었다. 수는 어제보다 더 늘어나, 500명 내지 600명은 되어 보였다. 일부는 썰물로 물이 빠진 틈을 이용하여 '노틸러스' 호와 아주 가까운 산호초까지 다가와 있었다. 나는 그들을 쉽게 분간할 수 있었다. 그들은 운동선수처럼 건장한 체격과 잘 단련된 몸, 높고 넓은 이마, 납작하지 않은 커다란 코, 하얀 이를 가진 진짜 파푸아인이었다. 빨갛게 물들인 고수머리는 누비아인처럼 광택이 나는 검은 몸뚱이와 대조를 이루었다. 귓불에는 구멍을 뚫고, 짐승 뼈를 구슬처럼 꿰어 만든 귀고리를 매달아 길게 잡아 늘였다. 야만인들은 거의 알몸이었다. 허리에서 무릎까지 치마를 두른 여자도 몇 명 눈에 띄었다. 치마는 풀을 엮어서 만든 것이었고, 식물로 만든 허리띠로 고정시켰다. 몇몇 추장은 빨갛고 하얀 유리 구슬로 만든 목걸이와 초승달 모양의 장식을 목에 걸고 있었다. 거의 다 활과 화살과 방패로 무장하고, 어깨에는 조약돌이 담긴 그물을 둘러메고 있었다. 그들은 새총으로 그 돌멩이를 정확하게 날려보낼 수 있다.

'노틸러스' 호와 가장 가까이 있는 추장 하나가 배를 유심히 살피고 있었다. 바나나 잎을 엮어 가장자리를 정교하게 마무리하고 눈부신 색깔로 장식한 옷을 입고 있는 것으로 보아, 추장들 중에서도 지위가 높은 인물인 게 분명했다.

그 원주민은 사정거리 안에 들어와 있었으니까, 마음만 먹으면 쉽게 쏘아 죽일 수도 있었지만, 나는 그들이 정말로 적대적인 행동을 취할 때까지 기다리는 게 낫다고 생각했다. 유럽인이 야만인을 상대할 때는 먼저 공격하기보다 공격을 받은 뒤에 재빨리 반격하는 편이 낫다.

원주민들은 밀물이 들어올 때까지 줄곧 '노틸러스' 호 근처를 돌아다녔지만, 큰 소란을 일으키지는 않았다. 나는 그들이 '아사이' 라는 말을 자주 되풀이하는 것을 들었다. 그 말을 할 때의 몸짓을 보고 나는 그 말뜻을 이해했다. 그들은 해안으로 오라고 나

원주민들은 줄곧 '노틸러스' 호 근처를 돌아다녔다

를 초대하고 있었다. 하지만 그 초대는 사양하는 편이 낫다고 생각했다.

그래서 보트는 그날 '노틸러스' 호를 떠나지 않았다. 네드는 식량을 보충하지 못해서 몹시 안타까워했다. 재주 많은 캐나다인은 섬에 가지 못하는 대신, 게보로아르 섬에서 가져온 고기와 채소와 과일을 요리했다. 야만인들은 오전 11시쯤 산호초 꼭대기가 밀물에 잠기기 시작하자 해안으로 돌아갔다. 하지만 나는 해변에 훨씬 많은 원주민이 모여들고 있는 것을 볼 수 있었다. 그들은 아마 이웃 섬에서 왔거나 뉴기니 섬에서 왔을 것이다. 하지만 원주민의 보트는 한 척도 보이지 않았다.

달리 할 일이 없었기 때문에 나는 이 맑은 바다의 밑바닥을 뒤져보기로 마음먹었다. 수많은 조개류와 식충류와 해초류가 보였기 때문이다. 어쨌든 네모 선장이 약속한 대로 내일 만조 때 '노틸러스' 호가 다시 떠오른다면, 오늘은 이 해역에서 보내는 마지막 날이었다.

그래서 나는 콩세유를 불러, 준설기를 가져오게 했다. 가볍고 작은 준설기는 굴을 캘 때 사용하는 반두와 비슷했다.

"야만인들은 어떻습니까?" 콩세유가 물었다. "제가 보기에는 그렇게 나쁜 의도를 갖고 있는 것 같지는 않던데요."

"놈들은 식인종이야."

"식인종이라도 좋은 사람일 수 있습니다. 대식가라도 정직한 사람일 수 있듯이 말입니다. 두 가지는 결코 모순되는 관계가 아닙니다."

"좋아, 콩세유. 놈들이 정직한 식인종이고, 포로를 명예롭게 잡아먹는다는 건 인정하지. 하지만 나는 정직하게라도 잡아먹히기는 싫으니까 조심할 거야. '노틸러스'호 선장은 어떤 조치도 취하지 않을 모양이니까 말야. 자, 이제 일하러 가야지."

우리는 두어 시간 동안 열심히 바다를 뒤졌지만, 희귀한 표본은 전혀 찾지 못했다. 준설기는 '미다스의 귀'라고 불리는 조개, 하프조개, 멜라니 조개로 가득 찼지만, 내가 본 것 중에서 가장 아름다운 망치조개도 섞여 있었다. 우리는 해삼과 진주조개와 작은 거북도 몇 마리 잡아서 식료품 창고에 보관하려고 따로 놓아두었다.

하지만 이제는 글렀구나 하고 기대감을 버린 순간, 경이로운 표본 하나가 눈에 띄었다. 좀더 정확히 말하면 그것은 좀처럼 만나기 힘든 기형 동물이었다. 콩세유가 준설기로 바닥을 긁고 평범한 조개들로 가득 찬 그물을 끌어올린 순간, 나는 재빨리 그물 속으로 손을 집어넣어 조개 하나를 꺼냈다. 그러고는 진기한 표본을 발견한 패류학자답게 인간의 목에서 나올 수 있는 가장 날카로운 환성을 질렀다.

"괜찮으세요?" 콩세유가 깜짝 놀라서 물었다. "물리셨나요?"

"아니야. 하지만 이걸 발견하기 위해서라면 손가락 하나쯤은 기꺼이 내주었을 거야."

"뭘 발견하셨는데요?"

"이 조개." 나는 환성을 지른 이유를 콩세유에게 보여주었다.

"그건 단순한 대추고둥일 뿐인데요. 연체동물문, 복족강, 즐기목, 대추고둥과……"

"그래. 하지만 이 대추고둥은 시계바늘 방향으로 돌지 않고 왼쪽으로 돌고 있어."

"설마! 그럴 리가요."

"정말이야. 이건 좌회전 조개야!"

"좌회전 조개요?" 콩세유는 두근거리는 심장을 누르면서 내 말을 되풀이했다.

"이 나선을 봐!"

"아아, 정말……" 콩세유는 떨리는 손으로 귀중한 조개를 받아 들면서 말했다. "이런 흥분을 느껴보기는 난생 처음입니다."

흥분할 이유는 충분했다. 박물학자들이 지적했듯이, 우회전이 자연의 법칙이다. 행성과 그 위성들은 오른쪽으로 움직이고 회전한다. 인간은 왼손보다 오른손을 더 많이 쓰고, 따라서 인간의 도구와 기계, 계단, 자물쇠, 시계 태엽은 모두 오른쪽으로 사용하도록 만들어져 있다. 자연은 조개의 나선에서도 대체로 이 법칙을 따랐다. 조개는 모두 우회전이고, 예외는 거의 없다. 우연히 나선이 좌회전인 조개가 있다면, 수집가는 그 조개와 같은 무게의 황금을 주고서라도 그것을 손에 넣으려 든다.

콩세유와 나는 이 보물을 감상하는 데 열중했다. 내가 그것을 박물관에 기증하겠다고 속으로 다짐한 순간, 원주민이 쏜 돌멩이가 안타깝게도 콩세유가 들고 있던 그 보물을 깨뜨려버렸다.

내 입에서는 절망의 비명이 터져나왔다. 콩세유는 재빨리 총을 집어들고, 10미터쯤 떨어진 곳에서 새총을 쳐들고 있는 야만인을 겨누었다. 나는 콩세유를 말리려고 했지만, 총알은 이미 발사되어 원주민이 부적으로 팔에 차고 있던 팔찌를 부숴버렸다.

"콩세유!" 나는 소리쳤다. "콩세유!"

"주인님은 그게 식인종 책임이라는 걸 모르셨습니까?"

"아무리 그래도 조개 하나가 사람 목숨을 빼앗을 만한 가치는 없어!"

콩세유는 새빨리 총을 집어들고……

"저런 나쁜 놈! 차라리 내 어깨뼈를 부러뜨리지 않고."

콩세유는 진지했지만, 나는 그의 의견에 동의할 수 없었다. 그런데 지난 몇 분 사이에 우리도 모르게 상황이 달라져버렸다. 20여 척의 카누가 순식간에 '노틸러스' 호를 에워쌌다. 통나무를 파내서 만든 카누는 길고 폭이 좁고 무척 빨랐다. 카누에는 노련한 반벌거숭이 노잡이들이 타고 있었다. 나는 그들이 다가오는 것을 보고 불안에 사로잡혔다.

그 파푸아인들은 전에 유럽인을 상대해본 경험이 있고, 또 유럽인의 배도 잘 알고 있는 게 분명했다. 하지만 돛대도 굴뚝도 없이 후미에 길게 떠 있는 이 둥근 쇳덩어리를 그들은 어떻게 생각했을까? 처음에는 조심스럽게 상당한 거리를 유지하고 있었으니까, 함부로 대하면 안 될 불길한 것으로 생각했을 것이다. 하지만 '노틸러스' 호가 움직이지 않는 것을 보고 서서히 자신감을 되찾아, 이제 '노틸러스' 호를 직접 조사하려 하고 있었다. 이것만은 무슨 수를 써서라도 막아야 했다. 폭발음이 나지 않는 우리 총은 요란한 소리를 내는 장치만 무서워하는 이들 원주민에게는 별로 강한 인상을 주지 못했다. 위험한 것은 우렛소리가 아니라 번개지만, 사람들은 뇌성이 없는 번개를 별로 무서워하지 않는다.

갑자기 카누들이 '노틸러스' 호에 바싹 다가오더니, 구름 같은 화살이 '노틸러스' 호에 쏟아졌다.

"맙소사. 화살이 빗발치는군요." 콩세유가 말했다. "어쩌면 독화살일지도 몰라요!"

"선장한테 가서 알리는 게 좋겠어." 나는 해치 아래로 내려가면서 말했다.

객실로 들어가 보니 아무도 없었다. 나는 과감하게 선장의 침실 문을 두드렸다.

"들어오라"는 목소리가 들렸다. 안으로 들어가 보니 네모 선장은 숱한 'x'와 수학 기호로 가득 찬 계산에 열중해 있었다.

"방해가 됐나요?" 나는 예의상 물어보았다.

"조금." 선장이 대답했다. "하지만 나를 꼭 만나야 할 이유가 있었겠지요?"

"아주 중대한 일입니다. 우리는 지금 원주민들의 카누에 둘러싸여 있어요. 수백 명의 원주민이 이제 곧 우리를 공격할 게 분명합니다."

"알겠습니다." 네모 선장은 침착하게 말했다. "원주민들이 카누를 타고 왔군요?"

"예."

"해치만 닫으면 됩니다."

"그렇군요. 그래서 나도 그 말을 하려고……."

"그보다 간단한 일은 없지요."

그는 전기 버튼을 눌러 당직실로 명령을 하달했다. 그러고는 잠시 후에 다시 말을 이었다.

"이제 조치가 끝났습니다. 우리 보트는 제자리에 안전하게 보관되었고, 해치는 닫혔습니다. 설마 순양함의 포탄도 우그러뜨리지 못한 철벽을 그들이 돌멩이로 부술까봐 걱정하는 건 아니겠죠?"

"그런 건 아니지만, 위험은 아직 남아 있어요."

"뭔데요?"

"내일 이맘때는 '노틸러스' 호에 공기를 보충하기 위해 다시 해치를 열어야 할 텐데요."

"그건 사실입니다. 우리 배는 고래처럼 숨을 쉬니까요."

"파푸아인들이 그 순간 갑판으로 올라오면 어떻게 그들을 막을 수 있을지 모르겠군요."

"그러니까 당신은 그들이 감히 우리 배에 올라탈 거라고 생각하시는군요?"

"그렇습니다."

"올라타고 싶다면 마음대로 올라타게 내버려둡시다. 굳이 막을 이유가 없잖습니까. 그들도 결국은 불쌍한 인간이에요. 내가 게보로아르 섬을 방문했기 때문에 그들이 하나라도 목숨을 잃는 것은 바라지 않습니다."

나는 그쯤에서 물러가려고 했지만, 네모 선장이 나를 붙잡았다. 그러고는 옆에 와서 앉으라고 권했다. 선장은 우리의 육지 여행과 사냥에 흥미를 보이며 이것저것 물었지만, 뭍고기에 대한 캐나다인의 욕망은 이해하기 힘든 모양이었다. 그후 우리는 다양한 문제에 대해 대화를 나누었고, 네모 선장은 여전히 흉금을 터놓지는 않았지만 아주 친절했다.

우리는 '노틸러스' 호가 좌초한 곳이 하필이면 뒤몽 뒤르빌이 난관을 겪었던 바로 그 지점이라는 사실에 주목하면서, 우리가 처해 있는 상황에 대해 이런저런 이야기를 나누었다.

"뒤르빌은 프랑스의 위대한 해군 장교였고, 프랑스에서 가장 뛰어난 항해가였습니다! 프랑스의 쿡 선장이라고도 말할 수 있지요. 불운한 대과학자였습니다. 남극의 빙원과 남태평양의 산호초, 태평양의 식인종에 용감하게 도전했지만, 결국은 열차 사고로 비참하게 죽었지요! 한번 상상해보세요. 지칠 줄 모르고 활동했던 그가 최후의 순간에 자신의 인생을 돌이켜볼 수 있었다면, 마지막으로 떠오른 생각은 무엇이었을까요?"

이런 말을 하면서 네모 선장은 몹시 감동한 것 같았다. 이런 감정은 그의 장점이라고 나는 생각했다.

이어서 우리는 해도를 펴놓고, 그 프랑스 항해가가 이룩한 업적을 새삼 더듬어보았다. 그의 세계 일주 항해, 남극에 도달하려는 두 차례의 시도, 아델리랜드와 루이필리프랜드의 발견, 그리고 끝으로 태평양의 주요 섬들에 대한 수로 조사.

"뒤르빌이 바다 위에서 해낸 일을 나는 바다 속에서 해왔지만, 뒤르빌보다 더 쉽고 더 완전하게 해냈습니다. '아스트롤라베' 호와 '젤레' 호는 항상 태풍에 이리저리 밀려다녔기 때문에 '노틸러스' 호와는 상대가 될 수 없었지요. 이 배는 정말로 바다의 심장에 자리잡은 평화로운 연구 기지입니다!"

"하지만 뒤몽 뒤르빌의 정찰함들과 '노틸러스' 호는 한 가지 공통점이 있습니다."

"그게 뭔데요?"

"'노틸러스' 호도 뒤르빌의 정찰함들처럼 좌초했다는 겁니다!"

"'노틸러스' 호는 좌초한 게 아닙니다!" 네모 선장은 차갑게 대꾸했다. "'노틸러스' 호는 바다 밑바닥에 내려앉도록 설계되어 있어요. 뒤르빌은 정찰함들을 다시 띄우기 위해 온갖 묘책을 부려야 했지만, 나는 그럴 필요가 없습니다. '아스트롤라베' 호와 '젤레' 호는 하마터면 죽을 뻔했지만, '노틸러스' 호는 전혀 위험하지 않습니다. 내일 만조 때가 되면 조류가 밀려와 '노틸러스' 호를 조용히 들어올릴 테고, 그러면 '노틸러스' 호는 다시 항해를 계속하게 될 겁니다."

"나도 의심하는 건 아니지만……."

"내일······" 네모 선장은 일어나면서 덧붙였다. "오후 2시 40분, '노틸러스' 호는 암초에서 떠올라 토러스 해협을 무사히 빠져나갈 테니, 두고 보세요."

네모 선장은 조금 날카로운 어조로 말하고는 가볍게 고개를 숙였다. 나에 대한 작별인사였기 때문에, 나는 그 방을 나와서 내 방으로 돌아왔다.

방에 돌아와 보니 콩세유가 기다리고 있었다.

"이 배가 파푸아 원주민들한테 위협당하고 있다고 말했더니, 선장은 아주 냉소적으로 대답하더군. 그러니까 나도 자네한테 해줄 말은 하나뿐이야. 선장을 믿고, 너무 걱정하지 말고 가서 자게."

"저한테 시키실 일은 없습니까?"

"없어. 그런데 네드 랜드는 뭘 하고 있나?"

"죄송한 말씀이지만, 네드는 지금 캥거루 파이를 만들고 있습니다. 깜짝 놀랄 만한 요리가 될 것 같습니다."

혼자 남은 나는 침대에 누웠지만, 제대로 잠을 잘 수가 없었다. 야만인들이 귀가 먹먹해질 듯한 소리를 지르면서 상갑판 위를 쿵쿵 걸어다니는 소리가 들렸다. 이런 식으로 밤이 지나갔다. 승무원들은 여전히 여느 때의 게으름을 포기하지 않았다. 튼튼한 요새 안에 있는 병사들이 요새 위를 뛰어다니는 개미 떼에 신경을 쓰지 않는 것처럼, '노틸러스' 호 승무원들도 상갑판 위를 돌아다니는 식인종의 존재를 전혀 걱정하지 않았다.

나는 아침 6시에 일어났다. 해치가 열리지 않아서 배 안의 공기는 탁했다. 하지만 어떤 돌발 사태에도 대처할 수 있도록 만들어진 공기 탱크는 제대로 기능을 발휘하고 있어서, '노틸러스' 호의 희박한 공기 속에 약간의 산소를 보내주고 있었다.

나는 정오까지 내 방에서 일했지만, 네모 선장은 한 번도 모습을 나타내지 않았다. 승무원들이 떠날 준비를 하고 있는 낌새도 전혀 없었다.

나는 좀더 기다리다가 객실로 들어갔다. 시계가 2시 반을 가리키고 있었다. 이제 10분만 있으면 바닷물이 최고 수위에 도달할 테고, 네모 선장이 무모한 약속을 한 게 아니라면 '노틸러스' 호는 당장 암초에서 해방될 것이다. 그렇지 않으면 여러 달이 지나서야 산호 침대에서 벗어날 수 있을 것이다.

곧이어 선체가 떠오를 준비를 하는 듯한 진동이 몇 차례 느껴졌다. 배의 철판이 밑에 있는 단단한 석회질 산호에 긁히는 소리가 들렸다.

2시 35분에 네모 선장이 객실에 나타났다.

"이제 곧 떠날 겁니다."

"아아!"

"해치를 열라고 명령했습니다."

"파푸아인들은 어쩌고요?"

"파푸아인요?" 네모 선장은 어깨를 으쓱하면서 되물었다.

"파푸아인들이 '노틸러스' 호에 들어오지 않을까요?"

"어떻게요?"

"해치를 열라고 했다면서요?"

"아로낙스 박사, '노틸러스' 호 안으로 들어오기란 그렇게 쉽지 않습니다. 해치가 열려 있어도."

나는 선장을 뚫어지게 바라보았다.

"이해를 못하시나 보군요?"

"예. 전혀 이해가 안 됩니다."

"직접 가보면 아실 겁니다."

나는 중앙 층층대로 갔다. 그곳에서는 네드와 콩세유가 어리 둥절하면서도 흥미진진한 표정으로 해치를 열고 있는 승무원들을 지켜보고 있었다. 밖에서는 분노의 외침소리와 소름끼치는 아우성이 들려오고 있었다.

해치가 밖으로 열렸다. 스무 개의 무시무시한 얼굴이 나타났다. 하지만 층층대 난간에 맨 먼저 손을 댄 원주민은 뭔가 보이지 않는 힘에 떠밀린 것처럼 뒤로 나가떨어졌다. 그러고는 끔찍한 비명과 함께 펄쩍펄쩍 뛰면서 달아났다.

다른 원주민이 열 명쯤 그를 흉내냈다. 그러고는 모두 똑같은 꼴을 당했다.

콩세유는 너무 기뻐서 거의 황홀경에 빠져 있었다. 난폭한 본능에 사로잡힌 네드는 층층대로 달려갔지만, 난간을 움켜잡은 순간 그 역시 뒤로 나동그라졌다.

"맙소사!" 네드가 소리쳤다. "벼락에 맞았어!"

이 말이 모든 것을 설명해주었다. 그것은 더 이상 난간이 아니라, 기관실에서 만들어진 전기를 상갑판까지 전달하는 금속 전도체였다. 누구든 거기에 몸이 닿으면 강력한 충격을 받았다. 그러니까 네모 선장은 적이 공격해올 경우에 대비하여, 아무도 무사히 통과할 수 없는 전기 그물을 쳐놓은 것이다.

겁에 질린 파푸아인들은 미친 듯이 앞다투어 달아났다. 우리는 웃으면서 가엾은 네드의 몸을 문지르고 위로해주었다. 네드는 미치광이처럼 욕설을 퍼붓고 있었다.

바로 그때, 만조의 마지막 물결을 타고 떠오른 '노틸러스' 호가

다른 원주민들도 모두 똑같은 꼴을 당했다

선장이 예언한 2시 40분 정각에 산호 침대를 떠났다. 스크루가 천천히 바닷물을 때리기 시작했다. 속도가 점점 빨라졌다. '노틸러스' 호는 수면 위를 달려, 위험한 토러스 해협을 무사히 빠져나왔다.

23
악몽의 잠

이튿날, '노틸러스' 호는 계속 물 속을 항해하고 있었다. 속도는 놀랄 만큼 빨라서, 적어도 30노트는 넘었을 것이다. 스크루가 너무 빨리 돌고 있었기 때문에, 회전수를 헤아리기는커녕 돌아가는 날개가 보이지 않을 정도였다.

놀라운 전기는 '노틸러스' 호에 동력과 열과 빛을 줄 뿐만 아니라, 배를 신성한 방주로 만들어 외부의 공격에서 지켜주기도 했다. 감히 배를 건드려 그 신성을 모독하는 자는 누구나 벼락을 맞았다. 이것을 생각하면 끝없는 찬탄을 억누를 수가 없었다. 기계에 대한 나의 찬탄은 그 기계를 만든 사람한테로 돌아갔다.

우리는 서쪽으로 달리고 있었다. 1월 11일 우리는 웨셀 곶을 돌았다. 동경 135도·남위 10도에 자리잡고 있는 웨셀 곶은 카펜테리아 만[115]의 동쪽 끝을 이룬다. 암초는 여전히 많았지만, 지금은 좀더 넓은 해역에 퍼져 있고, 암초들의 위치도 해도에 정확하게 표시되어 있었다. 그래서 '노틸러스' 호는 남위 10도를 유지한 채, 그 위도상의 동경 130도에 자리잡고 있는 좌현 쪽의 머니 암초와 우현 쪽의 빅토리아 암초를 어렵지 않게 피할 수 있었다.

1월 13일 배가 티모르 해에 도착하자, 네모 선장은 동경 122도에 있는 같은 이름의 섬을 발견했다. 면적이 3만 3900평방킬로미터인 티모르 섬은 라자족의 지배를 받고 있다. 이들은 악어의 자손, 즉 인간으로서 가장 고귀한 혈통을 가진 가문의 자손이라고 자칭한다. 따라서 이 섬의 하천에는 비늘로 덮인 그들의 조상이 우글거리고, 특별한 존경과 숭배의 대상이 된다. 악어는 극진한 보호를 받아 버릇이 없어지고, 사람들은 악어에게 알랑거리고 먹이를 주고 어린 소녀를 제물로 바친다. 그 신성한 도마뱀한테 감히 손을 대는 외국인에게는 재앙이 닥친다.

그러나 '노틸러스' 호는 그 징그러운 동물을 상대할 필요가 없었다. 티모르 섬은 정오에 부관이 우리 위치를 측정하는 동안 잠깐 볼 수 있었을 뿐이다. 같은 섬무리에 딸려 있는 로티 섬도 그런 식으로 언뜻 볼 수 있었다. 이 섬의 여자들은 말레이시아 시장에서 미인으로 소문나 있었다.

원하는 곳이면 어디든 갈 수 있는 '노틸러스' 호는 거기서 남서쪽으로 방향을 틀었다. 배는 인도양으로 향하고 있었다. 네모 선장의 변덕은 우리를 어디로 데려갈까? 아시아 해안으로 되돌아가려는 것일까? 유럽 해안으로 다가갈까? 사람이 사는 대륙에서 달아난 사람이 그런 결정을 내릴 가능성은 거의 없어 보였다. 그렇다면 훨씬 남쪽으로 내려갈까? 희망봉을 돌고 혼 곶[116]을 돌아서 남극으로 갈 작정인가? 그리고 마지막으로 '노틸러스' 호가 자유롭고 편하게 항해할 수 있는 태평양으로 돌아오려는 것일까? 그것은 시간이 말해줄 것이다.

액체에 대한 고체의 마지막 저항인 카르티에 암초와 히베르니아 암초, 세링가파탐 암초와 스콧 암초를 지나, 1월 14일 우리는 모든 육지에서 멀리 떨어진 망망대해로 나왔다. '노틸러스' 호의 속도는 눈에 띄게 떨어졌다. 그리고 움직임도 변덕스러워서, 물속을 항해하다가 물 위로 떠오르기를 되풀이했다.

이 항해 구간에서 네모 선장은 다양한 수심의 수온을 재는 흥미로운 실험을 했다. 수온을 잴 때는 대개 복잡한 기구를 사용하지만, 그 결과는 의심스럽거나 엉터리인 경우가 많다. 온도계가 달린 측심기는 유리가 높은 수압 때문에 깨져버리는 경우가 많고, 전류에 대한 금속의 저항력 변화에 바탕을 둔 장치도 믿을 수 없기는 마찬가지다. 이런 식으로 얻은 측정 결과는 그 진실성을 제대로 입증할 수 없다. 반면에 네모 선장은 직접적인 관측으로 깊은 바다의 수온을 잴 작정이었고, 다양한 깊이의 물과 직접 접촉하는 그의 온도계는 즉각적으로 정확하게 온도를 알려주었다.

'노틸러스' 호는 물탱크를 채우거나 경사판을 내려서 수심 3000미터, 4000미터, 5000미터, 7000미터, 1만 미터에 차례로 도달했다. 이 실험의 최종 결론은 수심 1000미터의 수온은 위도에 관계없이 늘 4.5도로 일정하다는 것이었다.

나는 흥미진진하게 이 실험을 지켜보았다. 네모 선장은 실험에 대단한 열정을 보였다. 그가 왜 이런 실험을 하는지 궁금할 때가 많았다. 같은 인류에게 이익을 주기 위해서일까? 이것은 있을 법하지 않은 일이었다. 그의 연구 결과는 조만간 그와 함께 어느 미지의 바다 속에 묻혀버릴 운명이기 때문이다. 그가 실험 결과를 나에게 넘겨줄 작정이 아니라면 말이다. 만약 그렇다면 그는 나의 항해가 언젠가는 끝날 수도 있다는 것을 받아들인 셈이지만, 항해의 끝은 아직 요원해 보였다.

이유가 무엇이든, 네모 선장은 지구의 주요 바다에서 관측한 수치도 나에게 말해주었다. 그 수치는 물의 상대적 밀도를 밝혀주는 것이었다. 나는 이 정보에서 과학과는 상관없는 개인적인 교훈을 얻었다.

1월 15일 아침이었다. 나와 함께 상갑판을 거닐고 있던 선장이 문득 바닷물의 다양한 밀도를 아느냐고 물었다. 나는 모른다고 대답했다. 그리고 과학자들은 아직 바닷물의 밀도를 엄밀히 조사하지 않았다고 덧붙였다.

"나는 조사했습니다. 그리고 그 정확성도 보증할 수 있습니다."

"그래요? 하지만 '노틸러스' 호는 딴 세상이니까, 이곳의 비밀은 육지에 전달되지 않습니다."

"맞습니다." 네모 선장은 잠시 입을 다물고 있다가 말을 이었다. "이 배는 딴 세상입니다. 이 지구와 함께 태양 주위를 도는 행성들만큼이나 육지와 동떨어져 있지요. 토성이나 목성의 과학자들이 어떤 연구를 해도, 우리는 결코 거기에서 이익을 얻지 못할 겁니다. 하지만 우연이 우리의 두 세계를 이어주었기 때문에 나는 내 관측 결과를 당신한테 전할 수 있습니다."

"듣겠습니다, 선장."

"아시다시피 바닷물은 민물보다 밀도가 높지만, 밀도가 균일하지는 않습니다. 민물의 밀도가 1이라면, 대서양의 밀도는 1.028이고, 태평양의 밀도는 1.026, 지중해의 밀도는 1.030……."

'아하!' 나는 속으로 생각했다. '그러니까 이 사람은 지중해에

도 과감하게 들어가는 모양이군.'

"이오니아 해의 밀도는 1.018, 아드리아 해의 밀도는 1.029."

'노틸러스' 호는 그러니까 수많은 배들이 오가는 유럽의 바다도 피하지 않고 다니고 있었다. 선장의 이 말을 듣고, 나는 배가 좀더 문명화한 대륙으로 조만간 우리를 데려갈지 모른다고 생각했다. 네드 랜드가 이 소식을 들으면 기뻐 날뛸 것이다.

며칠 동안은 수심에 따라 달라지는 염분 농도, 전하량, 색깔, 투명도에 관한 온갖 실험을 하면서 시간을 보냈다. 네모 선장은 어떤 실험에서나 비할 데 없는 독창성을 발휘했고, 나에 대한 태도는 비할 데 없이 친절했다. 그런데 며칠이 지나자 네모 선장은 또다시 며칠 동안 모습을 보이지 않았고, 나는 강제로 격리된 것처럼 그의 배에 남겨졌다.

1월 16일, '노틸러스' 호는 해수면보다 몇 미터 아래에서 잠들어버린 것 같았다. 전기장치는 더 이상 작동하지 않았고, 스크루도 움직이지 않아서 배는 해류에 이리저리 떠밀리고 있었다. 나는 뭔가 격렬한 움직임 때문에 기계가 고장나서 승무원들이 수리에 여념이 없는 모양이라고 짐작했다.

바로 그때 콩세유와 네드와 나는 기묘한 광경을 목격했다. 객실의 철판은 열려 있었지만, '노틸러스' 호의 탐조등이 켜지지 않아서 물 속은 어두컴컴했다.. 폭풍우를 머금은 하늘은 짙은 먹구름에 뒤덮여 해수면에만 희미한 빛을 던지고 있을 뿐이었다.

이런 상태에서는 엄청나게 큰 물고기도 희미한 그림자로밖에 보이지 않았다. 내가 이런 바다 상태를 살피고 있을 때 '노틸러스' 호가 갑자기 눈부신 빛에 둘러싸였다. 처음에 나는 탐조등이 다시 켜져서 눈부신 빛을 물 속에 던지고 있는 줄 알았다. 하지만 그렇지 않다는 것을 곧 알아차렸다.

'노틸러스' 호는 인광층 속에 떠 있었다. 인광층은 어둠 속에서 점점 밝아지고 있었다. 빛을 내는 것은 수많은 발광 미생물이었다. 미생물은 금속 선체에 닿으면 더욱 밝은 빛을 냈다. 이 빛나는 물 속에서 불꽃이 깜빡거렸다. 뜨거운 용광로 속에서 녹은 납의 흐름이나 뜨겁게 가열된 금속 덩어리가 반짝거리는 것 같았다. 희미하게 빛나는 부분이 그 반짝이는 빛과 대조되어 그림자처럼 보였다. 하지만 이렇게 불타는 듯한 환경에서는 당연히 그림자가 존재하지 않을 터였다. 그런데도 그림자가 나타난 것은 이것이 우리 배에서 나오는 정상적인 조명이 아니었기 때문이다! 놀라운 힘과 이상한 움직임이 존재하고 있었다. 그 빛은 마치 살아 있는 것처럼 느껴졌다.

실제로 그것은 원생동물의 일종인 적충류와 야광충의 거대한 덩어리였다. 실날 같은 촉수로 무장한 투명에 가까운 젤리가 30입 방센티미터에 2만 5천 마리나 우글거리고 있었다. 해파리와 불가사리·돌맛조개, 그밖에 인광을 발하는 식충류의 독특한 빛이 거기에 가세했고, 그 빛 속에는 바다에서 분해된 유기물과 어류가 분비한 점액이 가득 섞여 있었다.

'노틸러스' 호는 몇 시간 동안이나 이 빛나는 물 속에 떠 있었다. 그 물 속에서 커다란 해양동물이 인어처럼 노니는 모습을 우리는 찬탄의 눈길로 바라보았다. 타오르지 않는 그 불 속에서 지칠 줄 모르는 바다의 광대인 돌고래들이 빠르고 우아하게 헤엄치고 있었다. 태풍을 예고하는 3미터 길이의 돛새치는 턱에 칼처럼 돌출한 이빨로 이따금 객실 유리창을 두드렸다. 작은 물고기들도 나타났다. 다양한 파랑쥐치, 뛰어오르는 고등어, 울프 유니콘, 그밖에 수백 가지의 다양한 물고기들이 빛나는 물 속에 줄무늬를 그리며 헤엄치고 있었다.

현란하고 매혹적인 광경이었다! 기상 조건이 그런 현상의 효과를 더욱 높여주었을까? 해수면에 폭풍이 몰아치고 있을까? 하지만 해수면보다 겨우 몇 미터 아래에 있는 '노틸러스' 호는 폭풍의 분노를 전혀 느끼지 못한 채, 잔잔한 물 속에서 평온하게 흔들리고 있었다.

우리는 새로운 경이에 끊임없이 매혹되면서 그렇게 흘러가고 있었다. 콩세유는 물 속을 관찰하면서 강장동물·체절동물·연체동물·어류를 분류했다. 며칠이 순식간에 지나갔다. 나는 더 이상 날짜를 헤아리지 않았다. 네드는 늘 그랬듯이 식사에 다양한 변화를 주려고 애썼다. 우리는 진짜 달팽이처럼 우리 껍데기에 익숙해졌다. 완전한 달팽이가 되기는 아주 쉽다.

이런 생활이 우리에게는 편하고 자연스럽게 느껴졌다. 이제 우리는 육지에서 이루어지고 있는 다른 생활을 상상할 수 없게 되었다. 바로 그때 우리가 얼마나 이상한 상황에 놓여 있는가를 일깨워주는 사건이 일어났다.

1월 18일, '노틸러스' 호는 동경 105도·남위 15도 지점에 있었다. 날씨는 험악했고 파도가 거칠었다. 동풍이 강하게 불었다. 며칠 동안 계속 내려가고 있던 기압계가 폭풍우와 한바탕 전투를 벌일 때가 다가오고 있음을 알려주었다.

내가 상갑판으로 올라가 보니 부관이 시각(時角)[117]을 재고 있었다. 나는 부관의 입에서 여느 때처럼 그 판에 박힌 문장이 나오기를 기다렸지만, 그날은 그것이 나른 문장으로 바뀌었다. 이 문장도 이해할 수 없기는 마찬가지였다. 부관의 입에서 그 말이 떨어지기가 무섭게 네모 선장이 나타나, 망원경을 눈에 대고 수평선에 초점을 맞추었다.

선장은 몇 분 동안 꼼짝도 않고 시야에 포착된 지점을 열심히 바라보았다. 그런 다음 망원경을 내리고 부관과 몇 마디 말을 나누었다. 부관은 흥분에 사로잡혀 있는 듯했다. 그는 흥분을 억누르려고 애썼지만 소용이 없었다. 부관보다 자제력이 강한 네모 선장은 여전히 냉정했다. 어쨌든 선장은 무언가에 이의를 제기하고 있는 듯했고, 거기에 대해 부관은 공손한 태도로 응답하고 있었다. 적어도 나는 두 사람의 말투와 몸짓의 차이를 보고 그렇게 생각했다.

나도 선장이 관찰하고 있는 방향을 유심히 살폈지만 아무것도 찾아내지 못했다. 하늘과 바다는 맑은 수평선에서 만나 완전히 하나로 녹아들어 있었다.

네모 선장은 상갑판을 끝에서 끝까지 오락가락하기 시작했다. 그는 나를 쳐다보지도 않았고, 내가 거기에 있다는 것조차 알아차리지 못한 것 같았다. 걸음걸이는 확실했지만, 평소 때처럼 규칙적인 걸음은 아니었다. 이따금 멈춰서서, 가슴팍에 팔짱을 끼고 바다를 바라보곤 했다. 그 드넓은 공간 속에서 도대체 무엇을 찾고 있을까? 그 순간 '노틸러스' 호는 가장 가까운 해안에서도 수백 킬로미터나 떨어진 곳에 있었다!

부관이 다시 망원경을 집어들고 수평선을 고집스럽게 살폈다. 그러면서 계속 상갑판 위를 오락가락하고 초조한 듯 발을 굴렀다. 신경질적으로 들떠 있는 그의 태도는 침착하고 냉정한 선장과는 대조적이었다.

어쨌든 수수께끼는 반드시 풀릴 것이다. 잠시 후 네모 선장의 명령으로 엔진이 추진력을 높여 스크루를 더욱 빨리 돌리기 시작했다.

그 순간 부관이 또다시 무언가를 발견하고 선장에게 신호를 보냈다. 네모 선장은 걸음을 멈추고, 부관이 가리킨 쪽으로 망원경을 돌렸다. 그리고 한참 동안 그것을 조사했다. 나는 흥미를 느끼고, 객실에 내려가서 내가 평소에 사용하는 성능 좋은 망원경을 가져왔다. 그러고는 상갑판 앞쪽에 튀어나와 있는 탐조등 테두리에 기대어 하늘과 바다가 맞닿은 수평선을 샅샅이 조사할 준비를 갖추었다.

하지만 내가 눈을 망원경 렌즈에 갖다 대기도 전에 느닷없이 누군가가 내 손에서 망원경을 낚아챘다.

돌아보니 네모 선장이 내 앞에 서 있었다. 하지만 그의 얼굴은 마치 딴사람처럼 완전히 달라져 있었다. 찌푸린 눈썹 밑에서 두 눈이 어두운 불꽃을 내며 이글이글 타올랐다. 이는 반쯤 드러나 있었다. 뻣뻣한 몸, 움켜쥔 주먹, 곧추세운 어깨, 그 어깨에 파묻힌 머리는 격렬한 증오가 그의 온몸을 가득 채우고 있다는 증거였다. 그는 꼼짝도 하지 않았다. 내 망원경이 그의 손에서 떨어져 발치에 굴렀다.

왜 이럴까? 내가 본의 아니게 선장을 화나게 했나? 선장은 내가 '노틸러스' 호의 비밀을, 외부인에게는 절대 금기인 비밀을 알아냈다고 생각했나?

아니, 그렇지는 않았다! 그 증오의 대상은 내가 아니었다. 그는 나를 바라보고 있지 않았기 때문이다. 그의 눈은 여전히 수평선의 보이지 않는 한 짐에 놋박혀 있었다.

마침내 네모 선장은 자제심을 되찾았다. 몰라보게 변했던 얼

그의 눈은 수평선 위에 못박혀 있었다

굴이 평상시의 침착성을 되찾았다. 선장은 부관에게 그 이해할 수 없는 언어로 몇 마디 한 다음, 나를 돌아보았다.

"아로낙스 박사." 선장은 약간 고압적인 어조로 말했다. "나한테 약속한 게 있지요? 그 약속을 지켜주셨으면 합니다."

"뭔데요?"

"박사의 일행을 가두어야겠어요. 자유를 돌려주어도 좋다고 생각될 때까지."

"그거야 당신의 권리잖소. 이 배의 주인은 당신이니까." 나는 그를 바라보면서 말했다. "그런데 한 가지만 여쭤봐도 될까요?"

"안 됩니다."

나는 더 이상 묻지 않고 순순히 따를 수밖에 없었다. 하기야 저항할 수 있는 처지도 아니었다.

나는 네드와 콩세유가 쓰고 있는 선실로 내려가, 선장의 결정을 말해주었다. 작살잡이가 어떤 반응을 보였을지는 상상에 맡기겠다. 어쨌든 더 이상 설명할 시간이 없었다. 네 명의 승무원이 문간에서 기다리고 있었다. 그들은 우리가 '노틸러스' 호에서 첫날 밤을 보낸 그 감방으로 우리를 데려갔다.

네드 랜드는 항의했지만, 아무 대답도 듣지 못한 채 코앞에서 문이 닫혔다.

"이게 무슨 뜻인지, 주인님은 말씀해주실 수 있겠습니까?" 콩세유가 물었다.

나는 상갑판에서 일어난 일을 말해주었다. 콩세유와 네드도 나만큼 놀랐고, 나만큼 사태를 이해하지 못했다.

나는 깊은 생각에 잠겼다. 네모 선장의 얼굴에 떠오른 그 야릇한 불안이 내 마음에 달라붙어 떠나지 않았다. 내가 좀처럼 논리적인 추론을 끌어내지 못하고 터무니없는 추측에 사로잡혀 있을 때, 네드 랜드의 목소리가 내 생각을 방해했다.

"아니, 벌써 점심이 준비되어 있잖아."

정말로 식탁이 차려져 있었다. 그렇다면 네모 선장은 '노틸러스' 호의 속력을 올리는 동시에 우리를 이 방에 가두기로 작정한 게 분명했다.

"제 생각을 말씀드려도 될까요?" 콩세유가 말했다.

"그래."

"주인님은 점심을 드셔야 합니다. 나중에 무슨 일이 일어날지 모르니까, 속을 든든히 채워두는 게 무엇보다 현명한 처사일 겁니다."

"그래, 옳은 얘기야."

"불행히도 오늘 점심에는 배에서 늘 먹는 음식밖에 없군." 네드가 투덜거렸다.

"네드, 이것마저 없었다면 어쩔 뻔했어?" 콩세유가 나무랐다.

이 말에 작살잡이도 불평을 그만두었다.

우리는 식탁에 둘러앉았다. 그리고 조용히 식사를 했다. 나는 별로 많이 먹지 않았다. 신중하고 분별있는 콩세유는 '억지로' 식사를 했고, 네드 랜드는 기분이야 어떻든 한입도 남기지 않고 깨끗이 먹어치웠다. 점심식사가 끝나자 우리는 각자 구석에 자리를 잡고 드러누웠다.

감방을 비추고 있던 전등이 갑자기 꺼졌다. 우리는 캄캄한 어둠 속에 갇혀버렸다. 네드 랜드는 곧 잠이 들었다. 콩세유도 깊은 잠에 빠져들어 나를 놀라게 했다. 갑자기 쏟아지는 잠을 피하지 못하고 굴복해버린 느낌이었다. 그 이유를 궁금해하고 있을 때,

우리는 모두 깊은 잠에 빠져들었다

내 머리도 몽롱한 마비 상태로 빠져드는 것을 느꼈다. 눈을 뜨고 있으려고 아무리 애를 써도 저절로 눈이 감겼다. 불길한 환상이 나를 사로잡았다. 우리가 먹은 음식에 수면제가 섞여 있었던 것은 의심할 여지가 없었다. 감방에 가두는 것만으로는 네모 선장의 활동을 우리에게 감출 수 없었다. 그래서 선장은 우리를 잠재울 필요가 있었다!

해치를 닫는 소리가 들렸다. 배를 좌우로 흔들고 있던 파도가 멈추었다. '노틸러스' 호가 해수면을 떠났을까? 움직임이 없는 심해로 다시 내려갔을까?

나는 잠을 쫓으려고 애썼지만 소용이 없었다. 호흡이 점점 약해졌다. 나는 끔찍한 추위를 느꼈다. 팔다리가 얼어붙고, 마비된 것처럼 무거워졌다. 눈꺼풀이 납물을 바른 것처럼 무거웠다. 나는 내려온 눈꺼풀을 다시 들어올릴 수가 없었다. 악몽으로 가득한 잠이 나를 완전히 사로잡았다. 이윽고 환상이 사라졌다. 나는 기진맥진한 채 무의식 속으로 빠져들었다.

24

산호 왕국

이튿날 일어났을 때는 머리가 놀랄 만큼 맑아져 있었다. 놀랍게도 나는 내 방에 있었다. 콩세유와 네드도 나처럼 모르는 사이에 자기네 선실로 돌아갔을 것이다. 그들도 나와 마찬가지로 간밤에 일어난 일을 전혀 모를 것이다. 나는 수수께끼가 우연히 풀리기를 기대할 수밖에 없었다.

이어서 나는 방에서 나가는 문제를 생각했다. 나는 다시 자유로워진 것일까? 아니면 아직도 포로일까? 나는 완전히 자유로웠다. 문을 열고 복도를 지나 중앙 층층대로 걸어갔다. 어제 닫힌 해치가 이제는 열려 있었다. 나는 상갑판으로 올라갔다.

네드와 콩세유가 거기에서 나를 기다리고 있었다. 나는 몇 가지 질문을 했다. 네드와 콩세유는 아무것도 알지 못했다. 깊이 잠들어 아무것도 기억나지 않고, 아침에 눈을 떠보니 선실에 돌아와 있어서 깜짝 놀랐다고 한다.

'노틸러스' 호는 여느 때처럼 평온하고 신비로워 보였다. 배는 파도 위에서 적당한 속도로 움직이고 있었다. 달라진 게 아무것도 없는 것 같았다.

네드 랜드는 날카로운 눈으로 바다를 살폈다. 바다는 텅 비어 있었다. 캐나다인은 수평선에서 새로운 것을 전혀 보지 못했다. 돛도 육지도 보이지 않았다. 서풍이 강하게 불고 있었다. 긴 물결이 바람에 흐트러져, 배가 눈에 띄게 흔들리고 있었다.

공기를 보충한 '노틸러스' 호는 다시 물 속으로 내려갔지만, 언제든지 재빨리 수면으로 떠오를 수 있도록 평균 수심 15미터를 유지했다. 놀랍게도 1월 19일에는 배가 여러 번 수면으로 떠올랐다. 그때마다 부관이 상갑판으로 올라왔고, 귀에 익은 문장이 배 안에 울려 퍼졌다.

네모 선장은 계속 나타나지 않았다. 선원들 가운데 내가 본 것은 그 무표정한 급사뿐이었다. 급사는 여느 때처럼 조용하고 빈틈없이 내 시중을 들어주었다.

2시쯤, 내가 객실에서 노트를 정리하며 바쁘게 일하고 있을 때 선장이 문을 열고 들어왔다. 나는 그에게 인사를 보냈다. 선장은 거의 알아볼 수 없을 만큼 고개를 한 번 숙였을 뿐, 말은 한 마디도 하지 않았다. 나는 선장이 어쩌면 간밤에 일어난 사건을 설명해줄지도 모른다고 생각하면서 다시 일을 시작했다. 하지만 선장은 아무 설명도 하지 않았다. 나는 그를 가만히 바라보았다. 선장의 얼굴은 피곤해 보였다. 눈은 한숨도 자지 못한 듯 붉게 충혈되어 있었다. 얼굴에는 깊은 슬픔이 드러나 있었다. 정말로 상심한 표정이었다. 선장은 방안을 오락가락하다가 의자에 앉았지만, 다시 벌떡 일어났다. 닥치는 대로 책을 한 권 집어들었지만, 곧 다시 내려놓았다. 계기를 살펴보았지만 여느 때처럼 숫자를 기록하지는 않았다. 잠시도 한곳에 머물러 있을 수가 없는 것 같았다.

마침내 선장이 나에게 다가와서 물었다.

"아로낙스 박사, 혹시 의학 지식을 갖고 계십니까?"

전혀 예기치 않은 질문이었기 때문에 나는 대답하지 않고 한동안 멀뚱하게 선장을 바라보았다.

"의학 지식을 갖고 계신가요?" 선장이 똑같은 질문을 되풀이했다. "박사의 동료들 중에는 의학을 공부한 사람이 몇 명 있지요? 그라시올레라든가 모캥 탕동[118]이라든가……."

"맞습니다. 나는 의사입니다. 병원에서 수련의를 한 적도 있고, 박물관에 들어가기 전에는 몇 년 동안 개업하기도 했었지요."

"잘됐군요."

내 대답에 네모 선장은 분명 만족한 표정이었다. 그러나 나는 선장이 무엇 때문에 그런 질문을 했는지 몰라서 다음 질문을 기다렸다. 상황에 따라 대답할 수 있는 가능성을 남겨두기 위해서였다.

"아로낙스 박사, 내 부하를 치료해주실 수 있겠습니까?"

"아픈가요?"

"예."

"좋습니다."

"나를 따라오세요."

솔직히 말해서 나는 가슴이 두근거렸다. 무엇 때문인지는 모르지만, 나는 승무원의 질병과 어제 일어난 사건이 서로 관련되어 있다는 것을 알 수 있었다. 그 수수께끼는 환자 못지않게 내 마음을 사로잡았다.

네모 선장은 나를 '노틸러스' 호의 고물 쪽으로 데려가서, 승무원실 옆에 있는 작은 방으로 들어갔다.

침대에 마흔 살 남짓한 사내가 누워 있었다. 정력적인 얼굴이 전형적인 앵글로색슨인이었다.

나는 환자 위로 몸을 숙였다. 그는 단순한 환자가 아니라 부상자였다. 머리에 피로 얼룩진 붕대가 감겨 있고, 머리 밑에 베개 두 개를 받치고 있었다. 나는 붕대를 풀었다. 부상자는 커다란 눈으로 나를 바라보면서, 신음소리 한 번 내지 않고 내가 하는 대로 내버려두었다.

상처는 끔찍했다. 둔기에 맞아 박살난 두개골 틈새로 뇌수가 드러나 있고, 뇌조직 자체도 깊은 손상을 입은 상태였다. 적갈색으로 변한 뇌척수액 속에 응고된 핏덩어리가 생겨 있었다. 뇌좌상에 뇌진탕이었다. 환자는 호흡 곤란을 겪고 있었다. 얼굴 근육이 경련을 일으켰다. 뇌는 완전히 기능을 잃어, 감각과 운동 신경이 마비된 상태였다.

나는 부상자의 맥을 짚어보았다. 맥박이 불규칙했다. 손발은 벌써 차가워지고 있었다. 나는 죽음이 다가오고 있는 것을 알 수 있었다. 죽음의 속도를 늦추는 것도 불가능해 보였다. 나는 가엾은 사내의 상처를 확인한 뒤, 머리에 다시 붕대를 감아주고 네모 선장 쪽으로 돌아섰다.

"어쩌다 이런 상처를 입었습니까?"

"그건 상관할 바 없잖습니까?" 선장은 대답을 회피했지만, 곧 이렇게 대답했다. "'노틸러스' 호가 받은 충격으로 엔진의 레버 하나가 부러지면서 이 사람을 때렸어요. 환자 상태는 어떻습니까?"

침대에 마흔 살 남짓한 사내가 누워 있었다

나는 망설였다.

"마음대로 말하셔도 됩니다. 이 사람은 프랑스어를 모르니까요."

나는 다시 한번 부상자를 바라보고 나서 선장에게 말했다.

"두 시간을 넘기기 어렵습니다."

"살릴 방법은 전혀 없습니까?"

"없습니다."

네모 선장은 양손을 꽉 움켜쥐었다. 눈에서 눈물이 몇 방울 떨어졌다. 선장이 흐느낄 수 있다는 게 도무지 믿어지지 않았다.

나는 죽어가는 사내를 한참 바라보았다. 생명이 그에게서 썰물처럼 빠져나가고 있었다. 죽음의 침상 위에 쏟아지는 불빛 속에서 사내는 점점 핏기를 잃고 창백해졌다. 그 현명해 보이는 얼굴에는 나이답지 않게 깊은 고랑이 새겨져 있었다. 불행이나 궁핍한 생활이 오래 전에 새겨놓은 주름살이었다. 나는 그의 입술에서 새어나올 마지막 말을 듣고 그 인생의 비밀을 짐작해보고 싶었다.

"아로낙스 박사, 이제 그만 가보셔도 됩니다." 네모 선장이 말했다.

나는 죽어가는 사내의 방에 선장을 남겨놓고, 그 광경에 가슴이 뭉클해진 채 내 방으로 돌아왔다. 그러고는 온종일 불길한 예감에 시달렸다. 밤에도 잠을 제대로 이루지 못했다. 악몽을 꾸다가 여러 번 잠에서 깨어났다. 그때마다 희미한 한숨소리와 장송곡 같은 노랫소리가 들리는 것 같았다. 저것은 죽은 자를 위한 기도일까?

이튿날 아침 나는 갑판으로 올라갔다. 네모 선장이 벌써 갑판에 나와 있다가, 나를 보자마자 다가와서 물었다.

"오늘 바다로 소풍을 나가지 않겠습니까?"

"콩세유와 네드를 데려가도 됩니까?"

"두 사람이 원한다면."

"두 사람은 선장의 손아귀에 들어 있는 신세가 아닙니까."

"그럼 잠수복으로 갈아입으세요."

어제의 중환자에 대해서는 한 마디도 없었다. 나는 네드 랜드와 콩세유를 만나 네모 선장의 초대를 전했다. 콩세유는 두말없이 받아들였고, 이번에는 네드도 함께 가겠다고 나섰다.

그때가 아침 8시였다. 8시 반에 우리는 램프와 공기통을 둘러메고 두 번째 소풍을 떠날 채비를 갖추었다. 이중문이 열리고, 우리는 승무원을 열 명쯤 거느린 네모 선장과 함께 '노틸러스' 호가 내려앉아 있는 수심 10미터의 단단한 바닥에 발을 내디뎠다.

완만한 비탈을 지나 수심 30미터까지 내려가자 울퉁불퉁한 바닥이 나왔다. 그 바닥은 내가 태평양에서 첫 번째 산책을 나갔을 때 찾아간 곳과는 전혀 달랐다. 이곳 바닥에는 고운 모래가 전혀 없었고, 물 속의 초원도 해초 숲도 없었다. 나는 네모 선장이 그날 우리에게 소개하고 있는 그 놀라운 곳의 정체를 당장 알아차렸다. 그곳은 산호 왕국이었다.

강장동물문 팔방산호강에는 고르고니목이 속해 있고, 이것은 다시 고르고니아과·이시디아과·산호과 등 세 무리로 나뉜다. 산호과에 속해 있는 산호는 처음에는 광물로, 다음에는 식물로, 마지막에는 동물로 분류된 진기한 존재다. 고대인에게는 의약품으로, 현대인에게는 보석으로 이용되는 산호는 1694년에 이르러서야 겨우 동물로 명확하게 분류되었다. 산호가 동물이라는 결정적인 증거를 제시한 사람은 프랑스 마르세유 태생인 페이소 넬[119]이었다.

산호는 돌처럼 단단하면서도 깨지기 쉬운 성질을 가진 폴립 모체 위에 모여 있는 미세한 동물의 집합체다. 이 폴립들은 싹을 내어 번식하는 독특한 생식체계를 갖고 있다. 폴립은 저마다 독자적인 생활을 하는 동시에 공동 생활에도 참여한다. 그것은 일종의 자연적 사회주의다. 나는 이 기묘한 강장동물에 관한 최근 연구 결과를 알고 있었다. 산호는 박물학자들의 표현에 따르면 나뭇가지를 내면서 광물화한다. 자연이 바다 밑바닥에 심어놓은 석화한 숲을 찾아가는 것보다 더 흥미로운 일이 어디 있겠는가.

룸코르프 램프가 켜졌다. 우리는 아직도 형성되고 있는 산호초를 따라갔다. 언젠가는 이 산호초도 인도양의 이 해역을 완전히 고립시킬 것이다. 길 양쪽에는 작은 관목들이 뒤섞여 이루어진 미로 같은 덤불이 펼쳐져 있었다. 관목은 하얀 꽃잎을 가진 작은 별 모양의 꽃으로 뒤덮여 있었다. 하지만 바다의 바위에 고착되어 있는 이 나무들은 지구상의 어떤 식물과도 달랐다. 그것은 모두 아래쪽으로 자라고 있었기 때문이다.

불빛은 화려한 색깔의 나뭇가지 사이에서 흔들리면서 온갖 매혹적인 효과를 냈다. 막으로 이루어진 원통형 관이 흐르는 물 속에서 흔들리는 것이 보이는 듯했다. 나는 섬세한 촉수로 장식되어 있는 그 싱싱한 꽃부리를 따고 싶은 유혹에 사로잡혔다. 이제 막 활짝 피어난 꽃도 있고, 지느러미를 빠르게 흔들며 새떼처럼 옆을 스치고 지나가는 작은 물고기들 때문에 미처 피어나기도 전에 꺾여버리는 꽃도 있었다. 이 살아 있는 꽃들은, 손을 대면 잎을 닫아버리는 미모사처럼 민감해서, 내가 손을 가까이 가져가면 집단 전체에 당장 경계 경보가 울려 퍼졌다. 하얀 꽃부리는 빨간 잎집 속에 숨어버렸고, 꽃들은 내 눈앞에서 시들어버렸고, 덤불은 젖꼭지처럼 생긴 작은 돌멩이들의 덩어리로 변해버렸다.

우연히도 나는 이 강장동물 중에서 가장 귀중한 산호를 발견했다. 그 산호는 프랑스와 이탈리아와 북아프리카의 지중해 연안에서 채집된 산호와 비슷한 성질을 갖고 있었다. 그 화려한 색깔은 상인들이 최고급품에 붙여준 '피의 꽃'이나 '피의 거품'이라는 시적 이름에 잘 어울렸다. 산호는 1킬로그램에 500프랑이나 나가는데, 이곳은 수심이 깊어서 수많은 산호 수집가들에게 돌아가고도 남을 만큼 많은 산호가 고스란히 보존되어 있었다. 이 귀중한 산호는 대개 다른 폴립 모체와 복잡하게 얽혀서 조밀하고 옹골찬 덩어리를 이루고 있었다. 이 덩어리를 '마초타'라고 부르는데, 나는 거기에서 훌륭한 분홍산호 표본을 몇 개 발견했다.

하지만 덤불처럼 키 작은 산호는 점점 작아지고, 나뭇가지 모양의 산호는 점점 커졌다. 진짜 돌처럼 딱딱해진 나무와 환상적인 건축물의 긴 통로가 우리 앞에 펼쳐졌다. 네모 선장은 그 어두운 통로로 들어갔다. 통로는 완만하게 기울어져 우리를 수심 100미터 깊이로 데려갔다. 램프의 유도 코일에서 나오는 불빛은 이따금 이 천연 아치의 도톨도톨한 표면에 달라붙거나 샹들리에처럼 늘어진 부분에 달라붙어 마술적인 효과를 냈다. 불빛을 받은 샹들리에에서는 수많은 불꽃이 반짝거렸다. 산호 덤불 사이에서 나는 산호 못지않게 진기한 다른 폴립을 발견했다. 관절로 이어진 가지를 가진 벌집산호와 무지개산호, 초록색과 빨간색의 산호 다발이었다. 석회질 껍질로 덮인 해초는 박물학자들이 오랫동안 토론을 벌인 끝에 식물로 분류한 것이었다. 하지만 어느 사상가가 말했듯이, '이 생물은 생명이 돌의 잠에서 몽롱하게 깨어나, 아직 그 거칠거칠한 출발점에서 완전히 단절되지 않은 상태'[120]일 것이다.

두 시간 동안 걸은 뒤, 우리는 마침내 300미터 깊이에 이르렀다. 수심 300미터는 산호가 형성될 수 있는 한계점이다. 그 대신 이곳에는 거대한 광물성 식물과 석화한 나무들이 울창한 숲을 이루고 있었다. 색조와 광택으로 모든 결점을 상쇄하는 우아한 덩굴식물이 나무들 사이에 화환처럼 걸려, 가지와 가지를 묶어놓고 있었다. 우리는 파도 그늘에 묻혀 잘 보이지 않는 그 높은 가지 아래를 거칠 것 없이 지나갔다. 발 밑에서는 관산호·뇌산호·별산호·버섯산호·패랭이산호가 눈부신 보석이 흩뿌려진 카펫을 이루고 있었다.

아아, 그 광경을 어찌 말로 다 표현할 수 있으랴! 왜 우리는 느낌을 서로 전달할 수 없는 것일까? 왜 우리는 유리와 금속으로 만든 이 가면 속에 갇혀 있어야 하는가? 왜 서로에게 말을 할 수 없는가? 왜 우리는 물에 사는 물고기처럼 살 수 없는가? 하다못해 땅과 물을 오가는 양서류처럼 살 수는 없을까?

그러는 동안 네모 선장이 멈춰섰다. 콩세유와 네드와 나도 걸음을 멈추었다. 뒤돌아보니 네모 선장의 부하들이 선장 주위에 반원을 이루고 있었다. 좀더 자세히 보니, 그들 가운데 네 사람은 길쭉한 물체를 어깨에 메고 있었다.

우리가 서 있는 곳은 해저의 숲, 키 큰 나무에 둘러싸인 넓은 빈터 한복판이었다. 램프가 그 공간 위로 어스름한 불빛을 던졌다. 바닥에 누운 그림자가 터무니없이 길어져 있었다. 빈터 가장

자리에서는 어둠이 더욱 짙어져, 산호의 날카로운 끝이 내쏘는 작은 불꽃만 반짝거렸다.

네드와 콩세유는 내 양옆에 서 있었다. 나는 묘한 장면에 협력 자로 참여하게 된 것을 깨달았다. 바닥을 살펴보니, 백악질 침전물로 덮인 바닥이 군데군데 도도록하게 솟아올라 있었다. 그 둔덕들은 규칙적으로 배열되어 있어서, 인간의 손으로 만들어졌다는 것을 분명히 보여주고 있었다.

빈터 한복판에 돌멩이를 쌓아 만든 받침대가 있고, 그 위에 마치 돌처럼 굳은 피로 만든 양 새빨간 산호 십자가가 긴 팔을 양쪽으로 벌리고 서 있었다.

네모 선장이 신호를 하자 한 남자가 앞으로 나오더니 허리띠에 묶인 곡괭이를 풀었다. 그러고는 십자가에서 몇 걸음 떨어진 곳에 구덩이를 파기 시작했다.

이제 모든 것이 분명해졌다! 이곳 빈터는 공동묘지였다. 구덩이는 무덤이었고, 기다란 물체는 간밤에 죽은 사내의 주검이었다. 네모 선장과 부하들은 아무도 접근할 수 없는 바다 밑바닥의 안식처에 동료를 묻으러 온 것이다.

내 마음이 그처럼 뜨겁게 타오른 것은 난생 처음이었다! 그런 흥분이 내 머리에 침투한 적은 한 번도 없었다! 나는 내 눈이 보고 있는 것을 보고 싶지 않았다!

그러는 동안 구덩이는 서서히 깊어지고 있었다. 물고기가 성역에서 도망쳤다. 곡괭이가 백악질 바닥에 울리는 소리가 들렸다. 이따금 곡괭이가 바다 밑바닥에 떨어져 있는 부싯돌에 닿으면 불꽃이 튀었다. 구넝이는 점점 길어지고 넓어졌다. 곧이어 주검을 넣을 수 있을 만큼 깊은 구덩이가 만들어졌다.

주검을 멘 사람들이 다가왔다. 주검은 하얀 족사로 짠 헝겊에 싸인 채 수중 무덤 속으로 내려갔다. 가슴팍에 팔짱을 낀 네모 선장과 승무원들은 고인을 위해 기도하는 자세로 무릎을 꿇었다. 콩세유와 네드와 나는 경건하게 고개를 숙였다.

이어서 무덤은 바닥에서 떼어낸 백악질 파편으로 덮여 작은 봉분을 이루었다.

매장이 끝나자 네모 선장과 부하들은 일어섰다. 그러고는 무덤으로 다가가 다시 무릎을 꿇고 손을 뻗어 마지막 작별인사를 했다.

이어서 장례 행렬은 '노틸러스' 호로 돌아가기 시작했다. 우리는 다시 숲 한복판에 나 있는 아치길을 지나고, 산호 덤불을 지나 계속 비탈을 올라갔다.

마침내 배의 불빛이 나타났다. 물 속에 줄무늬를 그린 그 빛은 우리를 '노틸러스' 호로 인도해주었다. 1시에 우리는 다시 배로 돌아왔다.

나는 옷을 갈아입자마자 상갑판으로 올라갔다. 그러고는 머리에 달라붙어 떠나지 않는 끔찍한 생각에 사로잡혀 탐조등 옆에 주저앉았다.

네모 선장이 다가왔다. 나는 일어나서 그에게 물었다.

"그러니까 그 사람은 내가 예고한 대로 간밤에 죽었군요?"

"그렇습니다."

"그리고 그 사람은 지금 그 산호 묘지에서 동료들 옆에 누워 있군요?"

"그렇습니다. 우리는 고인을 영원히 잊지 않을 것입니다! 우리는 무덤을 팠고, 이제는 산호충이 고인을 무덤 속에 영원히 밀봉

승무원들은 모두 기도하는 자세로 무릎을 꿇었다

하는 작업을 하고 있습니다."

갑자기 선장이 움켜쥔 주먹으로 얼굴을 가렸다. 그는 울음을 참으려고 애썼지만 소용이 없었다. 잠시 후 그는 이렇게 덧붙였다.

"그곳은 우리의 묘지입니다. 수면보다 수백 미터 밑에 있는 평화로운 묘지지요."

"적어도 고인들은 평화롭게 잠들어 있습니다. 상어의 손아귀에서 벗어나……"

"그렇습니다." 네모 선장이 엄숙하게 받았다. "상어와 인간의 손아귀에서 벗어나……"

〈2권에 계속〉

■ 옮긴이 주

1) 조르주 퀴비에(1769~1832), 베르나르 라세페드(1756~1825), 앙리 앙드레 뒤메릴(1812~70), 장 루이 아르망 드 카트르파주(1810~92): 프랑스의 유명한 생물학자들.

2) 해리: 해상의 거리를 나타내는 단위. 1929년에 국제수로회의에서 1해리를 1852미터로 통일하기 전에는 나라마다 그 길이가 달랐다. 쥘 베른의 작품에서 1해리(lieue marine)는 약 4킬로미터에 해당한다.

3) 알류샨 열도: 북태평양 알래스카 반도와 캄차카 반도 사이에 있는 열도.

4) 모비 딕: 미국의 소설가 허먼 멜빌(1819~91)의 대표작《모비 딕》에 나오는 흰 고래.

5) 크라켄: 노르웨이 연안에 출몰하는, 북유럽 전설상의 괴물.

6) 아리스토텔레스(BC 384~322): 고대 그리스의 대철학자.

7) 대(大) 플리니우스(23~79): 고대 로마의 학자·정치가.《박물지》를 남겼다.

8) 폰토피단 주교(1698~1764): 네덜란드의 신학자.《노르웨이의 박물학》을 남겼다.

9) 파울 에게데(1708~89): 노르웨이의 가톨릭 전도사.

10) 〈인디언 아키펠라고〉: 영국 동인도협회의 기관지(런던, 1867~71). 프랑수아 나폴레옹 무아뇨(1804~84): 프랑스의 예수회 신부·수학자. 〈미타일룽겐〉: 독일의 지리학자 아우구스트 페터만(1822~78)이 창간한 잡지(페터만은 《지구 속 여행》에서 리덴브로크 교수의 친구로 묘사되어 있다).

11) 카를 폰 린네(1707~78): 스웨덴의 식물학자. 생물 분류법을 확립했다.

12) 원문은 'la nature ne fait pas de sots.' 린네의 'la nature ne fait pas de sauts'(자연은 비약하지 않는다)를 비튼 것이다.

13) 히폴리토스: 그리스 신화에 나오는 미소년. 바다의 신 포세이돈이 보낸 괴물과 싸우다 죽었다.

14) 용골: 큰 배 밑바닥 한가운데를, 이물에서 고물에 걸쳐 선체를 받치는 길고 큰 목재.

15) 새뮤얼 큐나드(1787~1865): '영국-북아메리카 우편기선회사'(통칭 '큐나드 해운')를 세운 캐나다의 해운업자.

16) 수밀실: 배의 외부가 파손되었을 때 침수를 일부분에 그치게 하기 위해 방수 차단벽으로 선체 내부를 여러 방으로 구획하는데, 그 차단벽을 수밀격벽 (水密隔壁)이라고 하고, 그 격벽에 의해 구획된 방을 수밀실이라고 한다.

17) 클리어 곶: 아일랜드 남쪽 끝에 있는 곶.

18) 성 토마: 예수의 열두 제자 가운데 하나. 〈요한복음〉에 따르면, 토마는 의심이 많아서 예수를 직접 보지 않고는 예수 부활을 믿지 않겠다고 고집을 부리다가 예수의 상처를 만져본 뒤에야 믿게 되었다고 한다.

19) 샤스포 총: 1866년의 프로이센-오스트리아 전쟁 이후 프랑스 육군이 채택해서 사용한 후장식(後裝式) 라이플. 발명자인 앙투안 샤스포(1833 ~1905)의 이름에서 유래.

20) '모니터' 호: 19세기(주로 남북전쟁 당시)에 활약한 미국의 소형 전함.

21) 측심연: 로프 끝에 추를 매달아 수심을 측정하는 데 쓰는 기구.

22) 뉴욕 5번가 호텔: 쥘 베른은 1867년에 뉴욕을 방문했을 때 이 호텔에

묵었다.

23) 호브슨: 가상의 인물. 1867년 당시 미국 해군장관은 기디언 웰즈였다.

24) 콩세유(Conseil): 충고·조언을 뜻하는 프랑스어. 이 이름은 친구인 자크 프랑수아 콩세유에게서 빌렸는데, 이 친구는 1858년에 3톤짜리 타원형 잠수함을 시험한 적이 있었다.

25) 플랑드르: 프랑스 북서쪽 끝에서 벨기에 서부에 이르는 지방.

26) 아르케오테리움, 히라코테리움, 오레오돈, 카이로포타미: 포유류 화석.

27) 37개의 별: 1867년 당시 미국은 37개 주였다.

28) 샌디훅: 미국 뉴저지 주 동쪽, 뉴욕 만 어귀에 있는 긴 모래톱 반도.

29) 리바이어던(레비아탄): 구약성서에 나오는 거대한 바다 괴물.

30) 로도스 기사단: 십자군 전쟁 때 성지 수호를 목적으로 설립된 기사단의 대표적인 존재. 1113년 예루살렘의 성 요한 병원에 부설된 병원 기사단으로 창설된 뒤, 1309년에 로도스 섬으로 옮기면서 로도스 기사단이 되었고, 1530년에 신성로마제국 황제 카를 5세로부터 몰타 섬을 양도받아 몰타 기사단으로 명칭이 바뀌어 오늘날까지 존속하고 있다.

31) 삭구: 배에서 쓰는 밧줄이나 쇠사슬 따위를 통틀어 이르는 말.

32) 아르고스: 그리스 신화에 나오는, 100개의 눈을 가진 거인.

33) 1867년도 세계박람회: 프랑스 파리의 샹드마르스에서 열렸다. 4만 3000개의 전시관에 700만 명의 관광객이 찾았다. 사실주의 미술의 거장 귀스타브 쿠르베와 인상주의의 선도자 에두아르 마네가 전시관을 따로 마련하여 개인전을 연 것으로 유명하다.

34) 프랑수아 라블레(1494?~1553): 프랑스의 작가. 프랑스 르네상스의 걸작 《가르강튀아와 팡타그뤼엘》(1534)을 남겼다.

35) 호메로스(BC 800?~750): 고대 그리스의 서사시인. 《일리아스》와 《오디세이아》의 저자.

36) 파타고니아: 아르헨티나의 남부 지역.

37) 마젤란 해협: 남아메리카 대륙 남단과 푸에고 섬 사이에 있는 좁은 해

협. 1914년 파나마 운하가 개통되기 전까지 대서양과 태평양을 연결하는 항로로 이용되었다.

38) 자크 아라고(1790~1855): 프랑스의 작가. 《세계일주 여행》(1844)을 썼으며, 베른과 절친했다.

39) 포클랜드 제도: 남아메리카 대륙 남부, 마젤란 해협 동쪽의 대서양에 있는 제도. 영국령이다.

40) 조지 고든 바이런(1788~1824): 영국의 시인. 에드거 앨런 포(1809~49): 미국의 시인·작가. 바이런은 1810년에 헬레스폰토스 해협(에게 해와 흑해를 잇는 다르다넬스 해협)을 헤엄쳐 건넜으며, 포는 자기가 젊었다면 바이런의 수영 묘기 따위는 아무것도 아니라고 큰소리쳤다.

41) 요나: 성서에 나오는 예언자. 신의 명령을 받았으나, 그 사명을 피하려고 배를 타고 달아나다 태풍으로 바다에 던져진 뒤 고래에 먹혀 뱃속에서 지내다 사흘 만에 토해진다.

42) 보위 나이프(bowie-knife): 날이 넓적한 사냥칼. 미국의 군인·개척자인 제임스 보위(1799~1836)의 이름에서 유래.

43) 프로방스: 프랑스 남부, 지중해에 면해 있는 지방.

44) 드니 디드로(1713~84): 프랑스의 작가·철학자·계몽사상가로 《백과전서》 등을 저술했다.

45) 피에르 루이 그라티올레(1815~65): 프랑스의 생리학자. 요제프 엥겔(1816~99): 오스트리아의 해부학자.

46) 프랑수아 아라고(1786~1853): 프랑스의 물리학자·천문학자. 마이클 패러데이(1791~1867): 영국의 화학자·물리학자.

47) 플랑드르에는 그 지리적 여건 때문에 프랑스어와 독일어를 말하는 사람이 많다.

48) 키케로(BC 106~43): 고대 로마의 정치가·저술가·웅변가.

49) 스핑크스: 그리스 신화에 나오는, 머리는 사람이고 몸은 날개 돋친 사자인 괴물. 모든 나그네에게 수수께끼를 내서 풀지 못하면 잡아먹었다. 오이

디푸스가 수수께끼를 풀자, 스핑크스는 부끄러워하며 스스로 몸을 던져 죽었다.

50) 네모(Nemo): 라틴어로 '아무도 아니다' 는 뜻.

51) 노틸러스(Nautilus): 라틴어 및 그리스어로 '뱃사람' 이라는 뜻. 연체동물인 앵무조개의 학명이기도 하다. 앵무조개는 껍데기 속에 있는 30여 칸의 공기실을 조절하여 상승과 하강을 수행한다. 그 행태가 수밀실을 갖춘 잠수함과 비슷하여, 로버트 풀턴이 1800년에 제작한 잠수정에 '노틸러스' 라는 이름이 붙었고, 쥘 베른의 이 소설에 나오는 잠수함 이름으로 유명해졌으며, 그후 1954년에 취항한 세계 최초의 미국 원자력 잠수함에도 '노틸러스' 라는 이름이 주어졌다.

52) 넵투누스: 로마 신화에 나오는 바다의 신. 그리스 신화의 포세이돈에 해당한다.

53) 프랑스의 작가 · 역사가인 쥘 미슐레(1798~1874)의 《바다》에서 인용.

54) 빅토르 위고(1802~85): 프랑스의 시인 · 소설가 · 극작가. 크세노폰(BC 430?~355?): 그리스의 철학자 · 역사가. 조르주 상드(1804~76): 프랑스의 소설가.

55) 알렉산더 폰 훔볼트(1769~1859): 독일의 박물학자 · 지리학자. 레옹 푸코(1819~68): 프랑스의 물리학자 · 자이로스코프(회전체의 역학적인 운동을 관찰하는 실험기구) 발명가. 앙리 생트 클레르 드빌(1818~81): 프랑스의 화학자 · 교육자. 미셸 샤를(1793~1880): 프랑스의 수학자. 앙리 밀른 에드워즈(1800~85): 프랑스의 동물학자 · 반(反)진화론자. 존 틴들(1820~93): 영국의 물리학자. 마르셀랭 베르틀로(1827~1907): 프랑스의 생화학자. 피에트로 앙겔로 세키 신부(1818~78): 이탈리아의 천문학자 · 예수회 신부. 매튜 폰테인 모리(1806~73): 미국의 해군 장교 · 해양학자. 장 루이 아가시(1807~73): 스위스 태생의 미국 고생물학자 · 지질학자.

56) 조제프 베르트랑(1822~1900): 프랑스의 수학자.

57) 아바나: 쿠바의 수도. 담배, 특히 시가의 명산지.

58) 라파엘로(1483~1520), 레오나르도 다 빈치(1452~1519), 코레조(본 명 안토니오 알레그리, 1494~1534), 티치아노(1488?~1576), 베로네세(본 명 파올로 칼리아리, 1528~88): 이탈리아 르네상스의 화가들. 무리요 (1617~82), 벨라스케스(1599~1660), 리베라(1588~1652): 스페인의 화가 들. 홀바인(아버지 1465?~1524; 아들 1497~1543): 독일의 화가. 루벤스 (1577~1640), 테니르스(1610~90): 플랑드르의 화가들. 헤리트 다우 (1613~75), 메추(1629~67), 파울 포터(1625~54), 바크호이센 (1631~1709): 네덜란드의 화가들. 제리코(1791~1824), 프뤼동 (1758~1823), 베르네(1714~89): 프랑스의 화가들.

59) 들라크루아(1798~1863), 앵그르(1780~1867), 드캉(1803~60), 트루 아용(1813~65), 메소니에(1815~91), 도비니(1817~78): 프랑스의 화가들.

60) 베버(1786~1826), 모차르트(1756~91), 베토벤(1770~1827), 하이 든(1732~1809), 마이어베어(1791~1864), 바그너(1813~83): 독일의 작곡 가들. 로시니(1792~1868): 이탈리아의 작곡가. 에롤(1791~1833), 오베르 (1782~1871), 구노(1818~93): 프랑스의 작곡가들.

61) 오르페우스: 그리스 신화에 나오는 악사·시인. 아내 에우리디케가 뱀 에 물려 죽자 아내를 찾아오려고 저승으로 내려가지만, 지상에 나갈 때까지 뒤를 돌아보지 말라는 금기를 어기는 바람에 아내는 다시 저승으로 떨어지고 만다.

62) 프랑수아 1세(1494~1547): 프랑스 국왕(재위 1515~47). 즉위 초에 는 이탈리아에 원정하는 등 위세를 떨쳤으나, 나중에는 독일 황제 카를 5세와 싸워 포로로 붙잡히는 수모도 겪었다. 프랑스의 문예부흥에 힘을 쏟았다.

63) 장 밥티스트 타베르니에(1605~89): 프랑스의 여행가·무역상. 터 키·페르시아·인도를 여섯 차례나 여행하여 그 기행문을 남겼다.

64) 무스카트: 아라비아 반도 남동쪽 오만 왕국의 수도. 이맘: 이슬람 공동 체의 정치적·종교적 지도자.

65) 로베르트 빌헬름 폰 분젠(1811~99): 독일의 화학자. 개량된 전지와 분

광기 및 가스버너를 개발했다.

66) 하인리히 다니엘 룸코르프(1803~77): 독일 태생이나 프랑스에서 활동한 물리학자. 유도 코일을 발명했다. 《지구 속 여행》에서는 룸코르프가 개발한 램프가 중요한 역할을 한다.

67) 피치: 스크루가 1회전할 때마다 나아가는 거리.

68) 밸러스트: 선체를 안정시키기 위해 뱃바닥에 싣는 일시적 또는 영구적인 중량물(석탄·돌·쇠 따위).

69) 정역학: 물체에 작용하는 힘의 균형을 연구하는 역학. 동역학: 물체의 운동과 힘의 관계를 연구하는 역학.

70) 선미재: 용골 후단에 똑바로 서 있는 골재로, 타주(舵柱)와 스크루를 받친다.

71) 원문은 'Je l'aime comme la chair de ma chair!' 여기서 'la chair de ma chair'(내 살 중의 살)는 〈창세기〉의 '이는 내 뼈 중의 뼈요 내 살 중의 살이라. 이것을 남자에게서 취하였은즉, 여자라고 칭하리라'(2장 23절)를 상기시킨다. '노틸러스' 호에 대한 네모 선장의 애착 관계는 이처럼 부성적이고 육체적이다.

72) 마린 헨리 얀센(1817~93): 네덜란드의 해양학자.

73) 3억 8325만 5800평방킬로미터: 오늘날 추산된 수륙분포에 따르면, 지구 표면의 총면적은 약 5억 1000만 평방킬로미터이고, 그중 바다는 3억 6000만 평방킬로미터, 육지는 1억 5000만 평방킬로미터로, 면적비는 약 7 대 3이다.

74) 갈릴레오 갈릴레이(1564~1642): 이탈리아의 물리학자·천문학자. 지동설을 주장했다가 박해를 받았다.

75) 뱅골 만: 인도 반도의 동쪽에 펼쳐진 해역. 말라카 해협: 말레이 반도와 수마트라 섬 사이의 해협.

76) 솜라르 박물관: 파리 제5구 솜라르 거리에 있는 박물관. 중세 박물관으로 유명하며, 오늘날은 클뤼니 박물관으로 알려져 있다.

77) 크리스티안 고트프리트 에렌베르크(1795~1876): 독일의 박물학자.

78) 베르나르 라세페드(1756~1825): 프랑스의 정치가 · 박물학자.

79) 브누아 루케롤(1826~75): 프랑스의 기술자. 오귀스트 드네루즈 (1838~83): 프랑스의 해군 장교. 루케롤이 1860년에 발명한 이 장비는 드네루즈의 개량을 거쳐 해군에서 널리 쓰였다.

80) 룸코르프 램프: 옮긴이 주 66 참조.

81) 로버트 풀턴(1765~1815): 미국의 기술자 · 발명가. 1797~1806년에 프랑스에 머물면서 잠수정과 수뢰정을 실험, 1800년에 잠수정 '노틸러스' 호를 진수시키는 데 성공했으며, 그후 귀국하여 증기선에 의한 정기 항로를 실현하는 데 기여했다.

82) 라이덴 병: 네덜란드 라이덴 대학의 뮈센부르크(1691~1762)가 발명한 축전기.

83) 4번 구경: 구경의 단위는 보통 밀리미터나 인치로 나타내지만, 산탄총의 경우에는 4번이니 12번이니 하는 식으로 구경을 나타낸다. 1번은 1파운드(453그램)의 납알이 꼭 맞게 들어가는 크기이고, 4번은 4분의 1파운드, 12번은 12분의 1파운드의 납알이 들어가는 치수를 말한다.

84) 아르키메데스(BC 287?~212): 고대 그리스의 과학자 · 수학자 · 기술자. 물체의 일부 또는 전체가 유체(액체나 기체) 속에 있을 때 물체에는 그 물체가 차지한 부피만큼 유체의 무게에 해당하는 부력이 작용한다는 '아르키메데스의 원리'를 발견했다.

85) 연니: 해저면 이곳저곳을 뒤덮고 있는 석회질의 끈적끈적한 개흙.

86) 제임스 쿡(1728~79): 영국의 탐험항해가.

87) 클라우디오스 갈레노스(130?~200?): 그리스의 의학자.

88) 알시드 데살린 도르비니(1802~57): 프랑스의 박물학자 · 고생물학자.

89) 장 마세(1815~94): 프랑스의 교육자 · 출판업자. 쥘 베른의 후견인인 쥘 에첼과 함께 1864년에 잡지 〈교육과 오락〉을 창간했다.

90) 선덜랜드: 영국 잉글랜드 동북부의 항구 도시.

91) 루이 앙투안 드 부갱빌(1729~1811): 프랑스의 항해가 · 박물학자 · 군인.

92) 파비안 고트리브 폰 벨링스하우젠(1778~1852): 러시아의 해군 장교 · 남극 탐험가.

93) 찰스 로버트 다윈(1809~82): 영국의 박물학자. 《종의 기원》을 써서 근대 진화론을 확립했다. 이 책은 1859년에 발표되었고, 프랑스어 번역판은 1861년에 나왔다.

94) '아르고' 호, '포르토프랭스' 호, '포틀랜드 공작' 호: 19세기 초에 남태평양에서 조난한 선박들. 이 배의 선원들은 통가 제도의 원주민들에게 붙잡혀 죽었다.

95) 장 프랑수아 드 라 페루즈(1741~88): 프랑스의 항해가. 폴 드 랭글(1744~87): 프랑스의 해군 장교. 둘 다 남태평양의 섬에서 죽었다.

96) 루이 마르셀린 뷔로(1800~34): 프랑스의 항해가.

97) 아벨 얀스존 타스만(1603~59): 네덜란드의 항해가.

98) 에반젤리스타 토리첼리(1608~47): 이탈리아의 수학자 · 물리학자.

99) 루이 14세(1638~1715): 프랑스 부르봉 왕조의 제3대 왕(재위 1643~1715).

100) 브뤼니 드 당트르카스토(1737~93): 프랑스의 항해가. 실종된 라 페루즈를 찾아 피지 제도까지 항해했으며, 그 기록을 책으로 남겼다.

101) 쥘 세바스티앙 뒤몽 뒤르빌(1790~1842): 프랑스의 항해가.

102) 피터 딜런(1785~1847): 아일랜드의 항해가.

103) 루키우스 아나에우스 세네카(BC 4?~AD 65): 고대 로마의 스토아 철학자 · 정치가 · 극작가.

104) 페드루 페르난데스 데 키로스(1560?~1614): 포르투갈의 항해가.

105) 바니코로: 솔로몬 제도 동남쪽 산타크루즈 제도의 섬.

106) 맹그로브: 열대나 아열대의 해안이나 하구의 모래늪지에 바닷물의 염분 농도에 견디는 수목이 많이 자라서 생겨난 숲.

107) 존 헌터(1738~1821): 영국의 항해가. 나중에 뉴사우스웨일스 총독을 지냈다.

108) 샤를 엑토르 자키노(1796~1879): 프랑스의 해군 장교.

109) 르 고아랑 드 트로믈랭(1786~1867): 프랑스의 해군 장교.

110) 도메니 드 리엔치(1789~1843): 프랑스의 항해가.

111) 루이스 바에스 데 토레스: 스페인의 항해가. 키로스(옮긴이 주 104 참조) 밑에서 1606년 항해 때 활약했다.

112) 뱅상동 뒤물랭(1811~58): 프랑스의 지리학자. 쿠프방 데부아(1814~92): 프랑스의 해군 장교. 두 사람은 서로 협력하여 남태평양 해역의 지도를 작성했다.

113) 필립 킹(1758~1808): 영국의 해군 장교. 뉴사우스웨일스 총독을 지냈으며, 남태평양의 섬들에 관한 책을 펴냈다.

114) 마스카렌 제도: 인도양 서부의 마다가스카르 동북쪽에 위치한 레위니옹 섬·모리셔스 섬 등의 총칭.

115) 카펀테리아 만: 오스트레일리아 대륙 북쪽 연안의 크고 얕은 만.

116) 희망봉: 아프리카 대륙 남단의 곶. 혼 곶: 남아메리카 대륙 남단의 곶.

117) 시각: 천체가 자오선을 통과한 뒤 경과한 시간을 나타내는 각도.

118) 루이 피에르 그라시올레(1815~65): 프랑스의 생리학자·해부학자. 모캥 탕동(1803~63): 프랑스의 박물학자·의학자.

119) 클로드 샤를 드 페이소넬(1727~90): 프랑스의 박물학자.《산호론》을 썼다.

120) 프랑스의 역사가·작가인 쥘 미슐레의《바다》에서 인용.

해저 2만리 1

초판 1쇄 발행 2002년 11월 25일
2판 1쇄 발행 2007년 1월 22일
3판 1쇄 인쇄 2022년 6월 14일
3판 1쇄 발행 2022년 6월 30일

지은이 쥘 베른
옮긴이 김석희
펴낸이 정중모
펴낸곳 도서출판 열림원

출판등록 1980년 5월 19일(제406-2000-000204호)
주소 경기도 파주시 회동길 152
전화 031-955-0700
팩스 031-955-0661   페이스북 /yolimwon
홈페이지 www.yolimwon.com   트위터 @yolimwon
이메일 editor@yolimwon.com   인스타그램 @yolimwon

주간 김현정   마케팅 홍보 김선규 최가인
편집 조혜영 황우정 최연서   온라인사업 서명희
디자인 강희철   제작 관리 윤준수 이원희 고은정 원보람

ISBN 979-11-7040-100-1 04860
      979-11-7040-098-1 (세트)